순교자의 나라

순교자의 나라

박도원 지음

① 임.금.이.죽.다.

순교자의 나라 ①

초판 1쇄 인쇄 2007년 4월 10일   초판 1쇄 발행 2007년 4월 20일

지은이 박도원   펴낸이 김태영

기획편집 1분사_ 분사장 박선영   책임편집 정지연
1팀_ 양은하 이둘숙 도은주   2팀_ 오유미 가정실 김세희   3팀_ 최혜진 한수미 정지연
4팀_ 이효선 성화현 조지혜   디자인_ 김정숙 하은혜 차기윤

상무 신화섭   COO 신민식
콘텐츠사업 노진선미 이유정 김현영 이화진
홍보마케팅 분사_ 부분사장 정덕식   영업관리 김은실 이재희
마케팅 권대관 송재광 박신용 김형준   **인터넷사업** 정은선 왕인정 김미애
홍보 김현종 임태순 허형식   **광고** 김정민 김혜선 이세윤 허윤경
본사_ 본사장 하인숙   경영혁신 김도환 김성자   **재무** 고은미 봉소아 최준용
제작 이재승 송현주   **HR기획** 송진혁

펴낸곳 (주)위즈덤하우스   **출판등록** 2000년 5월 23일 제13-1071호
주소 서울시 마포구 도화동 22번지 창강빌딩 15층   **전화** 704-3861   **팩스** 704-3891
전자우편 yedam1@wisdomhouse.co.kr   **홈페이지** www.wisdomhouse.co.kr
출력 엔터   **종이** 화인페이퍼   **인쇄** (주)미광원색사   **제본** 세원제책

값 9,500원   ISBN 978-89-5913-205-8 04810   978-89-5913-204-1(전4권)

* 잘못된 책은 바꿔드립니다.
* 이 책의 전부 또는 일부 내용을 재사용하려면
  사전에 저작권자와 (주)위즈덤하우스의 동의를 받아야 합니다.

•••이 도서의 국립중앙도서관 출판시도서목록(CIP)은 e-CIP홈페이지(http://www.nl.go.kr/ecip)에서
이용하실 수 있습니다. (CIP제어번호: CIP2007000918)

■ 추천사

조선 시대 천주교 신자들의 열정적인 신앙

인간에게 가장 본능적인 것이 무엇인지 따져보면, 그건 아마도 생명에 대한 집착일 것입니다. 그런데 세상에는 그런 생명에 대한 본능을 극복하고 자신에게 가장 가치 있는 무엇을 위해 자기 목숨을 거는 사람들이 있습니다. 천주교에서는 자신의 신앙을 위해 목숨을 바친 사람을 '순교자'라고 부릅니다. 우리나라 천주교에도 현재 103위 순교 성인들이 계십니다. 그 외에도 무수히 많은 분들이 예수 그리스도에 대한 신앙 때문에 순교하셨습니다.

한국 천주교는 무수히 많은 박해를 받았지만, 아마도 가장 큰 박해가 1801년의 신유박해와 1839년의 기해박해일 것입니다. 두 번의 박해로 이 땅에 처음 천주교를 일으켰던 많은 사람들이 목숨을 잃었습니다. 그렇지만 조선의 천주교인들은 결코 좌절하지 않았습니다. 그들이 믿음으로 다시 일어서서 천주교의 기반을 든든히 다진 결과 오늘날의 융성한 교회가 탄생할 수 있었다고 평가해도 무방할 것입니다.

『순교자의 나라』는 한국 천주교가 혹독한 박해를 받던 어려운 시대의 모습을 사실적으로 그려낸 소설입니다. 저자는 뛰어난 솜씨로 한국 천주교의 수난사를 감동적으로 그리는 데 그치지 않고 조선의 유교 전통과 '서학'으로 대변되는 서양 근대 문명이 정면으로 맞부딪친 역사 현장을 섬세하게 포착하여 서학 전체에 대한 성찰도 돋보이는 작품이라는 생각이 듭니다.

이 소설을 읽으면서 다시금 우리 자신의 신앙생활을 돌아보는 계기가 됐습니다. 조선 시대의 척박한 환경과는 너무나도 대조적으로 풍요로운 환경 속에 살면서도 그 당시 천주교 신자들의 열정적인 신앙에는 미치지 못하는 우리의 미지근한 신앙생활을 반성하면서, 정말 사람이 행복해지기 위해서 무엇이 필요한지 성찰토록 해주었습니다. 부디 이 소설을 읽는 모든 분들이 어떤 종교를 갖고 있든지 상관없이 조선 시대 천주교 신앙의 선조들처럼 열정적으로 자기 신앙을 가꿔가는 계기가 되길 기원합니다.

2007년 4월
명동 주교관에서

■ 저자의 말

한 떨기 붉은 꽃으로 산화한 순교자들

1811년, 가혹한 종교 박해에 살아남은 조선 천주교인들은 로마 교황청에 탄원서를 보낸다. 권기인이 쓴 이 편지는 이여진에 의해 북경 주교에게 전달되는데, 여기에 낯선 이름이 하나 더 등장한다. 편지를 보낸 이의 이름이 '김 프란치스코'로 되어 있는 것이다. 그러나 김 프란치스코는 오직 이 편지 속에서 자신의 이름만으로 역사의 전면에 등장할 뿐, 그가 어디에서 태어나 어떻게 살았고 천주교와 처음 인연을 맺게 된 계기는 무엇인지 그 어느 자료에도 나와 있지 않다. 이 기묘한 인물은 즉각 나의 흥미를 끌었다. 그러나 김 프란치스코는 곧 나의 뇌리에서 사라졌다.

몇 년 후 나는 서점에서 『한국 79위 순교 복자전』이라는 책을 읽게 됐다. 그때 천주교인도 아니었던 나는 그 책에 등장하는 '김효임'이라는 동정녀의 행동을 보고 충격을 받았다. 일개 여인에 불과했던 김효임이 권세가인 형조판서 앞에서 자기 믿음을 당당히 변호

하는 장면이었다. 그 순간, 나는 그동안 잊고 살았던 김 프란치스코가 다시 떠올랐다. 그 두 인물을 연결하면 조선 천주교를 재조명할 수 있는 작품이 나올 것 같은 생각이 섬광처럼 스쳤다. 그러나 그때만 해도 나는 그런 작품을 쓰는 일이 결코 쉽지 않다는 것을 몰랐다. 결국 내가 『순교자의 나라』를 완성하기까지는 몇 십 년의 세월이 소요됐다. 그 긴 세월에 대해 개인적인 변명을 덧붙이고 싶다.

처음부터 나는 천주교 박해사에 초점을 맞추어 장편소설 『순교자의 나라』를 쓰기 시작했다. 1801년의 신유박해와 1839년의 기해박해라는 천주교 대박해 사건을 고스란히 맞닥뜨린 무수한 조선 천주교인들의 아름다운 궤적을 따라가고 싶었던 것이다. 그러나 곧 그것만이 전부가 아님을 깨달았다. 18, 19세기 조선에서 천주교는 종교 이상의 역할을 했다. 그때 천주교는 '서학書學'으로서 조선 선비들의 폐쇄적인 가치관에 신선한 자극을 주면서, 박제화된 성리학을 대신할 수 있는 새로운 도구로 인식됐다. 젊은 남인 세력이 앞 다투어 서학을 받아들인 것은 그런 이유 때문이었다. 조선 천주교 박해는 새로운 사상을 받아들이려는 시대의 필연적 욕구에 대한 집권층의 의도까지 포함되어 동서고금의 유례없이 참혹한 종교 박해로 남았다. 이런 관점까지 더하여 소설을 써 나가기 시작하니 집필 기간은 한없이 늘어나고 말았다.

나로 하여금 장구한 소설을 쓰게 만들었던 김 프란치스코는 '김갑녕'이라는 인물로 재탄생했다. 갑녕은 조선 시대 두 번의 천주교 박해를 처음부터 끝까지 목도한 사람이다. 그는 그 모든 슬픔을 견디고 살아남는다. 이제 나는 그의 시선을 통해 참혹한 천주교 수난 현장 속에서 한 떨기 붉은 꽃으로 산화한 순교자들을 만난다. 앞으로도 영원히 죽지 않을 그들의 영혼을 조우한 나의 충만한 마음이 독자들에게도 전해졌으면 좋겠다.

『순교자의 나라』를 출간하는 지금, 나는 오랫동안 지고 있었던 짐을 비로소 벗어놓은 것처럼 편안하다. 지금껏 나를 도와주었던 모든 이들에게 진심으로 감사한다. 아울러 내 소설이 조선 천주교를 위해 목숨을 바쳤던 순교자들에게 누가 되지 않기만을 경건한 마음으로 바랄 뿐이다.

2007년 4월

박도원

1권 차례

추천사_ 조선 시대 천주교 신자들의 열정적인 신앙 • 정진석 추기경 | 5
저자의 말_ 한 떨기 붉은 꽃으로 산화한 순교자들 | 7
주요 등장인물 | 12

임금이 죽다 | 15
빛은 동방으로 | 137
광풍이 불기 시작하고 | 203

전권 차례

제1부 신유박해

1권 임금이 죽다
임금이 죽다
빛은 동방으로
광풍이 불기 시작하고

2권 피로 쓴 백서
피로 쓴 백서
새 시대를 기다리며

제2부 기해박해

3권 쌍호정과 백련사
한량목(閑良目)이란 사나이
쌍호정과 백련사
광풍이 휘몰아치고

4권 꽃잎이 흩날리다
꽃잎이 흩날리다
천국과 지옥

제1부 신유박해 | 주요 등장인물

김갑녕_
한국 가톨릭사에서 '김 프란치스코'라는 이름으로만 남은 인물. 실제로는 행적이 전혀 알려지지 않은 그가 『순교자의 나라』에서 '김갑녕'이라는 매력적인 인물로 재탄생한다. 양반집 노비였던 갑녕은 정약종과의 인연으로 천주교에 입문하지만, 그가 맞닥뜨리게 되는 것은 완고한 조선 사회 속에서 천주교가 참혹하게 수난당하는 시대의 비극이다. 1801년의 신유박해와 1839년의 기해박해를 거치고도 끝까지 살아남은 갑녕의 눈을 통해 조선의 서학과 천주교는 참모습을 드러낸다.

정약종_
정 아우구스티노. 정약용의 셋째 형으로 이벽을 통해 천주교에 깊이 감화한다. 정약종은 높은 학식을 지녔음에도 조정에 출사하지 않고, 재야에서 학문을 닦으며 우리나라 최초의 조선 천주교 회장으로 신앙생활에 전념한다. 또한 제자 황사영을 천주교의 세계로 인도하고, 한자를 모르는 백성들을 위해 한글 교리서 『주교요지主教要旨』와 미완의 『성교전서聖教全書』를 집필한다. 조선에 천주교 신앙의 씨앗을 싹 틔우려 애쓰던 그는 『성교전서聖教全書』를 집필하는 도중에 참수되어 순교한다.

황사영_
황 알렉산데르. 유복자로 태어나 열일곱 어린 나이로 과거에 장원급제한 소년 진사로 이름이 드높은 황사영은 스승 정약종의 가르침으로 천주교에 입교한 후 주문모 신부를 곁에서 보필한다. 신유박해가 본격적으로 시작되어 제천 배론 지방으로 피신한 그는 토굴 속에서 조선 교난을 북경 주교에게 알리기 위한 '백서'를 작성한다. 그러나 주문모 신부를 비롯하여 신유박해에 희생된 순교자들의 자취를 낱낱이 알리기도 전에 붙잡혀 능지처참되어 순교하고 만다.

강완숙_
강 골롬바. 강완숙은 황사영과 함께 주문모 신부를 보필한 조선의 여걸이다. 남존여비로 남성이 절대 우위에 있던 남성 중심 세계에서, 그녀는 시어머니와 전실 아들을 데리고 충청도에서 상경한 후에 주문모 신부를 자기 집에 맞이하여 온갖 고난을 겪고 남성 회장들을 보좌하면서 당당하게 조선 천주교를 이끈다. 그녀도 신유박해 때 참수되어 순교한다.

문영인_
문 비비안나. 여섯 살 때 아기 궁녀로 궁에 입궐했던 문영인은 혜경궁 홍씨의 눈에 들어 정조의 후궁이 될 뻔했다가 원인 모를 병으로 퇴궐한다. 그 후 강완숙을 보좌하면서 주문모 신부의 시중을 들고, 강완숙이 개설한 여성 교리 학교의 선생으로 신앙생활에 전념한다. 김갑녕과 의남매를 맺는다.

주문모_
중국인 신부. 북경 구베아 주교의 명을 받고 조선에 들어온 주문모는 강완숙의 집에 은신하면서 조선 조정의 끊임없는 박해 속에도 조선에 천주교의 반석을 다지기 위해 애쓴다. 신유박해 때 무수한 신자들이 순교하자 자수하여 군문 효시로 순교한다.

임금이 죽다

1

 두 줄기 강물은 두물머리(양수리)에서 마주쳤다.
 오대산에서 발원한 남한강은 진부, 평창, 영월, 단양, 제천, 충주, 여주, 양근 여러 고을들을 굽이굽이 휘돌아 흘러오고, 금강산이 원류인 북한강은 희양, 화천, 인제, 춘천, 가평, 남이섬을 지나 두물머리에 이르렀다.
 수백 리를 달려온 두 강이 왈칵 끌어안으며 첫 상봉을 하려는 지점에 떠드렁 섬(쪽풀 섬)이 심술쟁이처럼 버티고 서 있으니, 양쪽 강물은 서로 안타까운 눈인사만 나누며 섬을 끼고 흐르다가 마재 위에서 비로소 합류하게 되는데, 여기부터 한강이라 일컬었다.
 한껏 위용을 갖춘 한강은 마재 앞을 지나면서 다시 큰 지류 하나를 품 안으로 받아들이는데 용인, 광주 땅을 거쳐 남쪽으로 흘러오는 경안천이 그러하다. 더욱 기세등등해진 한강은 마재를 오른편에 끼고 한 번 휘돌아 서쪽으로 머리를 돌리며 배알미리(현재 팔당댐) 협곡으로 치달린다. 한강을 오르내리는 노련한 뱃사공들도 이곳 배알미리에서 당쟁이 여울을 지나갈 때는 정신을 바짝 차리고 키를 단단히 부여잡았다.

경안천이 한강과 합류하는 지점에는 오랜 세월 흙과 모래가 흘러내려서 쌓인 선상지에 드넓은 들판이 펼쳐진다. 그곳에 소내라 일컫는 큰 포구가 자리 잡고 있고 소내 벌(팔당댐 수몰 지역)과 이어진 뒤편으로 번창한 마을이 펼쳐지는데, 여기가 조선 시대 사기그릇으로 유명한 분원이라는 고장이다.

분원 사기는 소내 포구로 몰려드는 장삿배들에 실려 전국으로 팔려 나갔다. 강물이 얼어붙는 겨울 한철만 빼고 각처에서 그릇을 실어 나르는 배들이 소내 포구에 줄을 이었다. 그러므로 분원과 소내는 입과 입술 같은 관계이다. 분원이 있어 소내는 흥청거렸고, 소내가 있어 분원은 번창할 수 있었다.

더욱이 소내 벌은 땅 밑으로 백 자를 파 내려가도 돌멩이 한 개 없는 넓고 기름진 곡창 지대여서 자연히 인총(人總)이 많이 모여 살았다. 전성기의 분원과 소내는 가옥이 800호가 훨씬 넘어 흥인문(동대문) 밖에 형성된 제일 큰 고을이었다.

소내에서 바로 강 건너가 마재였다. 사기장이, 뱃놈, 장사꾼 같은 서민들만 모여 사는 소내와 달리 그곳은 양반 마을이었다. 아담하게 생긴 낮은 산봉우리 아래 자리 잡은 종가를 중심으로 십여 채의 기와집들이 띄엄띄엄 흩어져 있고 하인들이 사는 초가집도 많아 제법 큰 동네였다.

나주 정씨들이 누대에 걸쳐 살아오는 그곳은 풍수지리에 문외한 인 자가 보아도 첫눈에 명당이라는 것을 그냥 알 수 있었다. 뒤로는 나지막한 산들이 병풍처럼 둘러싸고, 앞으로는 푸른 한강이 유유히 흘렀다.

마재가 천하의 길지라는 소문을 더욱 부추긴 것은 진주 목사牧使를 지낸 정재원의 아들 사 형제가 한결같이 수재들로 알려진 이후부터였다. 약현, 약전, 약종, 약용, 그들의 빼어난 학문과 고상한 인품은 당대 선비 사회에서 모르는 사람이 없었다.

1800년 6월 28일, 조선의 22대 임금 정조가 죽었다.

그로부터 보름 후, 동녘 하늘에 아침 해가 솟기도 전에 야거리 한 척이 마재 선착장을 빠져나갔다. 항상 시끌벅적한 건너편 소내는 아직도 깊은 잠에 빠진 듯 조용했다. 뱃사공이 용출 줄을 잡아당기자, 만삭의 임신부처럼 바람을 가득 안은 돛폭이 천천히 방향을 바꾸었다. 배는 한강을 거슬러 올라가기 시작했다.

배에는 사공 외에 두 사람이 더 타고 있었다. 마흔 살쯤 된 선비가 이물 창막이에 걸터앉았고, 힘꼴깨나 쓸 것처럼 보이는 삼십 대 중반의 남자는 하나뿐인 돛대를 잡고 서서 붉게 물들어 오는 산 너머 하늘을 망연히 바라봤다.

두물머리에서 야거리는 뱃머리를 오른쪽으로 틀며 남한강으로 들어섰다. 살랑거리는 강바람에 떠밀리듯 배는 소리 없이 나아갔다. 단정히 앉아서 깊은 생각에 잠긴 선비의 모습은 이제는 보기 드문 옥골선풍玉骨仙風이었다. 하얀 모시 도포를 입은 모습이 한 마리 학을 떠올리게 했다. 마침 머리에 쓴 갓도 흰 천을 덧씌운 백립白笠이었다.

그가 원해서 쓴 백립은 아니었다. 부인이 만들어 바친 백립을 내동댕이치려 했던 그였다. 그만큼 임금의 죽음은 갑작스럽고 낯설었다. 답답하고 화가 나서 그 상황을 가만히 앉아 받아들일 수가 없었다. 그러나 명색이 양반이었다. 지킬 것은 지켜야 안심이 됐다. 그는 백립을 받아 쓴 뒤 임금이 갑자기 죽게 된 원인을 기필코 알아내겠다는 말을 던져놓고 밖으로 나섰다.

야거리는 계속 남한강을 올라갔다. 양근 읍내 앞을 지나서 한참을 더 올라가자 앞이 탁 트이는 개활지가 시원스럽게 펼쳐지더니, 오랜 세월 강물에 씻긴 흰 모래톱이 이어졌다. 오른쪽으로 야산 줄기를 끼고 십 리 이상 강을 거슬러 올라가던 야거리가 드디어 심벼루 나루에 닿았다.

나루에는 만장이 한 척이 정박해 있었다. 햇볕에 얼굴을 새까맣게 그을린 남녀 농부들이 오이, 호박, 가지, 풋고추를 담은 광주리들을 배에 싣느라 나루는 소란스럽기 그지없었다. 양근 장날에 남한강 상류인 충주와 제천 지방으로 물품을 싣고 갔던 배들이 빈 배로 회항할 때는 이렇듯 촌에서 철따라 나오는 야채류를 운반해 주는 것이 관습처럼 되어 있었다.

선비가 야거리에서 내리자, 바쁘게 움직이던 농부들이 일손을 멈추고 허리를 굽혀 인사했다. 그들은 해마다 서너 차례 이곳에 나타나는 그 선비에게 깊은 존경심을 보였다. 선비도 만면에 친근한 미소를 가득 담고 공손한 태도로 일일이 답례했다.

나루를 벗어나 저만치 걸어가는 선비와 그를 수행하는 남자의 뒷모습을 바라보던 뱃사람이 갑판에서 야채 광주리를 받아 들며 한 농부에게 물었다.

"저 어르신이 마재 사시는 분 맞지요?"

"그렇소."

"작년에도 마재에서 배에 오르시는 것을 뵈었지요. 언제 봐도 참으로 점잖으신 양반님이서."

"점잖으시다마다. 마재 정씨 형제들이라면 나라님도 알아주신답디다."

"무슨 벼슬을 하기에요?"

"저분은 벼슬길에 안 나갔지만, 형님과 아우가 조정에서 명성이 떠르르하답니다."

"저 어르신도 저만한 인품이면 감투를 쓰고도 남으시겠구먼 어째서 벼슬을 안 하실까?"

"글 배웠다고 다 벼슬하겠소? 재 너머 권씨 가문도 벼슬자리 나선 사람은 한 명도 없다고 합디다. 학문이 높기로 치면, 나라 안에서 둘째가라면 서러워할 형제들인데도 말이오."

"하기야 너도나도 전부 감투 쓰려고 들면 대궐이 미어터질 것 아니야?"

멀어져가는 선비를 두고 이런저런 이야깃거리가 제법 풍성했다. 그 선비의 이름은 정약종이었다. 다산 정약용의 바로 윗형이기도 했다.

나루터에서 활 한 바탕 거리도 안 되는 곳에 초가집 서너 채가 납작하니 엎드려 있었다. 나루터에는 집들이 들어앉을 자리가 마땅찮은 까닭에 이곳에 생긴 주막거리였다. 그러므로 심벼루 나루에 배를 대는 뱃사람들도 주린 배를 채우려면 여기까지 와야만 했다. 장대에 용수 씌운 첫머리 주막 앞에서 정약종이 뒤를 돌아보며 말을 건넸다.

"여기서 아침 요기나 하고 가세."

수행하는 김한빈이 벌쭉 웃으며 말했다.

"안 그래도 그냥 지나치시는가 싶어 가슴 졸였습니다. 아침 한 끼 걸렀다고 벌써 허리가 휘청거리는구먼요."

"사공에게도 여기 와서 조반하라고 일러두었네."

그때 오동통한 중년의 주모가 반색을 하며 쫓아 나왔다.

"아이고, 나리. 올해는 자주 오시네요. 그간 평안하셨는지요?"

주모가 두 손을 마주 잡고 깍듯이 인사를 올리자 정약종은 빙긋이 웃으며 농으로 받았다.

"오늘따라 주모 얼굴이 환하구먼. 무슨 좋은 일이라도 있는가?"

"나리도 참……, 나리 얼굴이야말로 언제나 공산명월空山明月입지요. 나리가 누추한 저희 집에 들어서시기만 하면 온 집안이 환해진다니까요."

주모는 몸을 꼬면서 아양을 떨었다. 마루에 올라앉던 김한빈이 인상을 쓰며 한마디 내뱉었다.

"아침나절부터 웬 희학질 소리가 이리 요란한가? 빨리 아침 밥상이나 잘 봐오게."

"두 분 모두 아침 드시게요?"

"그렇다네."

찔끔해서 부엌으로 서둘러 들어간 주모가 부지런히 밥상을 차리고 있을 때였다. 동네 머슴으로 보이는 젊은이가 난데없이 들이닥치더니 다짜고짜 술독으로 달려들어, 찬물에 채워둔 술을 방구리째 들고 벌컥벌컥 마셨다. 어처구니없는 눈으로 쳐다보던 주모가 꽥 소리를 질렀다.

"막걸리 마시다가 죽은 귀신이라도 들렸나?"

목젖이 오르락내리락 숨넘어가게 막걸리를 들이키던 젊은이는 잠깐 숨을 고르고 난 후, 다시 방구리를 들더니 꿀떡꿀떡 마셔댔다.

"지금 뭐 하는 짓이야? 밤새 채워둔 술을 네가 다 퍼마실 참이냐? 이리 내놔."

주모가 술병을 빼앗자 젊은이는 빼앗기지 않으려고 술병을 휙 잡아챘다. 순간 술방구리가 땅에 떨어져 박살이 났다.

"에구머니, 이를 어째!"

"그러게 왜 그리 호들갑을 떨고 난리요?"

눈이 벌겋게 충혈된 젊은이가 버럭 성질을 부리자 주모가 주춤했다.

"강쇠, 너 무슨 일이 있었냐?"

그 말을 듣자 강쇠라는 젊은이는 대답 대신 눈물부터 왈칵 쏟았다.

"아니, 너 왜 그러는 것이냐?"

"오늘 갑녕이가 죽는단 말이오."

"뭐야? 그게 지금 뭔 소리야?"

"그놈을 생매장하려고 손발을 묶어 지게에 얹어놓았다니까요."

"세상에……, 이런 변이 있나."

주모는 안색이 파랗게 질린 채 입을 다물지 못했다.

"갑녕이는 억울해요. 억울하다고요. 아무리 하찮은 종놈이라지만 소문만 듣고 사람을 그렇게 죽이는 법이 세상에 어디 있단 말이오?"

불끈 쥔 주먹을 허공에 휘두르면서 강쇠는 악을 쓰듯 소리를 질렀다. 주모도 땅이 꺼지도록 한숨을 내쉬었다.

"기어코 사단이 벌어지고 말았구먼."

"에이, 더러운 세상! 종놈 목숨은 사람 목숨도 아니라니까!"

강쇠는 울면서 미친 듯이 뛰쳐나갔다.

"얘, 강쇠야! 강쇠야!"

주모가 뒤쫓아 나갔지만 강쇠는 벌써 동네를 향해 저만큼 줄달음치고 있었다. 창황한 모습으로 들어오는 주모를 보고 김한빈이 물었다.

"무슨 일인가?"

주모는 정약종 앞으로 쪼르르 오더니 울상을 지으며 말했다.

"나리, 이 일을 어쩌면 좋습니까? 멀쩡한 아이가 죽게 생겼습니다."

"도대체 무슨 일인데 그러는가?"

"진사님 댁 일입지요."

"진사라면…… 심 진사 말인가?"

"그렇구먼요. 아, 글쎄 그 댁 하인 아이를 지금 생매장하려고 한답니다."

"생매장이라고?"

정약종과 김한빈의 눈이 휘둥그레졌다. 주모가 침을 튀겨가며 이야기를 이었다.

"어디서부터 말씀드려야 하나……. 혹시 진사님 댁 맏아들이 작년 여름에 뱀에 물려 죽은 일을 아시는지요?"

"그래, 그 이야기는 들었네."

"그 댁의 청상과수 며느리가 엊그제 스스로 강물에 빠져 죽었습지요."

"자결했단 말인가?"

두 사람은 또 한 번 놀라는 표정을 지었다. 주모는 어깻숨을 푹 내쉬면서 처연한 낯빛으로 말했다.

"그 며느리가 강물에 몸을 던진 까닭이 갑녕이라는 하인의 애를 뱄기 때문이라는 소문이 있었습니다."

그 말을 들은 정약종의 표정이 굳어졌다.

"그 소문이 사실이라느니 헛소문이라느니 분분하더니만, 글쎄 그 말이 진사님 귀에까지 들어갔다지 뭡니까?"

마른침을 삼키던 김한빈이 참지 못하고 한마디 툭 던졌다.

"사실이니까 며느리가 강물에 투신한 것이 아니겠나?"

"갑녕이는 자기가 아니라고 펄펄 뛴답니다. 강물에서 건져낸 시체로 봐서는 애를 밴 것이 틀림없으나, 죽은 사람은 말이 없으니 사내가 누구인지 밝히기가 애매하게 되어버렸지요. 진사님 댁에서는 어제부터 갑녕이를 곳간에 가두고 닦달을 한다더니만 기어코 죽게 되고 말았네요."

주모는 눈물을 찔끔거리며 치맛자락으로 찍어냈다.

"쯧쯧, 일이 그렇게 됐으면 살아남기 어렵겠구먼."

김한빈이 혀를 찼다. 어느새 정약종은 마루를 내려서는 중이었다.

"아 참, 내 정신 좀 봐. 밥상 차리다 말고."

당황하며 다시 부엌으로 향하는 주모를 정약종이 말렸다.

"조반은 나중에 함세."

"어디를 가시려고요?"

"심 진사를 만나봐야겠어."

서둘러 사립문 밖으로 나가는 정약종의 뒤를 김한빈과 주모가 황급히 따라나섰다.

2

 가재울은 아랫말과 윗말로 나뉜 제법 큰 마을이었다. 옛날 토성처럼 보이는 낮고 편평한 야산이 뻗어 내리다가 심벼루 나루 근처에서 뚝 끊겼다. 이곳 사람들은 이 뒷산을 '능안'이라 일컬었다. 수목이 울창한 능안을 뒷담으로 삼아 이십여 호의 초가들이 올망졸망 앉았고, 중간쯤 넓은 터전에 고래 등 같은 기와집 한 채가 우뚝 솟아 있었다. 아랫말 세심에서 유일한 양반인 심 진사의 집이었다. 능안 너머 가옥이 육십여 호 되는 윗말 월리는 수백 년 동안 살아온 청송 심씨들의 본거지였다.
 정약종이 심 진사네 집 앞에 이르렀을 때, 바깥마당에는 백여 명은 될 듯한 동네 사람들이 모여서 웅성거리고 있었다. 아랫말 윗말 사람들이 다 모인 듯한 그곳에는 매우 침울한 분위기가 무겁게 내리

눌렀다. 여기저기에서 아낙네들이 훌쩍훌쩍 울고 있었고, 남정네들은 고개를 떨군 채 앉았거나 말없이 곰방대를 빨아댔다. 마당으로 들어서는 정약종에게 모든 시선이 집중됐다. 다른 때 같았으면 낯익은 이 선비에게 정겹게 인사하는 촌민이 여럿이련만, 오늘은 서로 외면하기만 할 뿐 아무도 알은척하는 이가 없었다. 심 진사네 늙은 청지기만 쫓아 나오며 꾸부정한 허리를 굽실거렸다.

"나리 오셨습니까?"

정약종은 마당 한복판에 세워둔 지게를 주시했다. 멍석에 싸인 채 얹혀 있는 것은 그 꼴로 보아 영락없는 시체였다. 뒤쫓아 온 주모가 펄쩍 놀라며 지게로 달려들었다.

"갑녕이가 벌써 죽었소? 갑녕아, 갑녕아!"

주모는 두 손으로 멍석을 치면서 울부짖었다.

"아직 숨은 붙어 있네."

누군가 걸근거리는 목소리로 말했다.

"갑녕아, 네가 어쩌다 이런 꼴이 됐더란 말이냐."

주모가 멍석을 부여잡고 울음을 터뜨리자, 소리를 죽인 채 울던 아낙네 몇 명도 덩달아 흐느꼈다. 사랑채 토방에 올라선 정약종은 그 광경을 묵묵히 지켜보고 있었다.

"아이고, 동네 사람들, 우리가 다 같이 무릎 꿇고 진사님에게 빕시다. 제발 갑녕이 목숨만은 살려주십사고 말이오."

사방을 두리번거리며 주모가 호소했지만 누구 하나 대꾸하는 사람이 없었다. 주모는 악다구니를 썼다.

"어이구, 갑녕이가 불쌍하지도 않아요? 이렇게 인정머리들이 없어서야 어찌 한마을 사람이라 하겠소?"

그 말에 환갑 나이는 됨직한, 수염이 허연 늙은이가 주모에게 핀잔을 주었다.

"자네가 나설 자리가 아닐세. 우리가 빌어서 저놈을 살릴 수만 있다면야 무르팍이 문드러진다고 마다하겠나."

마을 사람 여럿이 노인의 말에 동조했다. 주모는 땅이 꺼지도록 한숨을 내쏟았다.

"그럴 테지요. 하지만 저 녀석이 너무 가엾어서……. 우리 주막에 와서 물동이도 잘 날라다 주더니만……. 어이구, 불쌍한 것, 이팔청춘에 생죽음이 웬 말이냐!"

넋두리를 하던 주모는 아예 땅바닥에 퍼질러 앉아 오장을 쥐어짜는 소리로 꺼이꺼이 울기 시작했다. 그것은 다분히 동네 사람들을 선동하는 울음소리였다. 상것들이 진사의 마음을 바꾸려면 다 함께 우는 것으로 호소하는 방법밖에 없음을 암시하는 듯한 울음이었다.

안채에 다녀온 청지기가 정약종을 사랑방으로 안내했다.

"진사님이 잠시 기다려달라고 하십니다."

그 말을 하고 나가는 청지기 역시 허둥대는 꼴이 경황이라고는 하나도 없어 보였다. 바깥에서는 여전히 주모가 온갖 사설을 늘어놓으며 큰소리로 울어댔다. 해가 중천으로 떠오르면서 뜨거운 햇볕이 내리쬐기 시작했다. 시간이 지날수록 사람들 숫자는 더 불어났다. 그들은 죽음 직전에 놓인 이 집 하인의 처지를 자기 처지인 양

가슴 아파하고 있었다.

　심 진사를 기다리는 동안 정약종은 갑녕이라는 아이를 생각했다. 그가 가끔 가재울에 오게 되면 언제나 제일 먼저 나타나서 공손하게 인사하는 하인이 바로 갑녕이었다. 어떤 때는 멀리서 알아보고 일부러 뛰어와 그에게 인사하는가 하면, 떠날 때는 동구 밖까지 따라 나와 그를 배웅하기도 했다. 비록 천한 노비 신분이지만 그는 자신에게 각별한 호의를 보이는 갑녕의 태도가 기특하지 않을 수 없었다.

　지난봄에 왔을 때 갑녕은 키가 멀쑥하게 자라고 몸집도 장골이 다 되어 있었다. 종놈답지 않게 항상 얼굴이 해맑고 행동거지도 의젓하여 심 진사가 좋은 하인을 두었다고 정약종이 늘 감탄하곤 했는데 이런 사태가 벌어질 줄이야.

　주모의 말대로 심 진사에겐 아들이 있었다. 글재주는 좀 있으나 왠지 경박해 보이는 그 아들은 면학에 열중할 나이에 계집종에게 눈독을 들였다. 이를 알아챈 부모는 아들이 집안 망신을 시킬까 싶어 작년 초에 서둘러 장가를 보냈다. 신부는 여주 고을 광산 김씨 가문에서 데려왔다. 신부의 자색이 곱고 행실이 조신하여 심 진사가 은근히 며느리 자랑을 늘어놓곤 했는데, 혼인 반년 만에 아들이 독사에 물려 죽는 일이 생기고 말았다.

　동네 사람들은 심 진사의 아들보다 갓 스무 살 나이에 청상과수가 된 며느리 신세를 더 동정했다. 아리따운 꽃봉오리를 활짝 피어 보지도 못하고 평생 독수공방으로 그늘에서 시들게 됐으니 어찌 가련하지 않으랴.

가재울 심 진사의 큰아들이 죽었다는 소식을 들은 정약종의 머리에 가장 먼저 스친 생각도 그 며느리가 참으로 가엾다는 것이었다. 행세하는 가문일수록 한 번 출가한 여자의 수절은 나라 법보다 더 엄격하게 지켜야 하는 불문율이 됐다. 심 진사네 며느리를 한 번도 본 적은 없었으나 짝을 잃고 구만리 같은 인생을 외롭게 살아가야 할 젊은 과수댁이 안쓰럽다 못해 가슴이 아팠다.

정약종은 젊은 여자에게 평생 수절을 강요하는 나라 풍토가 마음에 들지 않았다. 대의명분과 가문의 명예라는 사슬로 여자를 옭아매고 은근히 열녀 되기를 강요하는 일이 비일비재했기 때문이다.

'결국 하인 녀석과 정분이 나고야 말았군.'

이런 일은 과부 며느리를 둔 집안에서 언제라도 발생할 가능성이 있었다. 바깥출입이 어려운 양반집 며느리가 쉽게 접촉할 수 있는 남성이란 한집에 사는 노복밖에 없다. 피가 뜨거운 젊은 남녀가 정분이 나면 양반 상놈의 신분에 구애받지 않게 마련이라, 그런 사랑은 필경 목숨을 거는 모험이 된다. 청상과부 며느리가 있는 양반 가문에서는 언제나 그것이 화근거리였던 것이다.

'죽은 사람이야 어쩔 수 없더라도 저 하인 아이는 살려야 하는데……'

정약종은 그 생각에 골몰했다. 평소에 그 아이가 자신에게 보여준 호의가 아니었더라도 살아 있는 생명이니 반드시 구해야 할 터였다. 그러나 다른 사람이 관여할 수 있는 성질의 사건이 아니어서 가슴이 답답했다. 심 진사는 바탕이 악한 사람은 아니었다. 그렇다고 가문의 명예에 엄청난 타격을 입힌 사건을 관대하게 처리할 만큼 도량이 넓은 위인도 못 됐다.

정약종이 이 집을 드나들기 시작한 것은 삼 년 전부터였다. 심벼루 나루에서 배를 내려 십 리쯤 들어가면 한강개 혹은 대감말이라는 동네가 있다. 그곳에 사는 스승 권철신을 뵈러 젊어서부터 그는 이 길을 자주 다니곤 했다. 그 당시만 해도 심 진사와 교분이 깊지는 않았다. 스승의 집으로 가는 길목에 있는 이곳 가재울의 토호土豪 심 진사 형제들과 길에서 마주치면 수인사를 나누는 정도였다.

심씨 집안은 뿌리 깊은 노론이고, 마재의 정씨 집안은 이름난 남인이어서 피차 거리감을 가지고 지내왔다. 심씨 집안의 태도가 변한 것은 얼마 전부터였다. 심 진사 형제가 정약종을 보기만 하면 부득부득 자기네 집으로 초대하여 극진한 대접을 하는 것이었다. 처음에는 내심 의아하게 여겼으나 몇 차례 겪어보는 동안 그들의 속셈을 알아챘다. 정약종의 아우 정약용이 상감의 총애를 받는다는 사실이 그들에겐 굉장히 반가운 일이었던 것이다. 정약용이 경기도 암행어사를 하고 홍문관 교리를 거쳐 임금을 측근에서 모시는 승지가 되자, 심씨들의 친절은 곱절로 은근해졌다.

심 진사 형제는 자기들이 벼슬길에 나가지 못한 대신 자제들을 출세시키려는 욕구가 대단했다. 따라서 임금의 신임이 두터운 남인 시파에 소속된 마재의 정씨 형제들을 무시할 수 없었다. 그들은 정조가 살아 있는 동안 남인의 득세는 요지부동일 것으로 여겼다. 더구나 총명하고 다재다능하여 조정에서 떠오르는 태양으로 각광받는 정약용의 명성은 심씨 가문에서도 익히 알고 있는 터였다. 노론에 뿌리를 둔 그들이 정약종에게 스스로 허리를 굽히는 데는 그런 저의가 깔려 있었다.

안에서는 좀처럼 소식이 없었다. 청지기의 귀띔으로 미루어 가문의 어른들이 모여 숙의하는 모양이었다. 도살할 돼지처럼 하인의 사지를 묶어 이미 지게에 얹어놓고는 무슨 숙의를 계속하는 것일까? 젊은 목숨이 경각에 달려 있는 상황이었다. 정약종은 자꾸 조바심이 일었다.

드디어 청지가 기침 소리를 내며 방문을 열었다.

"진사님이 어르신을 안채로 모시고 들어오라 하십니다."

"안채로?"

뜻밖의 전갈을 받고 정약종은 약간 긴장했다. 집안 어른들이 구수회의鳩首會議하는 자리에 자기를 부르는 것이 아무래도 심상찮게 여겨졌다.

몸채 사랑방에는 심 진사의 형 심 생원 외에 당숙과 사촌, 그리고 종손이라는 사람까지 전부 다섯 사람이 모여 있었다. 그들은 모두 일어나 손님을 정중하게 맞았다. 양반들의 번거로운 인사치레를 끝낸 다음 심 진사가 무거운 표정으로 입을 열었다.

"조상님께 욕되는 일이 가내에 발생하여 본의 아니게 결례를 하고 말았소."

심 생원이 머리까지 숙이며 그 말을 받았다.

"정 공, 참으로 면목 없소이다. 우리 덕이 부족하여 수치스럽기 짝이 없는 일이 집안에 일어났소. 이미 밖에서 보셔서 짐작은 하셨 겠지만, 동네 것들이 마당에 모인 내력은 알고 계시겠지요?"

"예, 배를 내리자마자 주막에서 우연히 듣게 됐습니다. 지게에 얹혀 있는 하인도 이미 봤소이다."

정약종의 대답에 얼굴을 찌푸리던 심 생원은 곧 안색을 고치고 다음 말을 이었다.

"정 공과 우리 형제는 막역한 사이여서 솔직하게 털어놓고 도움을 청하고자 이 자리에 모셨소이다. 하인 놈의 처단 문제를 놓고 장시간 논란을 거듭했지만 탁방坼榜이 안 나오는구려."

심 생원이 설명한 내용은 이랬다. 당숙과 문중을 대표해 참석한 종손은 가문의 명예를 더럽힌 종놈을 단호하게 처단해야 한다는 쪽이고, 심 생원과 사촌은 죽일 것까지는 없다는 쪽이었다. 죽여서는 안 된다고 주장하는 첫째 이유로는, 실인심失人心이 걱정되기 때문이었다. 상전 집 수절 며느리와 통정한 사실은 절대 용서할 수 없는 일이지만, 동네 사람들이 전부 그 하인을 동정하고 옹호하는 사실은 결코 가볍게 봐 넘겨서는 안 될 일이었다.

심 생원은 '적선지가積善之家에 필유경必有慶'이라는 공자의 가르침을 내세웠다. 하인을 엄하게 징치해서 멀리 추방하는 것으로 끝내야만 자손들의 앞날이 길하다는 명분이었다. 그에 반해, 당숙과 종손은 가문의 법도를 세우기 위해서라도 일벌백계一罰百戒를 고집했다. 난처하게 된 사람은 심 진사였다. 최종 결론은 집주인인 자신에게 달렸으나 그는 어떤 판결도 선뜻 내리기 어려웠다. 양쪽의 주장이 다 그럴듯했기 때문이다. 대강 경위를 설명하고 나서 심 생원이 정약종에게 애원하듯 말했다.

"정 공, 고견을 들려주시오. 정 공의 한 말씀이 이 자리에서는 매우 무겁소이다."

자신의 말 한마디에 따라 구수회의의 결말을 내겠다는 뜻이 아닌가. 정약종은 그 하인을 살릴 수 있는 일말의 가능성이 보여 내심으로 쾌재를 불렀지만, 책임 있고 신중한 태도를 보여야 하는 상황이었다. 분위기를 살폈다. 나이가 젊은 종손은 완강해 보였다. 그를 설득하는 일이 쉽지 않을 듯싶었다. 모두 긴장한 눈빛으로 정약종을 주시하는 가운데, 잠시 두 눈을 감고 기도를 올린 그가 입을 열었다.

"심 진사, 자부와 하인이 동침하는 장면을 직접 목격한 사람이 있소?"

"아니요. 동네에 그런 소문이 떠돌았을 뿐 눈으로 봤다는 사람은 없었소."

"그 소문을 사실이라고 믿으시오?"

"강물에서 건져낸 시신이 임신 중이었으니 부인할 도리가 없지요. 게다가 종놈도 자백을 했고요."

"자백을 해요?"

"어제는 펄쩍 뛰며 부인하더니만 하룻밤을 보낸 오늘 아침에는 울면서 죽여달라고 했답니다."

그 말을 들은 정약종은 난감한 표정을 지었다. 상황은 심각했다. 그렇다고 하인이 자백했으니 처단하라고 말할 수는 없는 일이었다.

"여러분의 통분한 심정은 십분 이해하고도 남습니다. 그렇지만 그 하인을 처단하는 것은 단견이라고 여겨집니다."

"단견이라니요?"

심씨들이 일제히 곱지 않은 눈초리로 정약종을 쳐다봤다.

"그 하인을 처단하면 죽은 자부와의 불미스러운 일을 확증시키는 꼴이 됩니다. 그러므로 이 일은 조용히 수습하는 것이 상책인 듯싶습니다."

"도대체 그 상책이란 것이 무엇이오? 그 이야기 한번 들어봅시다."

종손이 따지듯 강하게 저항해 왔다. 정약종은 침을 한 번 삼킨 뒤에 말을 이어갔다.

"심 진사님은 밖에 나가서 동네 사람들에게 이렇게 공표하십시오. '소문만 믿고 하인을 물고 낼 수는 없다. 며느리는 자기 신세를 비관하여 스스로 강물에 투신했다. 누명을 쓰게 된 하인은 방면하겠다.' 진사님의 말씀을 반신반의하는 사람들도 없지 않겠으나, 세월이 가면 이 사건은 차츰 잊힐 것입니다. 그러나 하인을 죽여버리면 문제가 달라집니다. 이것은 심씨 가문이 그 사실을 인정하는 꼴이 됩니다. 따라서 며느리와 하인의 불륜이 사람들의 머릿속에 깊이 각인되어 두 사람의 죽음을 오래 기억하게 될 것이외다. 이것은 심씨 가문에 더욱 불명예스러운 일이 되겠지요."

"그런다고 시신이 임신한 사실까지 호도할 수야 없지 않소?"

종손이 신랄하게 비판하는 소리에 정약종은 빙그레 웃었다.

"누구나 강물에 빠지면 물을 켜게 마련이오. 죽은 자부의 배가 불렸던 것은 그 때문이 아니겠소?"

"옳거니!"

심 생원이 무릎을 탁 쳤다.

"양반의 위세는 두었다가 어디에 쓰려고 그러시오? 물을 많이 먹어 시체의 배가 불렀다고 우기면 그뿐인 것이오. 누가 감히 아니라고 떠들겠소? 그렇게 우겨서 하인을 살려준다면 동네 사람들도 내심 기뻐할 것이외다."

"정 공의 말이 탁견이오. 탁견! 우리가 왜 진작 그런 생각을 못 했을꼬."

사뭇 탄복하는 심 생원을 보면서 정약종은 한마디 더 부추겨 쐐기를 박았다.

"그 하인을 살려주면 심씨 가문에서 활인(活人)하는 덕을 베푸는 동시에 자결한 며느리도 열녀로 만들 수가 있소."

"이제야 탁방이 났네. 조상의 음덕이 오늘 정 공을 우리에게 보내주신 게야. 아우, 아니 그런가?"

오랜 논쟁에서 자기가 이겨 유쾌한 듯 심 생원은 자못 의기양양했고, 심 진사도 수렁에서 빠져나온 사람처럼 얼굴이 환해지며 머리를 끄덕였다.

"뭐 하고 있나? 아우는 어서 나가서 그놈을 풀어주게."

심 생원이 재촉하자 심 진사가 마침내 자리를 박차고 일어섰다.

3

 백로 떼가 내려앉은 양 심벼루 나루는 사람들로 하얗게 덮여 있었다. 가재울에서 추방당하는 갑녕을 전송하러 나온 마을 사람들이었다.
 "갑녕아, 잘 가거라."
 "여기는 언제나 네 고향이야."
 "어디 가도 건강하게 복 받고 잘 살아야 한다."
 "갑녕아, 언젠가 꼭 다시 찾아와야 해."
 떠나가는 야거리를 향해 저마다 한마디씩 외쳐대는 소리로 강변은 악머구리 끓듯 소란스러웠다. 동네 사람들은 한결같이 자기 혈육을 떠나보내는 것처럼 아쉬워하며 슬퍼했다. 눈물까지 흘리는 아낙네들도 있었다. 그러나 이별은 섭섭할지언정 목숨 붙여 떠나보내는 것을 천만다행으로 여기는 표정들이 역력했다.

추방되는 갑녕은 돛대를 부여안고 서서 한마디 인사말도 못 한 채 눈물만 흥건한 눈으로 정든 고향 사람들을 하염없이 바라볼 뿐이었다.

이물 칸에 앉아서 곰방대를 빨며 그 광경을 지켜보던 김한빈이 속으로 거듭 감탄했다. 한낱 노비 신분에 지나지 않는 아이에게 마을 사람들은 무슨 까닭으로 저토록 깊은 애정을 보이는 것일까. 김한빈은 관상을 보듯 갑녕이라는 녀석을 새삼스럽게 유심히 뜯어봤다. 허우대는 멀쑥하게 컸으나 털이 덜 자란 수탉처럼 아직 애송이 티를 벗지 못했다. 결코 잘생긴 얼굴이라고 할 수는 없는데, 종놈답지 않게 이목구비가 반듯하여 오히려 귀골의 인상을 풍겼다. 하지만 인상이 좋다고 해서 온 동네 사람들이 이토록 이별을 애달파할까? 아닐 것이다. 거기에는 필경 어떤 사연이 있으리라.

야거리는 강물을 따라 빠른 속도로 내려갔다. 산모롱이에 가려지며 심벼루 나루가 시야에서 완전히 사라지자, 갑녕은 털썩 주저앉더니 꾹 참았던 울음을 한꺼번에 쏟아냈다. 오장을 쥐어짜는 소리로 어찌나 섧게 흐느껴 우는지 곁에서 듣고 있는 김한빈과 사공의 가슴이 다 찢어질 정도였다. 그러나 슬프면 울어야 하는 것, 김한빈으로선 그저 바라볼 수밖에 달리 어쩔 도리가 없었다.

야거리가 양근 읍내 앞을 지날 무렵 비로소 갑녕은 울음을 그쳤다. 그때부터는 뱃전에 기대앉은 채 깊은 시름에 잠긴 얼굴로 푸른 강물만 내려다봤다.

"넌 올해 몇 살이나 됐느냐?"

사공이 불쑥 물었다. 갑녕은 눈물 자국이 남은 얼굴을 들어 힐끗 쳐다볼 뿐 아무 대꾸도 하지 않았다. 옆에 있던 김한빈이 한마디 했다.

"어른이 물어보면 대답을 해야지."

"열여덟 살입니다."

창자에서 억지로 끌어 올리는 듯한 갑녕의 목소리에 두 사람은 다시 입을 다물고 말았다.

그 시각, 정약종은 가재울을 떠나는 참이었다. 심씨 일가가 벌여 놓은 술자리를 마다하고 삼계탕 한 그릇으로 아침 겸 점심 요기를 한 뒤 서둘러 심 진사네 집에서 나왔다. 길목이 되는 동네 어귀에 노인 서너 명이 기다리고 있었다. 그들은 정약종에게 허리를 굽혀 인사를 했다.

"고맙다는 인사라도 드리려고 기다렸습니다."

"그놈이 나리 덕분에 목숨을 부지했으니 이 은혜를 어떻게 갚아야 할지……."

노인들은 진심으로 감사하고 있었다. 자기 피붙이도 아닌 남의 집 하인을 구해 준 것을 두고 이렇게 고마워하는 것이었다. 정약종은 그 노인들의 마음에서 사람 냄새를 느꼈다.

"그 아이는 내가 살린 것이 아니라 하느님께서 보살펴주신 것입니다. 이 세상에 살면서 좋은 일을 더 많이 하라고요."

"안 그래도 심성이 워낙 착한 놈이니 어디 가더라도 남에게 미움은 받지 않을 것입니다."

"아무렴요. 부지런하고 영리하니 가는 곳마다 환영을 받을 것이구먼요."

"우리 동네에서 아까운 녀석 하나 잃었습죠."

노인들은 갑녕의 생명을 구한 것은 다행으로 여겼으나, 갑녕이 동네를 영원히 떠나 다시는 돌아오지 못하게 된 것에 대해서는 가슴을 치며 아쉬워했다.

정약종은 그들과 헤어져 한강개를 향해 걸음을 재촉했다. 발걸음이 가벼웠다. 사람을 살리는 일보다 더 기분 좋은 일이 어디 있을까? 그는 생각지도 않았던 심 진사네 집안 사건에 개입하여 그 아이를 살려낸 것을 하느님의 뜻으로 여겼다. 심벼루 나루에서 배를 내릴 때만 해도 전혀 예상치 못한 일이었다. 그러고 보면 한 치 앞도 모르는 것이 인간의 일이었다. 그는 갑자기 가슴이 꽉 막혀왔다. 국상 중이라는 사실에 생각이 미친 탓이었다. 임금의 갑작스러운 승하는 백 번 생각해도 도무지 납득할 수가 없었다. 말복의 늦더위 뙤약볕이 사정없이 내리쬐는 산골길을 정약종은 눈물을 흘리면서 걸었다.

스승이 사는 마을까지는 심벼루 나루에서 십 리가 넘는 거리였다. 그 어간에 산봉우리가 날카로운 바위들로 이루어진 칼산이 우뚝 서 있고, 산자락 아래로는 허술한 초가들이 드문드문 보이는 한적한 길이 이어졌다. 드디어 정약종은 느티나무 한 그루가 수문장처럼 버티고 서 있는 마을 어귀에 이르렀다. 수령이 수백 년 된 거목답게 그늘도 너르게 드리워져 있었다. 그는 갓과 도포를 훌훌 벗어

던지고 그 자리에 털썩 주저앉았다. 지독한 늦더위에 산천초목이 전부 늘어졌으나 매미들만은 극성스럽게 울어댔다. 눈앞의 한강개 마을 역시 더위에 지친 모습으로 조용히 엎드렸다. 동네에는 개 한 마리 얼씬거리지 않았다.

녹암鹿庵 권철신은 당대의 석학으로, 일찍이 예학禮學과 경학經學에 관해서는 조선에서 으뜸이라는 평판이 자자했다. 그 명성을 듣고 학문에 뜻을 둔 젊은 선비들이 경향 각처에서 구름처럼 모여들던 시절이 있었다. 오죽하면 '녹암 선생을 찾는 선비들의 발길이 끊이지 않아 심벼루 나루에 주막거리가 생겼다'는 말이 나왔을까. 그 말은 틀린 말이 아니었다. 한 집밖에 없었던 주막이 지금은 두세 집으로 늘어났다. 그렇듯 양근 고을 궁벽한 산촌에 지나지 않던 한강개는 권철신의 존재로 인해 전국의 선비들에게 유명한 곳이 됐다.

전설에 의하면 이곳은 옛날에 한씨와 강씨 들이 조성한 마을이라 한강개韓姜介로 불렸다고 한다. 그러나 안동 권씨 집안이 들어와 살기 시작하면서 두 집안은 차츰 소멸하고, 권씨 가문만 번성하더니 관찰사를 지낸 권암 대에 이르러 권씨의 명성이 나라 안에까지 자자해졌다. 그중에서도 장남 권철신과 삼남 권일신이 특히 뛰어났다. 형제의 높은 학문과 고매한 인격이 널리 알려지면서 전라도와 경상도 같은 먼 지방에서까지 제자가 되려고 찾아오는 청년 선비들이 줄을 이었던 것이다.

그러다가 십 년 전 신해년辛亥年부터 갑자기 발길이 뚝 끊겼다. 그해에 전라도 진산에 사는 천주교도 윤지충이라는 선비가 모친상 때 제사를 안 지내고 위패를 불사른 것이 큰 말썽이 됐다. 그 바람에 양근 고을 권일신이 천주교의 교주라는 모함을 받아 의금부로 잡혀가서 모진 고문 끝에 숨을 거두는 불상사가 있었다.

그 사건 이후 서학西學을 한다고 권철신을 찾아오던 후학들도 등을 돌리게 된 것이다. 권철신은 칩거 생활에 들어갔다. 셋째 아우를 잃은 것도 분했지만, 그보다도 서양에서 들어온 종교라는 이유만으로 무조건 배척하여 천주교도를 역적 취급하는 풍토에 환멸을 느꼈기에 바깥세상과 결별하기로 마음을 먹었던 것이다.

다시 의관을 정제한 정약종이 스승의 집으로 찾아들었을 때, 권철신은 바깥사랑채에서 독서삼매에 빠져 있었다.

"이 더위에 어인 일인가?"

정약종을 본 스승은 그의 백립을 보고 표정을 일그러뜨리며 물었다. 스승과 제자는 그 자리에 나란히 북향해 서서 절을 네 번 올렸다. 그 둘은 돌아가신 임금을 진심으로 애도했다. 다시 자리에 앉자마자 권철신이 성급하게 물었다.

"어서 말해 보게. 이 더위를 무릅쓰고 온 것을 보면 예삿일은 아닌 것 같은데……."

제자의 표정에서 심상찮은 낌새를 눈치 채고 묻는 말이었다. 정약종은 격해지려는 감정을 자제하며 침착하게 입을 열었다.

"상감이 승하하신 일로 왔습니다."

"참으로 애석하기 짝이 없는 일이네. 보령으로 봐서는 연부역강年富力强하실 분이 그리 됨은 이 나라 백성들이 박복한 탓이야."

"그런 말씀이 아니오라……."

"알고 있네. 이 땅에서 예수님을 모시기가 더 어려워지겠지. 아마 큰 박해도 일어나기 쉬울 것일세."

오늘따라 스승의 말씀이 자꾸 급해지는 것이 정약종은 안타까웠다.

"스승님, 상감은 병환으로 돌아가신 것이 아닙니다."

"으응? 그게 무슨 말인가? 병환이 아니라면?"

"상감은 독살당하셨습니다."

"뭐야? 독살?"

경악하는 스승 앞에 정약종은 지니고 온 서찰 한 통을 내놓았다. 그것은 황사영이 보낸 보고서였다.

정조가 숨을 거둔 이튿날부터 임금이 독살당했다는 소문이 대궐 안에 퍼지기 시작했다. 워낙 엄청난 사건이라 모두 쉬쉬했다. 그래도 소문은 퍼지기 마련이었다. 대궐 문틈으로 새어 나간 소문은 어느덧 백성들 사이에 걷잡을 수 없이 퍼지고 있었다. 황사영은 소문의 근원을 추적했고, 그 결과 소문은 충분한 근거가 있는 것으로 판단한다고 편지를 써 보낸 것이다. 서찰을 읽던 권철신은 얼른 정약종을 쳐다봤다.

"황 진사의 말을 믿어도 되겠는가?"

새파랗게 젊은 사람의 말이라 미덥지 못하다는 뜻이었다.

"황 진사가 어떤 젊은이인지 스승님도 잘 아시지 않습니까?"

"그야 알지."

"섣부른 판단으로 말도 안 되는 내용을 보고할 만큼 경솔한 사람이 아닙니다."

권철신은 말없이 고개를 끄덕이면서도 여전히 떨떠름한 표정이었다. 하기야 황사영이 누군가? 춘당대春塘臺 과거장에서 열일곱 나이로 장원 급제하여 세상을 놀라게 했던 영재가 아닌가. 정조는 기쁨을 숨기지 못하고 소년 황사영을 불러 손을 어루만지면서 이렇게 말했다.

"네 나이 스무 살이 되면 내가 탑전榻前에 두리라."

탑전이란 임금의 자리 앞이라는 말이니 장차 등용하여 크게 쓰리라는 뜻이었다. 이에 감격한 소년 황사영도 정조가 잡아주었던 왼손에 항상 붉은 비단을 휘감고 다녔다. 그런 일화로 소년 진사 황사영의 명성은 조선 팔도에 널리 퍼졌고, 조선에서는 그를 모르는 사람이 없을 정도였다.

그러나 황사영은 스무 살이 되어서도 출사하지 않았다. 그는 이미 골수 천주교인이 되어 있었다. 어명으로 보장되어 있는 출세를 헌신짝 버리듯 내팽개치고, 처삼촌인 정약종을 따라 천주교의 지도자로 맹활약하는 중이었다.

황사영은 육 년 전부터 한양에 잠복해 있는 중국인 주문모 신부를 곁에서 보좌했다. 그는 총무 역할을 맡아 교회의 전체 업무를 관장하는 일도 했다. 그가 무엇보다 신경을 많이 쓴 일은 조정 신하들의 동태를 파악하는 것이었다.

당시의 조정은 영조 시대에 발생한 벽파와 시파로 크게 갈라져 있었다. 뒤주에 갇혀 죽은 사도세자 때문에 생긴 파벌이었다. 세자를 제거하려 했던 무리를 벽파, 세자를 옹호했던 무리를 시파로 지칭했다. 왕위에 오른 청년 임금 정조는 자기 아버지 사도세자의 억울한 죽음을 똑똑히 기억하고 있었다. 벽파보다 시파와 가까이하는 것은 자식으로서 당연한 인지상정이었다.

하지만 문제가 있었다. 정권의 핵심에서 밀려난 벽파가 숫자상으로는 압도적으로 많았다. 그들은 항상 시파를 타도할 기회를 노리며, 조그만 트집거리만 있어도 벌 떼같이 들고 일어나 임금을 괴롭혔다. 매사에 합리적이고 본성이 선량한 정조는 벽파의 도전을 완전하게 제압하지 못했다. 어린 세손 시절부터 신료들 간의 당파 싸움을 직접 보고, 듣고, 체험하면서 성장한 임금이기에 당쟁의 끔찍함과 무서움에 대해 잘 알고 있었다. 그 폐해가 오죽했으면 한 나라의 세자가 뒤주에 갇혀 생죽음을 당했을까?

정조는 벽파의 반발을 무마하기 위해 조부인 영조가 시행했던 탕평책蕩平策을 펼쳐 당파를 어루만졌다. 인재를 고루 등용한다는 명분으로 벽파 인물들도 고위 관리에 등용하다 보니, 어느새 수적으로 월등한 벽파가 조정을 지배하다시피 했다. 상대적으로 소수의 시파는 위축될 수밖에 없었다. 그나마 시파의 영수 격인 채제공이 정승 자리를 오래 지키고 있어서 정적들의 공세를 막는 시파의 방파제 역할을 해주었다.

당시 벽파에서 가장 미워하는 시파의 대표적 인물이 이가환, 이승훈, 정약용 등이었다. 그들은 세상이 다 아는 뛰어난 인재로 정조가 특히 아꼈다. 그런데 하필이면 그들이 모두 천주교와 깊은 관련이 있었다. 조선에 천주교를 끌어들인 장본인들이 바로 그들이었다.

벽파는 시파의 주도 세력인 그들을 타도하는 구실로 언제나 천주교를 걸고 넘어졌다. 이미 수백 년 전부터 조선의 국시國是로 정착한 주자학에 배치된다 하여 천주교를 사교邪敎로 규정해 놓고는, 기회가 있을 때마다 파상 공세를 펼쳐 시파를 당황하게 만들었다.

황사영은 그런 조정의 실태를 꿰뚫어 봤다. 그는 벽파의 움직임을 낱낱이 파악하기 위해 대궐에 있는 천주교 신자인 궁녀 몇 명을 이용해 정보망을 구축해 왔다. 임금이 독살당했다는 소문이 퍼지자, 그는 그 정보망을 동원하여 사실 여부를 재빨리 알아봤던 것이다.

그동안 정조가 고생해 온 병환은 등창이었다. 처음에는 대수롭지 않은 부스럼으로 여겼으나 좀처럼 완치되지 않았다. 무더운 여름이 되면서 종기는 부쩍 더 심해졌다. 편히 누워서 잘 수조차 없게 되자 정조의 용태는 눈에 띄게 수척해져 갔다. 고통스러워하는 정조에게 새로 조제한 탕제를 올렸는데 공교롭게도 그 탕제가 문제가 됐다. 새로 조제한 탕제를 마신 후, 정조는 땀을 비 오듯 쏟으며 전보다 더 심한 고통을 호소했다. 밤새 고생하던 정조는 새벽녘에야 잠이 들었다. 그때 대왕대비가 문병차 정조의 침소를 찾았다. 자리를 비켜 주려고 방 안에 있던 사람들이 모두 밖으로 나온 사이, 방 안에 혼자 있던 대왕대비가 갑작스럽게 큰소리로 울음을 터뜨렸다. 그 순간에 정조가 승하했던 것이다.

황사영은 단정했다. 정조가 별안간 죽은 이 사건은 대왕대비 정순왕후와 일부 노론 신하들이 음모를 꾸며 저지른 시역弑逆이 분명하다고.

황사영은 자신이 그렇게 의심하는 이유를 다음과 같이 지적했다.

첫째, 내의원 도제조 이외수가 벽파의 중심 세력인 노론과 유착된 인물이라는 것.

둘째, 상감의 치료를 담당한 어의 심인이 이외수의 심복이라는 것.

셋째, 그 두 사람이 전부터 대왕대비와 밀접한 관계를 맺어왔다는 것.

넷째, 상감이 승하하자마자 겨우 열한 살밖에 안 된 어린 세자를 서둘러 용상에 앉히고 대왕대비가 수렴청정垂簾聽政을 시행했다는 것.

다섯째, 임금 노릇을 대행하는 대왕대비 측근에 노론 인물들이 재빨리 포진했다는 것.

마지막으로 황사영은 이렇게 덧붙였다. 등창이 심하더라도 그것으로 사람 목숨이 그토록 쉽게 끊어질 수는 없다는 것이었다.

그런저런 정황으로 미루어 누군가 정조를 시해한 것이 틀림없다고 황사영은 단호하게 말했다. 따라서 임금이 독살당했다는 세간의 소문은 결코 헛소문이 아니라고 주장했다. 조목조목 짚어 대왕대비 정순왕후를 이 사건의 배후 주모자로 지적한 대목에서 그의 날카로운 통찰력이 유감없이 발휘됐다.

"이런 천인공노天人共怒할 것들이 있나! 신하로서 감히 하늘 같으신 상감을 시해하다니……."

권철신은 너무도 분개했다. 수염이 부들부들 떨렸고 노안의 주름은 더욱 깊게 팼다. 충격과 경악에 휩싸이기는 정약종도 마찬가지였다. 스승과 제자는 한참 동안 할 말을 잃은 채 서로 쳐다볼 뿐이었다. 두 사람은 앞으로 일어날 사건이 만만치 않으리라는 예감을 하고 있었다. 그들의 표정에는 두려운 빛이 역력했다. 정순왕후, 그 무서운 여인이 다시 등장하게 될 줄은 꿈에도 몰랐던 것이다.

"상감마마, 어찌 그리 비명에 가셨나이까! 이 나라의 억조창생億兆蒼生을 어찌하라고……."

권철신이 가슴 미어지는 슬픈 소리로 곡을 하기 시작했다. 정조가 없는 조정은 생각할 수도 없고 생각하고 싶지도 않았다. 정조 덕분에 최근 십여 년간은 가히 태평성대라고 일컬을 만큼 조야朝野가 평안하지 않았던가. 민생이 안정되니 학문과 문화까지 더불어 발전했는데, 정조가 붕어했으니 이제 좋은 시대는 모두 끝났다. 이처럼 좋은 시절은 앞으로는 결코 올 수 없을 것만 같았다.

"스승님, 작년에 사간원司諫院 권유가 상감에게 아뢴 일을 기억하시는지요? 스승님과 저를 어전에서 성토한 일 말입니다."

턱을 치켜들고 만감이 교차하는 얼굴로 앉아 있던 정약종이 불쑥 그렇게 물었다. 권철신은 머리를 끄덕이며 정약종을 빤히 바라봤다. 어찌 그 일을 잊을 수 있겠느냐는 표정이었다.

그 당시 사간원 대사간大司諫 권유가 정조에게 아뢴 말은 다음과 같았다.

"양근의 권철신과 마재의 정약종은 천주교인들이 정신적인 지주로 여기는 사람들입니다. 학문을 한답시고 재야에 묻혀 사학 연구에만 열중하는 그자들을 더 이상 방치하면 장차 큰 우환이 될 것으로 사려하옵니다. 싹이 자라나 커다란 나무가 되기 전에 그 싹을 제거함이 장차 나라의 근심을 더는 길이옵니다. 재야에서 암약하는 그자들의 행동을 엄히 문책해야 할 줄로 아옵니다. 통촉해 주시옵소서."

한참 동안 아무 말 없이 권유를 노려보던 정조는 불같이 진노했다.

"그 두 사람은 시골에 파묻혀 오로지 학문 연구에만 심혈을 기울이는, 이 나라의 보배 같은 존재들이오. 대사간은 어찌하여 그같이 깨끗한 선비들을 내 앞에서 무고한단 말인가. 당장 물러가시오. 그런 말을 하려거든 대사간 자리를 내놓고 멀리 시골구석에 가서 엎드려 있는 것이 낫겠소. 그대 같은 인간은 벼슬자리를 차고 앉아 이 나라의 녹만 축내는 자이니라."

정조가 그렇게 화를 내는 일은 매우 드물었다. 그 사건 이후 누구도 감히 천주교를 비난하는 상소를 올리지 못했다고 한다. 하지만 정조가 승하한 지금은 사정이 완전히 바뀔 터였다.

4

 기세 좋게 남한강을 내려가던 야거리는 북한강과 합류하는 지점인 두물머리에 이르러 곧장 한강으로 들어섰다.
 뱃길 삼십 리를 오는 동안 갑녕은 내내 말이 없었다. 그는 뱃전에 앉아 곧추세운 두 무릎을 양팔로 싸안은 채, 마치 세상을 조금도 더 살기 싫다는 얼굴로 강물만 쳐다보며 꼼짝하지 않았다. 어느 순간 느닷없이 강물로 뛰어들기라도 할까 봐 김한빈은 잠시도 그에게서 눈을 떼지 못했다.
 드디어 배가 마재 나루터에 닿았다. 갑녕은 퍼뜩 정신이 든 얼굴로 일어서서 눈앞의 낯선 풍경을 둘러봤다. 먼저 배에서 내린 김한빈이 재촉했다.
 "내리지 않고 뭘 그러고 섰느냐?"

팔려 온 송아지처럼 갑녕은 떨떠름한 얼굴로 마재 땅을 처음 밟았다. 가재울과 달리 삼면으로 앞이 훤하게 터져서 후련한 느낌을 주는 마을이었다. 무엇보다 갑녕의 시선을 사로잡은 것은 강 건너 소내 포구였다. 그곳에 즐비하게 정박해 있는 크고 작은 배들과, 강변 넓은 들판을 메우듯 꽉 들어찬 집들이며, 수많은 사람들이 바쁘게 움직이는 광경을 따라가기에도 두 눈이 아플 지경이었다.

'말로만 듣던 소내가 바로 여기로구나!'

갑녕은 속으로 짐작을 하며 앞장선 김한빈을 수굿이 따라 걸었다.

마재는 윗말, 중간말, 아랫말로 나뉘어 있었다. 아담한 산봉우리 아래 자리 잡은, 태반이 기와집들인 중간말은 이곳 터줏대감 나주 정씨들이 사는 동네다. 북쪽에 위치한 윗말은 농사꾼과 하인배가 모여 살고, 뒷골로 불리는 서남쪽의 아랫말은 소내로 건너다니며 빌어먹고 사는 뜨내기들이 모여 살았다. 그래서 소내와 가까운 남쪽에 '소내 나루'로 불리는 선착장이 하나 더 있었는데, 이곳은 동네 사람들과 상민들이 주로 드나드는 나루터였다.

정약종의 집은 중간말에서 뚝 떨어져 아랫말과 중간 위치에 자리 잡고 있었다. 그다지 크지 않은 기와집이었지만 주위가 매우 청결하고 화초가 많아 첫눈에도 기품이 넘쳤다.

김한빈을 따라 갑녕이 대문으로 들어서자, 안마당에서 어린 여동생과 놀던, 예닐곱 살쯤 되어 보이는 사내아이가 반색하며 물었다.

"아저씨, 우리 아버지는 안 오세요?"

"응, 내일 오실 게다."

"이 아저씨는 누구예요?"

"오늘부터 우리와 함께 지낼 사람이야."

그때 방문을 열어둔 안방에서 바깥양반보다 십 년은 젊게 보이는 안주인이 나왔다.

"다녀왔는가?"

"예, 저희만 먼저 오게 됐습니다."

안주인의 시선이 쭈뼛대고 서 있는 갑녕에게 향하자 김한빈이 얼른 말했다.

"얘야, 마님에게 인사 올려라."

갑녕이 허리를 꺾어 깊숙이 하정배下庭拜를 올리자 안주인은 잔잔히 미소 지으며 얼굴을 뜯어봤다.

"자초지종은 나리가 오시면 말씀드리겠지만……."

"덥네. 우선 마루에라도 올라앉게. 총각도 오르게나."

김한빈의 말을 무시하고 안주인이 상냥하게 말했다. 지금까지 갑녕을 총각이라고 불러준 양반은 없었다. 갑녕은 저절로 긴장이 풀어지는 것을 느끼며 토방으로 조심스럽게 올라섰다.

"아저씨, 이 사람은 어디에서 데리고 왔어요?"

"하상아, 그런 것은 나중에 알아도 되는 거야."

"예, 어머니."

어머니의 말에 아이는 두말없이 물러섰다. 김한빈이 부엌을 향해 소리쳤다.

"어이, 시원한 냉수 좀 가져오구려."

"김 서방, 한양에 무슨 큰일이라도 생겼는가?"

"왜 그러세요, 마님?"

"엊저녁에 황 진사가 보냈다는 편지를 받고 난 후 바깥양반이 밤새 잠을 못 이루는 것 같아서 하는 말일세. 조반도 안 드시고 이른 아침부터 녹암 어르신을 뵈러 떠나신 것도 이상하고."

그때 김한빈의 아내가 냉수 한 그릇을 들고 왔다.

"이 아이에게도 냉수 한 그릇 떠다 주구려."

태생이 그런 듯 별 대꾸도 없이 아낙은 갑녕을 힐끗 한 번 쳐다보고 부엌으로 들어갔다. 냉수 한 그릇을 단숨에 비운 김한빈이 그제야 안주인에게 답변했다.

"회장님 어조로 봐서는 분명히 무슨 일이 생기긴 한 것 같습니다."

"김 서방한테도 아무 말씀이 없으셨더란 말인가?"

"하도 심각해 보여 여쭙지도 못했습니다."

두 사람이 그런 대화를 주고받는 사이, 주인 아들 하상과 갑녕은 눈빛을 마주치며 마음을 트고 있었다. 하상이 먼저 갑녕의 발을 툭 차더니 배시시 맑게 웃었다. 아이가 하는 짓이 귀여워서 갑녕도 빙긋 따라 웃었다. 그러자 아이는 이제 거침없이 친근감을 표현하기 시작했다. 양반집 아이들이란 어릴 적부터 상것들을 하대하는 탯거리가 몸에 배어 있기 마련이다. 그런데 하상은 한낱 종놈에게도 구김살 없는 호감을 보여주고 있었다. 갑녕은 적잖게 감동스러웠다.

"황 서방은 어디 갔습니까?"

"소내에 갔다네."

"또 품팔이 나갔군요."

"날씨가 무더우니 그만두래도 한사코 나갔다네."

"그 사람은 하루라도 놀면 병이 나는 사람이지요."

"아침에 나가면서도 어디 소 잡는 곳이 있으면 좋겠다고 기도까지 하더라니까. 내장을 듬뿍 얻어 올 수 있을 거라고."

"황 서방 솜씨를 보기 위해서라도 동네에서 소 한 마리 잡아야겠습니다."

"그러게 말일세."

두 사람의 입에 오른 황 서방은 해가 서산마루에 걸릴 무렵에야 소내에서 돌아왔다.

황 서방은 제 발로 정약종의 집에 찾아온 백정이었다. 천민답지 않게 허우대가 멀끔했고, 둥글넓적한 얼굴에 큰 눈과 주먹코가 척 보기에도 호인 같았다. 백정이라는 것이 자랑거리라도 되듯 이야기하는 중에 스스럼없이 그의 신분을 노출했다. 남을 웃기는 재주가 비상한 그는 천성이 명랑하고 우스갯소리도 잘했다.

저녁밥을 먹은 후 갑녕은 그들과 어울려 강으로 나가 하루 종일 땀에 찌든 몸을 씻었다. 그러는 동안에도 김한빈은 황 서방의 익살에 웃느라고 배를 움켜잡으며 여러 번 주저앉곤 했다.

갑녕이 먼저 방으로 들어왔다. 피로가 한꺼번에 몰려왔다. 그는 쓰러지듯 방바닥에 몸을 뉘었다. 지난밤에 잠 한숨 못 자고 뜬눈으로 고스란히 새벽을 맞았는데, 오늘 밤도 쉬이 잠이 들 것 같지 않았다. 몸은 천근만근인데 도리어 정신은 샛별마냥 말똥말똥해졌다. 별당 아씨가 강변 풀밭에 거적을 쓰고 누워 있던 모습이 떠올랐다. 잠을 자듯 편안하고 곱던 아씨의 얼굴이 더욱 그의 가슴을 미어지게 했다. 갑녕은 가슴속에서 북받쳐 오는 슬픔을 막으려고 입을 가렸다.

'아씨……, 부디 좋은 곳으로 가세요.'

갑녕은 눈을 감고 지난날을 떠올렸다. 그가 심 진사네 집으로 오게 된 것은 거의 십 년 전의 일이었다. 그는 그날을 똑똑히 기억했다. 가재울에 사는 심 진사가 지평에 사는 허 진사에게 들른 날이었다. 큰 황소 한 마리가 마당 구석에 매여 있었는데, 어린 갑녕은 쇠궁둥이에 덕지덕지 붙은 쇠똥을 갈퀴로 정성껏 긁어내리고 있었다.

"허 진사, 저 어린아이에게도 일을 시키나?"

"시키긴 누가 시키겠는가? 제 소견에서 우러나 스스로 하는 짓일세."

"여기 올 적마다 저 아이를 유심히 지켜봤네만 싹수가 있는 아이 같더구먼."

"어린놈이 눈치 빠르기가 도갓집 강아지라네."

"허 진사, 저 아이를 나한테 팔지 않겠나?"

"으응? 그건 안 되는 말일세. 저 아이 어미가 절대로 떼어놓으려고 하지 않을 걸세."

"그럼 그 아이 어미까지 데려감세. 금새는 얼마면 되겠는가?"

"그런 말은 말게. 수천 금을 준대도 저 아이 어미를 줄 수 없는 형편이네."

"그렇다고 송아지처럼 저 아이만 떼어 갈 수도 없지 않은가?"

"그러니까 안 된다고 말하지 않았나."

"내가 꼭 필요해서 모처럼 하는 부탁이니 거절하지 말고 들어주게나."

"나로선 어쩔 수가 없네. 몸이 약한 우리 집 내자에겐 살림을 도맡아 꾸려가는 저 아이 어미가 없어서는 안 될 사람이야."

"이 친구 괜히 내자 핑계를 대는군."

"사실이 그렇다니까. 그나저나 자네는 왜 저 아이를 그리 탐내는가?"

"내 큰아들 때문일세. 그놈이 올해 여덟 살인데 성질이 까다로워서 식솔들이 아들 녀석 비위를 맞추느라 여간 고생하는 것이 아닐세."

"아, 그러니까 저 녀석을 아들 몸종으로 삼고 싶은 게로구먼."

"그래서 부탁하는 걸세. 저 아이 어미까지 얼마나 쳐주면 내게 보내겠나?"

"돈이 문제가 아니라니까 그러네."

"어허, 이 친구 벽창호구먼."

심 진사는 끈질기게 요청했으나 끝내 뜻을 이루지 못하고 돌아가야 했다.

그런데 이듬해 갑녕의 어미가 관격(關格)으로 급작스럽게 죽고 말았다. 아홉 살짜리 어린 아들 갑녕이 땅에 묻히는 어미의 시신에 매달려 어찌나 몸부림치며 서럽게 우는지 그를 지켜보는 이들의 가슴이 다 찢기는 듯했다.

그렇듯 쾌활하고 부지런하던 아이가 어미를 잃은 뒤부터 날갯죽지 부러진 새처럼 축 처지더니 기운을 잃었다. 그런 아이가 측은해서 차마 볼 수 없었다. 허 진사는 환경을 바꿔주면 아이가 나아지리라 여기고 심 진사에게 씨종으로 데려가라는 소식을 인편으로 통보했다.

가재울로 온 뒤 얼마 지나지 않아 갑녕의 얼굴에 드리웠던 어두운 그늘이 걷혔다. 새 환경에 쉬이 적응하는 어린아이의 본성대로 갑녕은 심 진사네 집안에 금세 적응했다. 그뿐만 아니라 심 진사가 기대한 이상으로 동갑내기 주인 도령을 잘 섬겼다.

심 진사의 큰아들 준식은 성질이 괴팍하여 집안 하인들이 몰래 피해 다닐 지경이었는데 갑녕이 온 후로는 확연히 달라졌다. 준식이 늘 그림자처럼 따라다니는 갑녕과 어울리면서 다른 하인들을 거들떠보지도 않았기에 집안 하인들로선 큰 걱정을 하나 덜어낸 듯 가뿐했다. 역시 아이는 아이들끼리 어울려야 더 재미가 나는 모양이다.

준식은 윗말 종갓댁 사랑채에 차린 서당으로 글공부를 하러 다녔는데, 오후만 되면 빨리 집에 가고 싶어서 궁둥이가 들썩거렸다. 갑녕과 놀고 싶은 욕심에 좀이 쑤셨다.

이렇게 상전 아들 준식과 또래 노비 아이인 갑녕은 함께 어울려 산과 들로 뛰어다녔다. 양반가의 귀한 장남으로 태어난 탓에 준식은 아홉 살이 되도록 집 대문 밖을 제대로 벗어나지도 못했다. 잠시만 눈에 띄지 않아도 하인들이 찾아다니는 판이었다. 다른 아이들은 여름 내내 마을 앞 남한강에서 헤엄치며 놀아도 준식은 멀찍이 서서 구경만 할 따름이었다. 그러나 갑녕이 온 후로는 준식의 행동반경이 넓어졌고 자유로워졌다. 영리한 또래 몸종이 곁에 항상 따라다니므로 심 진사 내외도 마음 놓고 장손을 내보낼 수 있었다. 어른들이 전처럼 아들의 행방을 일일이 감시하지 않게 되자, 준식은 늘 들어가고 싶었던 남한강에서 마음껏 물장구치며 신나게 놀 수 있었다.

준식과 갑녕은 집에서는 상전과 하인 관계지만 야외로 나가면 똑같은 개구쟁이들이었다. 신분이라는 굴레를 벗어난 밖에서는 종놈이 훨씬 우월했다. 새 둥지가 있는 나무에 오르더라도 양반집 도령은 상대가 되지 않았다. 그러나 갑녕은 준식의 비위를 거스르지 않으려고 늘 마음을 썼다. 그것은 누가 가르쳐서라기보다 노비라는 신분으로 인해 각인되고 터득한 생존 본능이었다.

한동안 재미있게 놀다가도 글 읽을 시간이 되면 갑녕은 어김없이 집에 가자고 재촉했다. 준식이 좀더 놀다 가자며 졸라대고 버티면 갑녕은 먼저 집을 향해 횡허케 가버리는 것이었다. 나름대로의 원칙에 철저한 갑녕의 처신을 알게 되면서 심 진사 내외는 더욱 그를 신통하게 여기며 아꼈다.

그렇게 천진난만하게 뛰놀던 아이들이 자라서 어느덧 이성에 눈뜰 나이가 됐다. 준식은 열여섯 살 무렵이 되자 동네 처녀들을 예사로 지나치지 못하고 젖가슴과 궁둥이를 야릇한 시선으로 바라보곤 했다. 이런 소문은 처녀들의 입에서 입으로 전해졌다. 동네 처녀들은 심 도령과 길에서 마주치면 질겁하여 달아났다.

어느 비 오는 날이었다. 준식은 그날도 묘한 기분을 주체하지 못해 어쩔 줄을 몰라 했다. 그러던 그의 눈에 혼자 낮잠을 자는 하녀 양금의 엉덩이가 들어왔다. 준식은 욕정을 참지 못한 채 앞뒤 가리지 못하고 여종에게 덤벼들었다. 그리고 놀라 반항하는 양금을 덮쳐누르며 엎치락뒤치락하고 있을 때 마침 마님이 그 광경을 목격했다. 어머니에게 부끄러운 모습을 들킨 준식은 얼굴이 하얗게 질린 채 비실비실 사랑채로 달아났다.

그 일이 있은 후, 심 진사 내외는 아들의 혼사를 서두르기 시작했다. 먼저 양금을 하인 강쇠와 혼인시키는 것을 잊지 않은 것은 물론이다.

이듬해 정월, 가재울 심 진사네 집에서는 맏아들 준식을 장가보내는 큰 잔치가 벌어졌다. 며느릿감은 여주 고을 광산 김씨 문중 여식으로, 자색이 곱고 얌전하기로 소문난 열아홉 살의 규수였다. 신랑인 준식보다 두 살이 더 많았다. 심 진사 내외는 그제야 마음을 놓았다.

그런데 예상치 못했던 비극적인 사건이 그들을 기다리고 있었다. 준식이 혼인한 지 반년이 지나던 무렵이었다. 그날은 소까지 땀을 흘릴 정도로 푹푹 찌는 무더운 날이었다.

갑녕이 강쇠와 함께 강변에서 쇠꼴을 한 짐씩 해서 지게에 짊어지고 대문을 들어서던 참이었다. 집안이 발칵 뒤집힌 채 하인들이 이리저리 뛰어다니는 사이로 마님의 울음소리가 들렸다. 아들 준식이 독사에 물려 사경을 헤매고 있었던 것이다.

청지기가 쇠무릎지기 뿌리를 짓이겨 상처에 바르는 등 뱀에 물렸을 때 할 수 있는 모든 처방대로 여러 가지 해독제를 써봤지만 효험이 없었다. 시간이 갈수록 몸뚱이는 북통처럼 부어올랐다. 준식은 눈이 안 보인다고 허우적거리면서 숨을 가쁘게 몰아쉬었다. 뒤늦게 의술이 용하다는 읍내 의원에게 데려가려고 사경을 헤매는 준식을 서둘러 배에 옮겨 실었다. 그러나 양근 읍내까지 뱃길 십여 리는 너무 멀었던 것일까, 아니면 그의 목숨이 이승에 머물 시간이 너무 짧았던 것일까.

  해가 저물었을 때 배는 굳은 시체를 싣고 돌아왔다.

5

 얼마 지나지 않아 심 진사네 며느리가 후원 별당으로 쫓겨 갔다. 남편이 죽고 겨우 달포가 지났을 뿐이었다. 하얀 소복을 입고 마치 죄인처럼 고개를 푹 숙인 채 방을 옮기는 모습은 보는 이들의 가슴을 저리게 했다. 아직 손때도 묻지 않은 혼수를 별당으로 옮기면서 남녀 하인들은 마님을 원망했다. 그러나 나이 든 하인들은 차라리 잘된 일이라고 말했다.
 장례 후에도 장남의 비명횡사를 위로하는 집안 친지들과 지인들의 방문이 끊이지 않았는데, 그럴 때마다 마님은 아들의 죽음을 복 없는 며느리가 들어온 탓으로 돌렸다. 그런 말을 들을 때면 하인들도 민망한데 아씨의 심정은 오죽하겠는가. 그러니 이 꼴 저 꼴 안 보고 이런저런 말 안 들리는, 안채에서 뚝 떨어진 외진 별당이 오히려 마음 편한 곳이라는 이유에서였다.

별당으로 간 아씨는 두문불출했다. 그것은 세상을 등진 유폐된 삶이었다. 한집에 사는 하인들조차도 아씨의 얼굴을 보기가 쉽지 않았다. 어쩌다 뜰에 나온 아씨는 하인들과 마주치면 시름이 가득한 야윈 모습으로 눈인사를 보내는 것이 전부였다. 그럴 때마다 하인들은 누구나 아씨의 신세를 가슴 아파했다. 양반집 과수 며느리는 한평생 그렇게 홀로 살 수밖에 없음을 너무도 잘 알았기 때문이다.

다른 하인들처럼 별당 아씨를 안쓰럽게 여기던 갑녕이 어느 때부터인가 그녀를 떠올리는 횟수가 잦아졌다. 일을 하다가도 멍하니 아씨를 떠올리게 되고, 피곤한 몸으로 잠자리에 들 때도 아씨의 모습이 어른거렸다.

산들바람이 불기 시작하는 초가을 어느 날, 싸리나무를 베러 산에 오른 갑녕은 탐스럽게 익은 머루 송이를 발견했다. 한 알을 따서 입에 넣으니 새콤하고 달큰한 물이 입 안 가득 고였다. 그 순간 아씨가 생각났다. 머루는 젊은 여자들이 좋아하는 산과실이기에 아씨에게 맛보여 주고 싶었던 것이다. 갑녕은 머뭇거렸지만 욕망이 결국은 조심성을 눌렀다. 갑녕은 잘 익은 실팍한 머루를 서너 송이 따서 칡넝쿨로 만든 소쿠리에 조심스레 담았다.

그날 밤, 갑녕은 잠을 자지 않고 밤이 깊어지기를 기다렸다. 새벽부터 일어나 쉴 틈 없이 일하는 몸이었다. 참을 수 없이 잠이 쏟아졌지만 그는 벌떡 일어나 앉아 잠을 쫓았다.

밤이 깊어지자 슬그머니 일어나서 밖으로 나갔다. 숨겨둔 머루

소쿠리를 꺼내 들고 살금살금 후원으로 돌아가는데 가을을 재촉하는 풀벌레 소리만 낭랑할 뿐 사방이 적막했다. 별당으로 가까이 갈수록 그의 가슴은 더욱 크게 방망이질 치기 시작했다. 사내 신발처럼 넓적한 짚신짝이 뒹구는 분이네 방을 지나, 섬돌 위에 초신 한 켤레가 가지런히 놓인 방문 앞에서 갑녕은 걸음을 멈추었다.

마침 방문 앞 쪽마루에 놋대야가 보였다. 아씨가 매일 사용하는 것이었다. 갑녕은 머루를 대야에 넣었으나 덮을 것이 마땅치 않았다. 그대로 두면 아침 일찍 나오는 분이네 눈에 먼저 띌 터였다. 그래선 곤란했다. 그는 사방을 두리번거렸으나 마땅히 덮을 거리를 찾지 못했다. 그래서 머루를 마루에 놓고 놋대야로 덮을 작정으로 놋대야를 들었다. 살짝만 부딪쳐도 큰일이었다. 놋대야 소리가 밤의 고요한 정적을 깨뜨릴까 봐 그는 도둑질하듯 살금살금 조심스럽게 숨을 참으며 놋대야를 엎어놓았다.

며칠 후, 또 며칠 후 다래를 전처럼 아씨 방문 앞에 갖다 놓았다.

한가위 전날, 안채에서는 여자들이 대청마루에 둘러앉아 송편을 빚고 있었다. 마님은 윗말 큰집에 갔고, 이웃 아낙네들까지 모여 앉은 자리에 소복을 입은 아씨도 끼여 있었다. 연자방아에 찧은 오려쌀을 지게에 지고 안으로 들어가던 갑녕과 아씨의 시선이 마주치는 순간, 아씨는 낯을 붉히며 황망히 두 눈을 내리깔았다. 상전댁 며느리라기보다는 동네 숫처녀처럼 부끄러워하는 그 모습에 갑녕의 가슴이 철렁 내려앉았다. 남들 모르게 그가 머루와 다래를 갖다 놓고 있다는 사실을 아씨도 아는 것일까, 그의 가슴속에 살포시 자리 잡은 아씨를 향한 연정을 눈치 챈 것일까. 곳간 쌀독에 햅쌀을 부으면서도 갑녕은 심장이 뛰고 울렁거려서 아무 경황이 없었다.

매일 아침 눈을 뜨면, 갑녕은 제일 먼저 아씨의 모습이 떠올랐다. 지게에 쌀을 지고 안으로 들어가다 마주친, 낯을 붉히며 황망히 두 눈을 내리깔던 고운 모습이 좀처럼 뇌리에서 사라지지 않았다. 그것은 분명 그를 싫어하거나 원망하는 표현이 아니었다. 어쩌면 그 반대인 것은 아닐까 싶은 마음이 슬쩍 고개를 내밀자 갑녕은 뜨거운 불덩이에 덴 듯 깜짝 놀랐다.

시간이 지나면서 갑녕은 점점 확신이 생기기 시작했다. 아씨의 태도는 그간 그의 행동을 용납한다는 뜻이 분명하다고 단정 지었다. 그 후 갑녕의 얼굴에는 부쩍 생기가 넘쳤다. 마당을 쓸 때도, 장작을 팰 때도 힘이 넘쳤다. 평소보다 곱절을 더 일해도 힘든 줄 몰랐다. 갑녕은 동네에 잔치가 있는 날이면 신바람이 났다. 일하는 동네 아낙네들이 여기저기에서 불러대는 통에 발바닥에 불이 나게 바빴지만, 그는 "예, 예" 대답하며 뛰어다녔다. 무슨 부탁을 하더라도 척척 해내니 너도나도 갑녕만 찾았다.

갑녕은 잠시 틈이 나서 숨을 돌릴 때면 과방果房으로 가서 일을 거들었다. 과방쟁이는 잔칫집마다 따라다니는 사람이 일정하게 정해져 있기 때문에 갑녕은 그들과 친했다. 사람들이 거의 돌아간 늦은 시간이면 그는 과방쟁이에게 바짝 붙어서 어리광을 부렸다.

"저기, 저기, 그리고 저것도……. 제일 맛있는 음식으로 골고루

싸주실 거지요?"

"여기서 실컷 먹고 가거라. 싸 가지고 가서 먹으면 맛없다."

"싸 가지고 돌아가서 출출할 때 차분히 먹으면 둘이 먹다 하나가 죽어도 모른다니까요."

"원, 녀석도……. 거기서 네 마음대로 골라 싸거라."

과방쟁이의 허락이 떨어지면 갑녕은 곶감, 다식, 고기 산적 등 맛있는 음식들을 골고루 그릇에 담아서 사람들 몰래 빠져나갔다. 그렇게 잔칫집에서 가져간 음식은 그날 밤이면 어김없이 별당 아씨 방문 앞에 놓여 있었다. 놋대야로 살포시 덮어진 채로.

그날도 흐뭇한 마음으로 음식을 품에 안고 별당으로 향하던 갑녕은 소스라치게 놀랐다. 늦은 밤, 아씨 방에 불이 켜져 있는 것이었다. 그는 걸음을 멈춘 채 불이 켜진 아씨 방을 가만히 지켜봤다. 불빛마저 아씨의 온기가 담긴 듯 따스하게 느껴졌고 가슴은 쿵쿵 두방망이질 쳤다. 한참이 지나도 아씨 방에서는 아무런 기척이 없었다. 그는 문득 불 켜진 방에 오롯이 앉아 있을 아씨의 모습이 보고 싶었다. 무엇을 하고 있을까? 아롱거리는 불빛 아래 앉은 아씨는 어떤 모습일까?

얼어붙은 듯 서 있던 갑녕은 몸을 조심스레 움직였다. 방문 쪽으로 한 발 두 발 숨을 멈추고 발걸음을 옮겼다. 그런데 뒤쪽에서 인기척이 났다. 기겁한 그는 엉거주춤한 자세로 그 자리에 멈춘 채 고개만 뒤로 돌려 어둠 속을 노려봤다. 시커먼 그림자가 길게 드리워져 있었다. 천천히 어둠의 그늘에서 벗어나 누군가 모습을 드러냈다.

"아까부터 기다리고 있었어. 오늘 밤에도 올 거라고 생각했거든."

아씨는 갑녕 앞에 서서 속삭이는 목소리로 말했다. 순간 갑녕은 정신이 쏙 빠진 듯 꼼짝할 수가 없었다. 모닥불을 뒤집어쓴 것처럼 얼굴이 화끈거려서 차마 아씨를 똑바로 쳐다볼 수도 없었다.

"나를 위해 주는 네 마음을 무척 고맙게 여기고 있단다."

정이 담뿍 담긴 아씨의 말소리가 경황없는 그를 조금 진정시켜 주었다. 아씨가 살며시 그의 손목을 잡아끌었다. 자석에 끌리듯 아씨를 따라가서 두 사람이 멈춘 곳은 후원 구석의 살구나무 아래였다. 아씨가 따스한 눈으로 갑녕을 바라봤다. 갑녕은 가슴이 터질 것 같았고 온몸은 사시나무처럼 떨렸다. 그는 감히 아씨의 시선을 바로 보지 못하고 고개를 떨구었다.

"봄이 되니까 답답해. 밖으로 훨훨 날아가고 싶어."

아씨가 먼 곳을 바라보며 혼잣말처럼 중얼거렸다. 갑녕은 무슨 위로의 말이라도 해주고 싶었지만 입술이 떨어지지 않았다. 아씨는 다시 눈길을 돌려 그를 바라봤다. 이번에는 그도 대담하게 아씨의 눈빛을 받았다. 네 개의 눈동자가 어둠 속에서 반짝였다. 누가 먼저랄 것도 없이 서로 와락 끌어안았다. 아씨의 작은 몸이 바르르 떨렸다. 격렬하게 두들기는 심장의 고동 소리 외에는 아무것도 들리지 않았다. 갑녕은 아무것도 생각할 수 없었다. 두 사람은 입을 맞추었다. 그렇게 시간이 흘러갔다.

별당 아씨의 몸에 이상이 생긴 것을 제일 먼저 알아챈 사람은 역시 분이네였다. 음식 솜씨가 뛰어나서 하인들 중에 가장 대우를 받는 분이네가 아씨의 시중을 들고 있었다. 아침상을 들고 별당으로 건너오던 분이네는 세수하다 말고 놋대야에 얼굴을 파묻다시피 엎드려 정신없이 헛구역질을 하는 아씨를 목격했다. 하마터면 밥상을 떨어뜨릴 뻔했다. 낯이 파랗게 질린 분이네와 눈이 마주친 아씨는 오히려 침착했다. 당황하지도 않고 억지웃음까지 지어 보였다.

"아씨……."

잔뜩 겁먹은 분이네가 말을 잇지 못했다. 방으로 들어가는 아씨를 따라 들어온 분이네는 밥상을 내려놓고 앉았다.

"부탁이야. 누구한테도 발설하면 안 돼."

"그럼 입덧이 맞아요?"

아씨는 체념한 얼굴로 고개를 끄덕였다. 주저하는 빛도 없이 순순히 고백하는 아씨를 보면서 분이네는 벌린 입을 다물지 못했다.

"이제 어찌하시렵니까?"

"분이네는 아무것도 모르는 거야. 그렇게 해줘."

"언제까지 감출 수 있는 일도 아니구먼요."

분이네는 애타는 마음으로 물었다. 이 찬모는 하루 종일 쉴 줄 모르고 일하는 부지런한 여자였다. 양푼처럼 넓적한 얼굴에 절구통 같은 몸집으로, 해가 긴 오뉴월에도 낮잠 한 번 자는 법 없이 다람쥐 쳇바퀴 돌듯 집안을 맴돌며 주인집의 부엌살림을 도맡아 처리해 나가는 무던하고 착한 분이네였다.

분이네는 별당 아씨를 극진히 모셨다. 시집와서 일 년도 못 되어 청상과부가 된 아씨 신세를 누구보다 가슴 아프게 여기는 것은 자신도 일찍 남편을 잃고 혼자된 까닭이었다. 그래도 자신은 딸이라도 하나 있으니 피붙이에 의지하여 외로움을 달랠 수 있었다. 게다가 종살이 신세라 눈만 뜨면 일에 파묻혀 지내니 신세를 한탄하거나 적적해할 겨를도 없이 날마다 하루해가 짧기만 했다.

그러나 아씨는 상황이 달랐다. 하는 일 없이 진종일 별당에 갇혀 쓸쓸하게 보냈다. 입이 있어도 말동무가 없고, 다리가 있어도 나갈 수 없는 아씨의 처지가 더 가여웠다. 그래서 분이네 나름대로 틈만 있으면 말벗이라도 되어주려고 마음을 쓰고, 마님이 알게 모르게 음식 공대도 소홀하지 않았다. 하지만 상전과 하인이라는 지체가 엄연하니 아씨의 깊은 슬픔을 다 알 길 없고, 겉만 어루만져 줄 뿐이라 늘 안타까웠다.

'마른하늘에 날벼락도 유분수지. 과수 며느리가 회임이라니.'

분이네는 자꾸만 가슴이 벌렁거렸다. 장차 이 집에서 일어날 일을 생각하니 벌써 눈앞이 아찔해져 왔다.

"아씨, 장차 이 일을 어찌시렵니까?"

분이네는 계속 같은 질문만 되풀이하고 있었다. 고개를 떨군 채 참담한 얼굴로 앉아 있는 아씨의 심정인들 오죽하랴 싶었으나 그냥 어물쩍 넘어갈 사안이 아니었다. 사내가 누구냐고는 차마 묻지 못했다. 이 마당에 그것은 중요하지 않았다. 양반집 며느리의 간통이라는 무서운 사실, 하늘이 무너지기 전에는 결코 용납될 수 없는 이 일을 어찌해야 한단 말인가.

분이네는 가슴속이 콩 볶듯 조바심이 났으나 끝내 아씨에게서 한마디도 듣지 못하고 물러났다.

그 후부터 아씨는 거의 밥을 먹지 않았다. 분이네가 들이는 밥상을 손도 대지 않고 그냥 물렸다. 낮에는 후원 담에 나 있는 쪽문으로 나가서 능안에 올라 초여름의 남한강을 물끄러미 바라보다가 돌아오곤 했다.

그날 밤, 갑녕이 아씨를 찾아가서 애가 타는 심정으로 말했다.

"아씨, 어서 기운을 차리세요. 그리고 우리 멀리 도망가서 살아요, 예?"

"나 없더라도 이녁은 잘 살아줘. 만약 내가 죽어도 너무 슬퍼하면 절대로 안 돼. 그러면 남들이 우리 관계를 눈치 챌지도 모르니까 신중하게 처신해야 해."

"무슨 말씀이세요? 난 아씨 없으면 못 살아요. 아씨 죽으면 나도 따라 죽을 거라고요."

"그런 소리 하지 마. 갑녕이는 좋은 세상 볼 때까지 절대로 죽으면 안 돼."

아씨는 와락 갑녕의 목을 끌어안고 눈물 젖은 뺨을 그의 목덜미에 비비면서 소리 죽여 울었다. 그 밤을 두 사람은 그렇게 지새웠다.

이튿날 오후, 심벼루 나루 옆 심구뎅이에 아씨는 몸을 던졌다. 그곳은 옛날부터 자살하는 사람이 많기로 유명한 곳이었다.

갑녕이 달려갔을 때는 이미 모든 것이 끝난 뒤였다. 강변 풀밭에 거적때기 덮인 시체가 눕혀져 있고, 분이네가 거적때기 한쪽 끝을 붙잡고 엎드려 몸부림치면서 애절하게 울고 있었다. 갑녕은 피가 거꾸로 솟는 것 같았다. 그는 어금니를 꽉 깨물고 시체만 내려다봤다. 어떤 상황이 벌어져도 모르는 척하라는 아씨의 당부만이 귓속에 앵앵 울릴 뿐 아무 생각도 나지 않았다. 지금 자기 앞에서 벌어지는 일이 현실이라고는 도저히 믿을 수가 없었다.

'이건 꿈이야. 현실이 아니야. 어서 깨어나자.'

강물에서 시체를 건져냈다는 고기잡이 용득 아범이 동네 사람들에게 경위를 설명하고 있었다.

"아씨가 능안에서 저 길로 걸어 내려왔어. 하얀 소복 입은 모습을 보고 진사님 댁 별당 아씨라는 것을 멀리서도 금세 알아봤지. 강둑을 따라 천천히 걷는 모습이 영락없이 바람 쐬러 나온 사람이더라고. 그런데 별당 아씨가 심구뎅이 앞에서 걸음을 멈추고는 한참 동안 강물을 내려다보고 서 있는 거야. 그제야 아뿔싸 했지. 꼭 무슨 일을 저지를 것만 같아서 조마조마한 마음에 심구뎅이 쪽으로 가려는데, 정말 눈 깜짝할 사이였구먼. 강물로 아씨가 뛰어든 것은……."

사람들의 목소리가 갑녕에겐 천천히 멀리서 아득하게 들려왔다. 사람들의 모습도 멀어졌다가 가까워졌다가 희미하게 보이기도 했다.

"수돌이와 함께 시체를 건져 올렸다면서?"

누군가 물었다.

"내가 정신없이 노를 저어서 거기 도착했을 때는 수돌이, 이 사람도 달려왔더라고. 그렇지만 무슨 소용이 있는가? 배도 사람도 들어갈 수가 없는걸."

"아무렴, 심구뎅이 물살은 이무기도 못 다스린다고 하잖는가."

"아씨 몸이 강물에 잠겼다 솟구쳤다 하는 것을 뻔히 보면서 어찌 못 하고 있자니 사람 환장하겠더구먼."

그때였다. 허겁지겁 달려오는 심 진사에게 그곳에 몰려 있던 사람들이 길을 터주었다. 깊은 한숨을 내리쉬며 거적때기를 내려다보던 심 진사는 들춰보라고 턱으로 지시했다. 강쇠가 떨리는 손으로 거적때기를 약간 걷어 젖혔다.

"아니 저럴 수가."

숨을 죽이고 시체를 내려다보던 사람들의 입에서 일제히 탄성이 터져 나왔다.

하늘을 향해 누워 있는 아씨는 고요히 잠자는 모습이었다. 도무지 죽은 사람의 얼굴 같지 않았다. 머리카락은 물에 젖어 착 달라붙었으나 핼쑥해 보이는 창백한 낯빛은 곱게 화장한 얼굴보다 더 화사했다. 사람들의 어깨 너머로 아씨의 시신을 본 순간, 갑녕은 하마터면 자제력을 잃고 앞으로 달려들 뻔했다. 물기 어린 눈으로 죽은 며느리의 얼굴을 묵묵히 내려다보던 심 진사는 곧 자리를 떴다.

별당 아씨의 시신은 그날로 심씨네 선산발치에 묻혔다. 그런데 며칠 지나지 않아 아씨가 임신했다는 소문이 온 동네에 퍼졌고, 그 소문은 결국 심 진사의 귀에까지 들어가게 됐다. 심 진사는 노발대발했다. 결국은 용득 아범과 수돌이 붙들려 왔는데, 그들은 아씨의 시신이 분명히 임신한 몸이었다고 아뢰었다. 너무 기가 막혀 심 진사의 안색이 흙빛으로 변했다. 행세하는 양반가에서 이보다 더한

수치가 어디 있단 말인가.

아씨와 정을 통했던 자는 어렵지 않게 밝혀졌다. 갑녕이 아무리 태연한 척하려고 애를 써도 아직 감정을 추스르기 어려운 열여덟 살 총각이었다. 얼이 빠진 듯한 그의 거동은 여러 사람들에게 수상쩍어 보였다. 심 진사는 곧 갑녕을 불러 닦달했다.

처음에는 갑녕이 완강하게 부인했다. 그런 행동이 심 진사를 더욱 화나게 했다. 손발이 묶인 채 몸뚱이가 섭산적이 되도록 매질을 당하던 갑녕은 끝내 기절하고 말았다.

곳간에서 굴신도 못 하는 몸으로 끙끙 앓던 갑녕은 새벽녘에야 정신이 들었다.

'아씨가 없는 이 세상에서 내가 더 산들 무슨 낙이 있을까. 그래, 아씨 곁으로 가자.'

그렇게 결심하니 마음이 한결 홀가분하고, 비로소 아씨와의 연정에 대해서도 도리를 다하는 것 같았다.

이튿날 아침, 갑녕은 모든 사실을 털어놓았다. 심 진사는 분기탱천했다. 일개 종놈이 가문의 명예에 씻을 수 없는 먹칠을 했으니 물고를 내지 않을 수 없었다. 그 자리에서 집안 노복들에게 당장 저놈을 생매장하라고 명했다. 종들의 눈이 화등잔만 하게 커지는 것을 보고 심 진사가 호통을 쳤다.

"이놈들아, 빨리 저놈을 생매장하지 않고 뭘 꾸물거리느냐? 때려 죽여서 묻으나 그냥 산 채로 묻으나 마찬가지 아니더냐!"

순간 십여 명이나 되는 남녀 하인들이 모두 꿇어 엎드려 애원을 했다.

"주인마님, 갑녕이 목숨만 살려주십시오."

"제발 목숨만 구해 주십시오."

저마다 한마디씩 하며 갑녕을 살려달라고 애걸복걸하는 것이었다. 그들은 땅바닥에 엎드린 채 일어나지 않았다. 심 진사는 기가 막혔다. 그렇지 않아도 조상과 친지 볼 면목이 없어 죽을 맛인데, 일찍이 볼 수 없었던 하인들의 반항까지 이어지니 복장이 터질 것 같았다.

"어서 저 배은망덕하고 짐승만도 못한 놈을 썩 치우지 못하겠느냐!"

사내종들이 눈물 콧물 흘리면서 멍석으로 둘둘 만 갑녕의 몸뚱이를 들고 나왔다. 어느새 바깥마당에는 수십 명이나 되는 동네 사람들이 모여 있었다. 그들도 심 진사를 보자마자 약속이나 한 듯이 모두 그 자리에 꿇어앉았다. 갑녕을 살려달라는 애원과 곡성이 터져 나오는 바람에 심 진사네 마당은 때 아닌 초상집처럼 소란해졌다. 심 진사는 아연실색했다. 사방을 둘러봐도 서 있는 자가 한 명도 없자, 동네 사람들이 모두 갑녕 편이라는 사실을 퍼뜩 깨달았다.

엉겁결에 안채로 돌아간 심 진사는 심각한 고민에 빠졌다. 그가 생각다 못해 문중 회의를 급히 소집했지만, 회의는 두 패로 갈려서 갑론을박을 계속할 뿐 결말이 나지 않았다. 어차피 최종 결정은 자신에게 달렸으나 심 진사는 좀처럼 결심을 굳히지 못했다. 그러던 중에 마재의 정약종이 방문했다는 전갈이 왔던 것이다.

6

마재에 온 갑녕은 첫날 밤에 몹시 심하게 앓았다. 밤새도록 끙끙 앓는 소리를 내면서 매 맞는 잠꼬대를 계속했다. 간혹 '아씨'를 찾을 때는 살아 있는 사람을 부르는 것 같아, 듣는 사람으로선 아씨가 곁에 있는 것으로 착각할 정도였다. 꼬박 만 하루를 누워서 앓았다. 다음 날 저녁 무렵에야 갑녕은 자리를 털고 일어났다.

"괜찮으냐? 이제 괜찮은 것이여?"

옆에 지켜 앉아 간호해 주던 황 서방이 반색하며 물었다.

"아저씨, 아직도 날이 안 밝았어요?"

갑녕의 물음에 황 서방은 어이없어 코웃음을 쳤다.

"이 녀석아, 너는 하룻밤 하루 낮 동안 앓았구먼."

"예?"

갑녕은 어리둥절했다. 지금까지 살아오면서 단 한 번도 그런 적이 없었다. 황 서방이 준비해 둔 녹두죽을 내밀었다.

"어여 먹고 툭툭 털고 일어나거라. 우리 같은 종놈에겐 몸뚱이 하나가 재산이니 건강한 것이 최고여."

갑녕은 처음 보는 자신을 살갑게 대해 주는 따스한 정에 목이 멨다. 그는 억지로 웃어 보이면서 녹두죽을 꾸역꾸역 먹었다. 녹두죽을 먹는 갑녕을 보며 황 서방은 자기 이야기를 시작했다.

황 서방의 이름은 황일광이고 충청도 홍주 태생이었다. 대대로 백정 노릇을 하는 집안에서 태어난 탓에 그는 어려서부터 사람대접 한 번 제대로 못 받고 천하게 자랐다. 백정들은 남들과 어울려 살 수 없는 신분이라 동네에서 뚝 떨어진 곳에 그들만의 거주지가 따로 있었다. 세상에서 그들보다 더 천한 사람들은 없었기에 동네 사람들을 보면 무조건 굽실거렸다. 양반집 자제는 고사하고 농사꾼 아이들 앞에서도 존댓말을 써야 했다. 그들의 말본새가 조금이라도 삐딱했다가는 당장 눈깔을 홉뜨면서 야료를 부렸다. 정수리에 쇠딱지가 덕지덕지 앉고 콧구멍으로 누런 콧물이 들쭉날쭉하는 개구쟁이들도 할아버지뻘인 백정에게 하대를 했다.

게다가 같은 하층민에 속하는 광대, 무당, 갖바치, 체장사 들조차도 백정들 앞에서는 거드름을 피우니 버성기지 않고 지낼 만한 친구 하나 못 갖는 슬픈 존재가 바로 백정이었다. 그래도 전생의 업보거니 여기며 남에게 싫은 기색 안 보이고 열심히 살아가는 사람들이 또한 백정이었다. 동네 머슴에게 조롱을 받으면 헤벌쭉 웃어넘기고, 남의 집 종년에게 억울한 욕을 바가지로 얻어먹어도 뒤통수 두어 번 긁적거리면 그만이었다. 황일광 역시 마흔 살이 되도록 그렇게 살아왔다.

그러던 그가 몇 해 전에 우연히 예수를 알게 됐다. 추석을 앞둔 시기라 농촌이 좀 한가할 때였다. 커다란 나무통에 고기를 담아 등에 지고 이웃 동네로 들어가는데, 사람들이 많이 모여 있는 모습이 눈에 띄었다. 황일광은 호기심이 생겨 슬금슬금 그곳으로 다가갔다. 어떤 집 바깥마당에 수십 명의 사람들이 모여 앉았고, 의관이 말쑥한 젊은 선비가 그 집 사랑방 토방에 올라서서 진지하게 이야기를 하고 있었다. 지게를 받쳐놓고 황일광도 뒷전에 가 섰는데, 그때 선비가 한 말은 이러했다.

"여러분, 사람이 애당초 어떻게 태어났습니까? 물론 여러분은 여러분의 부모 몸에서 태어났습니다. 부모는 또 낳아준 부모가 계십니다. 그렇게 증조, 고조, 또 그 위 할아버지, 또 그 위 조상으로 계속 올라가면 맨 위에 있는 조상은 누구입니까? 그 첫 조상에게도 또 부모가 있어야 하겠지요? 그렇게 따져 올라가면 무한정으로 끝이 없을 것입니다. 아득한 옛날 원시 시대에도 사람을 낳아준 부모는 있었습니다. 그렇다면 인간의 맨 처음 조상은 누구란 말입니까? 그 해답은 아무도 모릅니다. 오직 우리 천주님만 아십니다.

인류의 맨 처음 조상은 '아담과 하와'라는 한 쌍의 남녀입니다. 그 남녀에겐 자기들을 낳아준 부모가 없습니다. 왜냐하면 태초에 창조주 하느님께서 이 세상의 만물을 만드시고 그 후에 한 쌍의 인간도 만드셨기 때문입니다. 구체적으로 설명해 보겠습니다. 하느님께서는 먼저 자신의 형상대로 '아담'이라는 남자를 만드시고, 아담을 깊이 잠들게 한 후 그의 갈비뼈 한 개를 취하여 '하와'라는 여자를 만드셨습니다. 그때부터 두 남녀가 함께 살았고, 그들이 인간의 첫째 조상입니다. 그러므로 하느님께서는 우리 모두의 부모이십니다. 이 세상의 온갖 만물들과 인간을 탄생시킨 전지전능하신 창조주 하느님을 우리가 믿는 것은 당연한 일입니다.

아득한 옛날 최초의 인간이 만들어진 이후 아담과 하와의 자손이 계속 퍼져서 오늘에 이르렀습니다. 청나라나 왜국 외에도 이 세상에는 많은 인간들이 산다고 합니다. 얼굴이 하얀 사람이 있는가 하면 숯덩이처럼 새까만 사람도 있답니다. 생김새가 다르니 말도 풍속도 다르겠지만 우리는 모두 한 형제간입니다. 한 조상의 후손이니까요. 수만 리 밖 다른 나라 사람들도 따지고 보면 한 조상을 둔 동기간이라고 할 수 있거늘, 하물며 조선이라는 작은 나라 안에서 함께 살아가는 우리가 어찌 남남이라고 할 수 있겠습니까? 따라서 같은 고을에 사는 여러분은 더 가까운 형제간이지요. 한 핏줄의 동기간이면서 상놈과 양반으로 나누어 차별을 두는 것은 주님의 뜻이 아닙니다."

설교를 하던 그 선비는 느닷없이 뒷전에 서 있는 황일광을 앞으로 불러 세웠다.

"여러분, 이 사람은 누구입니까? 여러분에게 사람대접도 못 받는 백정입니다. 백정이 왜 천대를 받아야 합니까? 이 사람이 여러분에게 무엇을 잘못했습니까? 여러분을 괴롭혔습니까? 아무 잘못이 없음에도 대대로 내려가며 천시당하는 것은 부당한 일입니다. 글줄이나 안다고 벼슬하는 자들이 저희 편하도록 이런저런 제도를 만들어 놓고 양반이네, 중인이네, 상놈이네 차별하게 된 것입니다. 여러분이 여기 이 사람을 백정이라고 멸시하면 내 형제를 멸시하는 것과 같습니다. 예수님께서는 절대로 그런 일을 용납하지 않으십니다. 여러분은 서로 사랑하십시오. 천국은 사랑하는 사람들의 것입니다. 오늘부터라도 이 사람을 내 동기간처럼 여기십시오. 그러면 여러분도 행복하고 주님께서도 기뻐하실 것입니다."

그때 많은 사람들 앞에 서 있던 백정 황일광의 눈에서는 뜨거운 눈물이 줄줄 흘러내렸다.

그날로 황일광은 고기 짐을 벗어 던지고 그 선비를 따라나섰다. 그의 이름은 이존창으로 충청도에 처음으로 천주교를 전파한 사람이었다. 이존창은 예산 출신으로 여사울에서 활발하게 선교 활동을 하고 있었다. 그는 변설이 능란한 데다가 특히 농촌 사람들의 마음을 휘어잡는 재주가 비상했다. 그 덕분에 조선에 천주교가 처음 들어온 초창기, 충청도 내포 지방에는 이존창의 활약으로 한양과 함께 예수를 믿는 신자가 유달리 많았다.

황일광은 스스로 이존창의 하인 노릇을 하며 그가 가는 곳마다 따라다니면서 설교를 유심히 귀담아 들었다. 그리고 몇 개월 후에는 열렬한 예수쟁이가 되어 집으로 돌아왔다.

황일광은 타고난 재담꾼이라 사람들을 곧잘 웃겼다. 게다가 그는 총기까지 좋아서 한 번 들은 이야기는 절대 잊지 않았다. '예수를 믿어야 한다'고 떠들고 다니는 그의 말은 재미있는 데다 이해하기도 쉬워서 사람들을 사로잡았다. 그는 이존창에게 배운 천주교 교리 내용을 부풀려 만담처럼 구사했다. 그가 가는 곳이면 사람들이 박장대소하며 번번이 웃음판이 벌어졌다.

그런데 황일광이 예수를 믿게 되면서 새로운 문제가 불거졌다. 전에는 사람들이 자신을 멸시하고 천대해도 으레 그런 것으로 받아들였으나 이제는 거부 반응이 일어났다. 예수의 평등사상이 그에게 영향을 미친 탓이었다. 그러다 보니 누가 멸시하는 언사나 행동을 하면 황일광은 삐딱한 시선으로 상대를 쳐다보며 안색이 달라졌다. 그런 일이 자주 반복되자 동네 젊은이들 사이에 심상찮은 기운이 감돌았다. 백정 놈이 너무 건방을 떠니 한번 버릇을 고쳐주자는 공론이 조성됐다.

그러던 어느 날, 황일광은 동네로 잡혀가서 장정들에게 몰매를 맞았다. 바지에 생똥까지 쌀 정도로 멍석에 둘둘 말려서 뭇매질을 당한 그는 운신을 못 하고 보름 동안 누워 지내야 했다.

건강이 회복되자 황일광은 한 가닥의 미련도 없이 고향을 등졌다. 아우네 식솔까지 이끌고 멀리 경상도로 옮겨 가서 새 터전을 잡고 따비밭을 일구며 살았다. 타관 땅에서 백정 신분을 숨기고 살게 된 점은 좋았지만, 차츰 예수에 대한 열렬함이 식어가자 그는 마음 한구석이 늘 불안했다.

이대로는 안 되겠다 싶어진 황일광은 식솔들을 아우에게 부탁하고 혼자 한양으로 떠났다. 진리를 향한 그의 가슴은 가뭄 든 논바닥처럼 척박해져서 한줄기 소나기처럼 적셔줄 말씀이 필요했다. 처음과 같은 뜨거운 신앙의 불길이 되살아나게 해줄 말씀을 갈구하던 그의 머릿속에 불현듯 떠오르는 생각이 있었다.

'그래, 『주교요지主教要旨』야.'

황일광은 자신이 신주 단지보다 더 소중하게 아끼는 교리 책 『주교요지』를 쓴 사람을 만나면 답답한 가슴이 툭 터지는 말씀을 듣게 되리라 생각하면서 무턱대고 한양을 향해 떠났던 것이다.

그야말로 남대문에서 김 서방 찾기였다. 도성으로 들어온 황일광은 어렵사리 천주교인 한 명을 만날 수 있었다. 아무나 붙잡고 천주교인을 찾아달라고 애원했는데, 운 좋게도 그 사람이 갓우물골에 사는 어떤 신자의 집에 데려다 주었고, 그 집이 바로 총회장 최창현의 집이었다.

황일광은 자신이 처한 상황을 쭉 이야기하고서 『주교요지』를 쓰신 분을 만나고 싶다고 간절히 청했다. 최창현은 삼개 나루에서 소내로 가는 배를 타라고 가르쳐주었다. 그리하여 황일광은 그 교리책을 쓴 정약종의 집으로 가게 됐던 것이다.

백정 황일광이 마재 정약종의 집에 와서 맨 처음 당황했던 일은 주인집 아들 하상이 자기를 '아저씨'라고 불렀을 때였다. 어느 누구도 그렇게 불러준 적이 없는 아저씨라는 호칭을 듣자, 그는 어찌할 바를 몰라 허둥댔다. 명문대가의 자제가 백정인 자신을 아저씨라고 부르다니 말도 안 되는 일이었다.

"도련님, 천한 놈에게 아저씨라니유? 다시는 그리하지 마시고 황 서방이라고 불러주세유."

마침 그 광경을 지나다가 보게 된 안주인 유씨 부인이 아들 하상의 편을 들었다.

"어른에게 아저씨라고 부르는 것이 당연한데 그것을 왜 막소?"

"그런 것이 아니오라……."

"예수 믿는 사람은 반상班常이 따로 없어요. 황 서방도 하느님을 믿는 사람이면 그것을 모를 리 없을 텐데 왜 그러시오? 편히 생각해요."

유씨 부인까지 말을 놓지 않자 황일광은 더욱 황송하여 아무 말도 못하고 물러났다. 고향에서는 처음 보는 코흘리개 앞에서도 굽실거리며 존댓말을 써야 했는데, 여기는 마치 다른 세상인 듯했다.

참으로 이상한 것은 그토록 숨기고 싶고 버리고 싶었던 자신의 신분을 이 집에 와서는 사실대로 밝히고 싶어졌다는 점이었다. 그래야만 마음이 편할 것 같았다. 그래서 황일광은 자신이 백정임을 사람들에게 실토했다. 하지만 누구 하나도 그것을 대수롭게 여기지 않았다. 이 집에 손님으로 드나드는 양반들조차 그를 경멸하는 기색을 보이지 않았다. 양반들은 그를 점잖게 대해 주었고, 하인들은 벗처럼 허물없이 굴었다. 처음에는 그것이 도리어 불편하고 부담스러웠다. 그러나 차츰 자신을 사람대접해 주는 이 집의 분위기가 참으로 살맛 나게 했다. 그래서 그는 이런 말을 자주 하곤 했다.

"나에겐 천당이 두 개 있지유. 지금 이 세상이 하나, 죽어서 갈 곳이 하나."

그 이전에 천대받던 삶이 얼마나 서러웠으면 다른 사람들이 자신을 동등하게 대우해 주는 것이 그토록 감격스럽고 감사해서 그렇듯 삶의 기쁨을 느꼈으랴.

타고난 본성이 자연스럽게 드러나기 시작하자 황일광은 금세 사람들에게 환영받는 존재가 됐다. 그는 쾌활하고 솔직한 성격에 입담까지 좋아서 한 번 재담을 시작하면 듣는 사람들이 모두 포복절도 했다. 사랑채에 온 점잖은 손님들이 밖에서 다른 하인들과 나누는 그의 이야기를 엿듣고 폭소를 터트리는 일도 자주 일어났다. 황일광은 비상한 기억력과 재치 넘치는 화술을 갖춘, 아무도 흉내 낼 수 없는 천성적인 재담꾼이었다.

"세상에서 제일 밑바닥 천덕꾸러기가 누구인 줄 아남유? 백정 놈이 아니겠어유? 나는 백정으로 태어난 덕에 더 밑으로 내려갈 곳이 없구먼유. 그러니 위로 올라가는 길만 남았다구유. 자꾸자꾸 위로 올라가면 어디로 가겠어유? 하늘 끝 천당밖에 더 있남유. 그러니 내가 천당으로 가는 것은 따놓은 당상이지유. 장차 내가 가게 될 천당이 어떤 곳인지 지금부터 이야기할 테니 귀 털고 잘 들어보셔유."

그렇게 사설을 풀어놓기 시작하면 듣는 사람들은 여간해서 자리를 뜰 줄 모르고 귀를 세워 황일광의 이야기에 빠져들었다. 성서에 대한 지식은 얄팍하지만 풍부한 상상력을 동원하여 엮어 나가는 입담은 참으로 구수하고 감칠맛 나는 터라 듣는 사람들이 완전히 매료되기 일쑤였다.

갑녕이 마재로 와서 그런 황일광과 한방을 쓰게 됐으니 확실한 그물에 걸려든 셈이었다. 황일광은 먹음직한 개 한 마리를 잡은 범처럼 서두르지 않고 느긋한 여유까지 부리며 재미있는 옛날이야기를 하듯 풀어놓기 시작했다.

　이 지구상에서 태초에 인간이 탄생했을 때부터 예수가 죄 많은 인간들을 구원하고자 대신 십자가에 못 박혀 죽은 일까지 줄줄이 엮어 나가는데 그야말로 청산유수였다. 갑녕은 처음 듣는 내용이었지만, 풍부한 비유를 들어가며 알아듣기 쉽게 설명하는 황일광의 이야기에 자신도 모르게 빠져들고 말았다. 황일광의 이야기를 듣다 보면, 어느덧 짧은 여름밤이 가고 창문으로 희부옇게 먼동이 비쳐들었다.

7

 붉은 노을이 강물 위로 펼쳐졌다. 온종일 시끌시끌하던 소내 포구도 하루를 마감하는 시간이 되면서 고요가 깃들기 시작했다.
 닻을 내린 배들이 즐비하게 매여 있는 강변 한쪽에서 막 떠나는 거룻배를 향해 허위단심으로 달려오는 한 사내가 있었다. 삿대를 지르려던 사공은 그가 도착하기를 기다려주었다.
 "마재로 건너가는 배가 맞습니까?"
 "그렇소."
 사내는 서슴없이 배로 뛰어올랐다. 그 동작이 마치 고양이처럼 날렵했다. 먼저 배를 타고 있던 선객들의 시선이 자신에게 집중되자, 그는 멋쩍은 얼굴로 아는 사람을 찾는 시늉을 했다. 나이는 마흔이나 됐을까? 껑충한 키에 군더더기 살이라곤 어디 한구석도 붙어 있지 않은, 강단 있게 생긴 몸집이었다. 그는 슬쩍 갑판에 주저앉더니 베잠방이 괴춤에서 곰방대와 쌈지를 꺼내 들었다.

선객들은 귓속말로 가끔 마재에 나타나는 그 사내를 두고 설왕설래 의견을 나누었다. 그렇게 의견이 분분한 데는 이유가 있었다. 옷차림으로 보나 행동거지로 보나 상놈이 분명한데, 그가 드나드는 곳은 지체 높은 정약종의 집이었기 때문이다. 선객들은 날마다 소내로 건너다니며 품팔이하는 자들이 태반이라 그 사내가 낯설지 않았다. 서너 달에 한 번, 때로는 한 달에도 서너 차례 마재를 다녀가는 사내를, 선객들은 한양 대갓집의 하인쯤으로 결론을 내렸다.

거룻배가 마재 땅에 닿기도 전에, 먼저 훌쩍 건너간 사내는 부지런히 동네 안으로 들어갔다. 성큼성큼 걷는 걸음걸이가 어찌나 빠르던지 다른 사람들이 배에서 모두 내렸을 때는 벌써 그의 뒷모습이 가물가물했다.

"저 사람 발바닥에 도르래가 달렸나?"

"도르래가 아니라 호랑이 날개를 달았나 보네."

사람들은 괜히 실없는 소리를 하면서 웃었다.

그 사내의 이름은 김유산이었다. 그렇지 않아도 걸음이 재빠른 덕에 교회의 파발마 노릇을 도맡아 하는 사람이었다.

더위를 식히려고 집 밖에 나와 있던 김한빈과 황일광은 잰걸음으로 걸어오는 김유산을 보더니 반색하며 일어섰다.

"유산이 형님, 어서 오시우."

두 사람 앞에 이르러 김유산이 이죽거렸다.

"여기는 낙천지로구먼. 한가롭게 강바람이나 쐬고 있으니."

"무릉도원이 따로 있남? 이런 시원한 강바람은 한양 사람들이 천금을 주고도 맞기 어려울 것이구먼."

"허긴 그래유. 미역을 감아도 함부로 옷을 못 벗는 양반들에 비하면, 옷 벗어부치고 더위를 식힐 수 있는 우리가 신선이지유."

"그래서 상놈들이 좋다는 것 아니겠어유. 형님처럼 베잠방이 하나만 걸치고 팔도를 누벼도 누가 뭐랄 사람도 없고."

"한빈이 자네 말이 맞네. 이 더위에도 팔자걸음 걷는 한양 도성 안의 도포 자락들을 보면 내 숨통이 다 막힐 지경이구먼."

세 사람 모두 느러터진 충청도 말씨로 한참을 떠들다가 그제야 기억난 듯 황일광이 정색하며 물었다.

"그나저나 무슨 일로 온 거여? 회장님은 집에 안 계신디."

"여기 안 계신 것 알고 왔수다."

"아니 그럼 회장님이 지금 한양에 계시는 거여?"

"어제 마재 댁에 안 들르고 곧장 상경하셨다고 하십디다."

"거 봐유. 내 짐작이 맞다니까."

김한빈의 말에 황 서방이 머리를 갸웃했다.

"무슨 급한 일이기에 코앞에 집을 놔두고 그냥 지나치셨남?"

"그럴 만한 까닭이 있어유."

"교회에 무슨 일이라도 생겼남유?"

"먹구름이 잔뜩 꼈구먼."

"먹구름이라니?"

그때 갑녕이 저만치 서서 소리쳤다.

"저녁들 자시랍니다."

갑녕을 유심히 보던 김유산이 김한빈 쪽을 향하며 물었다.

"저 아이 이름이 갑녕인감?"

"아니, 형님이 저 녀석을 어떻게 아시유?"

"오늘 저 아이를 한양으로 데려가려고 내가 온 거여."

"회장님 분부신감?"

"물어보나마나지. 안 그러면 내가 코빼기도 못 본 녀석을 어떻게 알고 데리러 오겠는감?"

"한양에는 뭐 하러 데려가나유?"

"난들 알겠는가. 나야 마재에 다녀오라고 해서 왔을 뿐이지."

내내 말없이 듣고만 있던 황일광이 혀를 찼다.

"허 참, 길들이던 망아지 놓치는 꼴이 됐구먼."

"그건 또 무슨 소리유?"

"저 녀석 천주학쟁이 만드느라고 형님이 이틀 밤잠을 설쳤단 말이유."

"허허, 근질근질하던 형님 혀가 꽤 바빴겠구먼. 침이 마르도록 예수님 이야기를 했을 테니."

"말귀를 아주 잘 알아듣는 녀석이라 며칠만 내가 더 데리고 있으면 아주 요절을 낼 수 있을 텐디……."

"어서 들어들 갑시다. 남은 이야기는 저녁이나 먹고 하지유."

김한빈이 앞장서자 두 사람도 뒤따랐다.

김유산은 올해 정초부터 전주에 내려가 있었다. 그곳의 대지주이자 회장인 유항검이 거듭 필요하다며 그를 부르는 바람에 한양 생활을 청산하고 전주로 내려간 것이다. 하루에 이백 리를 걷는 빠른 준족(駿足)을 유항검은 이전부터 탐을 냈다. 각 지방에 흩어져 있는 광대한 토지를 관리하기 위해서는 김유산처럼 걸음이 빠르고 정직한 사람이 절대적으로 필요했으리라.

그런데 이번에 잠깐 상경했다가 다음 날 바로 내려가려 했던 김유산은 정약종에게 붙들려서 여러 날 지체하게 됐다. 정약종의 표정이 워낙 심각한지라 내용도 모르면서 각지에 있는 천주교 수뇌들의 비상소집을 알리고 다녔다. 그리고 마지막으로 갑녕을 데리러 왔던 것이다.

안마당에 놓인 평상으로 갑녕이 칼국수를 나르는 중이었다. 건강을 회복한 그는 어제부터 땔감이나 물동이를 나르며 부엌일을 거들었다. 부지런히 움직이는 그를 보고 황일광이 짓궂게 한마디 던졌다.

"너는 어디 가서 뭘 해도 목구멍에 거미줄 칠 일은 없겠다."

대청에서 어린 자녀들에게 뜨거운 국수를 챙겨 먹이는 유씨 부인에게 김유산이 넙죽이 인사를 올렸다.

"마님, 저 또 왔구먼요."

"누군가 했더니 김 서방이었구려."

"회장님은 지금 한양에 계십니다."

유씨 부인이 얼른 마루 끝으로 나오면서 돌아서려는 김유산을 불러 세웠다.

"김 서방, 한양에 무슨 일이 생겼소?"

"그런 것 같구먼요."

"혹여 무슨 일인지 아오?"

"임금님이 돌아가신 일이……."

"그거야 누구나 다 알고 있는 일이 아니오?"

"그게 간단하지 않은 것이, 임금님이 독약을 먹고 돌아가셨다는 소문이 은밀하게 퍼지고 있습니다."

"독약이라니?"

유씨 부인이 깜짝 놀라 큰소리를 냈다. 평상으로 올라앉던 김한빈과 황일광이 얼른 유씨 부인을 쳐다봤다.

"임금님이 너무 어려서 할머니뻘 되는 대왕대비가 임금 노릇을 대신한다는구먼요. 그런데 새로 높은 자리를 차지한 사람들이 우리 천주교를 원수 보듯 하는 패거리라 걱정들을 많이 하는 눈치입니다."

너무도 엄청난 소식이 계속되자 유씨 부인은 잠시 망연자실해 있다가 간신히 정신을 추스르며 말을 이었다.

"시장할 텐데 어서 가서 저녁이나 들어요."

김유산이 평상으로 올라앉자 김한빈이 목소리를 낮추어 물었다.

"형님, 뭔 소리유?"

"쉿잇, 나중에 이야기해 줌세."

걸때 큰 사내들 넷이 둘러앉으니 평상이 꽉 들어찼다. 그들은 말없이 국수를 먹기 시작했다. 갑녕을 제외한 다른 세 사람은 모두 아래쪽 충청도 내포 출신이었다. 황일광은 홍주, 김한빈과 김유산은 둘 다 보령 태생이지만 애초부터 서로 아는 사이는 아니었고, 이 집에서 만나 동향인이라는 것을 알게 된 후에 두터운 정을 쌓았다.

김한빈은 학식이 높기로 명성이 드높은 이가환의 집에서 더부살이하는 하녀의 아들이었다. 이십 대에는 포수로 이름을 날렸으나, 삼사 년 전부터 마재 정약종의 집에 정착했다.

김유산의 아버지는 역참驛站의 역노였다. 역노의 아들로 태어난 탓에 김유산은 어려서부터 아버지를 대신하여 이 역 저 역으로 심부름을 많이 다녔다. 소년일 때부터 많이 걷다 보니 걸음발이 빨라졌고, 결국은 하루에 이백 리를 걷는 준족이 됐던 것이다. 역노는 남들보다 세상 소식에 빠른 법이어서, 그 역시 귀동냥으로 천주교에 대한 소문을 일찍부터 들었다. 그러던 중 보령 땅까지 전교하러 내려온 이존창을 만나면서 천주교 신자가 됐다. 그리스도의 평등사상은 그의 가슴 깊이 파고들었고, 그는 당장 천주교에 입교했다. 역노는 일반 양반집 종보다 더 천대받던 하층민이라 별로 망설이고 말 것도 없었다.

발 빠른 김유산은 한양으로 올라온 후에 교회 소식을 사방으로 전달하는 전령 업무를 맡았다. 그에게 주로 심부름을 시키는 사람은 황사영이었다. 주문모 신부를 곁에서 보좌하는 황사영이 교회의 중추적 역할을 했는데, 그의 지시를 받아 교우들 간에 소식을 전하러 다니는 것이 김유산의 일과였다.

정약종은 여러 해 동안 한양에 머물며 교회의 핵심 위치에서 일했다. 그런 그가 고향 마재로 다시 내려가게 된 것은 새 교리서를 집필하기 위해서였다. 그 때문에 김유산이 이번에는 뻔질나게 한양과 마재를 들락거리게 된 것이다.

지난봄에 정약종의 집에서 김유산은 황일광을 처음 만났다. 보령과 홍주는 동향이나 마찬가지여서 역노 김유산과 백정 황일광은 첫 대면부터 단번에 친해졌다. 거기다가 같은 보령 출신 김한빈까지 합세하니 마재 정약종의 집은 충청도 판이었다. 나이는 김한빈이 서른다섯, 김유산이 서른아홉, 황일광이 마흔셋으로 차례로 네 살 터울이었다. 그러나 오십보백보로 천한 신분들이라 타관 땅에서 만난 그들의 우정은 각별했다.

이튿날 조반 숟가락을 놓자마자 김유산은 한양 행을 서둘렀다. 갑녕도 옷 보따리 하나를 달랑 옆구리에 끼고 그를 따라나섰다.

"한양에 갔다가 꼭 다시 와야 해."

하상은 대문을 나가는 갑녕을 올려다보며 울먹였다. 어린 아들의 심중을 헤아린 듯 유씨 부인이 웃으며 말을 붙였다.

"우리 하상이가 무척 섭섭한가 보구나."

"도련님, 잊지 않고 다시 올게요."

하상을 위로하는 갑녕의 인사말을 듣고 유씨 부인이 정색하며 나무랐다.

"아이에게 존대하지 말라고 하지 않았어."

"하지만 저 같은 상놈이 어찌……."

"우리 믿는 사람들은 양반 상민이 따로 없다고 했건만."

김한빈이 껄껄 웃으며 끼어들었다.

"이 녀석은 세례를 받지 않았으니 아직은 우리 교우랄 수 없지요."

"김 서방은 무슨 말을 그리 하는가? 이것이 어디 우리 신자끼리 통할 일인가? 사해 만민이 평등하다는 바깥양반의 말씀을 못 들은 게야?"

"제 생각이 짧았구먼요, 마님."

김한빈은 무안해서 뒤통수를 긁적이며 비켜났다. 바깥마당 끝에서 유씨 부인이 하직 인사를 했다.

"갑녕아, 기회 있으면 또 놀러 오려무나. 우리 하상이가 많이 기다릴 것 같구나."

"예, 마님."

다정다감한 유씨 부인 앞에서 목이 메어 갑녕은 인사말조차 제대로 못 하고 돌아섰다.

김유산과 갑녕 두 사람은 소내 나루에서 거룻배에 올랐다. 거기까지 따라온 하상이 황일광의 어깨 위에 목말를 타고 앉아 울상을 하고서 계속 손을 흔들었다. 그 모습을 보는 갑녕은 코끝이 찡해졌다. 겨우 나흘을 그 집에서 지냈을 뿐이었다. 그중 이틀간은 방 안에서 꼼짝하지도 못했다. 그렇게 짧은 시간이었음에도 하상과 정이 듬뿍 들었다. 어쩌면 자기 집에 드나드는 사람들이 전부 상투잡이 어른들뿐이다가 모처럼 총각인 갑녕을 만나 노는 것이 여섯 살짜리에겐 더 재미있었는지도 모른다. 그런 마음을 알기에 갑녕은 하루 종일 자기 꽁무니만 따라다니는 하상의 비위를 참을성 있게 맞춰주었던 것이다.

갑녕은 멀어지는 하상의 모습을 바라봤다. 지금 헤어지더라도 어쩐지 하상과 맺은 인연의 끈은 쉽게 끊어지지 않으리라는 예감이 들었다.

두 사람은 소내에서 한양 삼개까지 간다는 상선을 얻어 탔다. 배에는 싸리나무로 엮은 사기 궤짝들을 많이 실었는데, 추석 대목을 노리고 도성으로 들어가는 그릇들이었다. 무거운 사기 궤짝들을 싣고도 배는 한강을 따라 빠르게 내려갔다.

광나루와 송파 장시 앞을 지나 뚝섬부터는 경강京江이라고 했다. 역시 도성을 끼고 있는 경강에는 크고 작은 배들이 많이 떠다녔다.

삼개는 한양의 관문답게 활기가 넘쳤다. 서강까지 즐비하게 정박한 수백 척의 배들 중에서도 집채보다 훨씬 큰 세곡선稅穀船들이 특히 시선을 끌었다. 한여름인데도 짐방들이 개미 떼처럼 줄지어 오르내리며 지방에서 싣고 온 곡식 섬들을 하역하고 있었다.

김유산을 따라 배에서 내린 갑녕은 수많은 사람들에 치여 정신을 차릴 수가 없었다. 나루터를 벗어나는 지점부터 술국집들이 어깨동무하듯 줄을 이었고, 다른 한쪽에는 어물 가게들이 즐비했다. 술집마다 뱃사람들이 자기네 고향 사투리로 떠드는가 하면, 어물전에서는 생선 장수들이 호객하는 소리로 좁은 거리가 온통 시끌벅적했다.

모든 것이 낯설고 귀 설었다. 갑녕은 사방을 두리번거리며 눈알을 굴리면서도 앞서 가는 김유산을 놓치지 않으려고 부지런히 쫓아갔다. 가재울에서 십 리 밖으로는 한 번도 나가보지 못했던 갑녕이었다. 그러다가 갑자기 눈 감으면 코 베어 간다는 한양으로 들어섰으니 얼이 빠질 만도 했다.

　그런데 앞에서 휘적휘적 걷는 김유산의 걸음걸이는 너무도 빨랐다. 갑녕은 그를 뒤쫓기에도 숨이 턱까지 차서 쩔쩔맸다. 한양 거리를 구경하기는커녕 일행을 놓치지 않으려고 꽁무니를 쫓아가는 데도 입에서 단내가 날 지경이 됐다.

　어느 우람한 성문이 나타나자 마침내 김유산이 걸음을 멈추었다. 갑녕은 그 위엄에 바짝 긴장했다. 서소문이었다. 벙거지 쓴 파수병들이 삼지창을 짚고 섰는 위풍에 놀라 그는 괜스레 어깨가 움츠러들었고 성문을 통과할 때는 등골까지 서늘했다.

　문안의 모든 것이 으리으리했다. 커다란 관청 건물들이며, 길 양쪽으로 빽빽하게 들어찬 점포들이며, 가지각색 가득 쌓인 물건들, 거기다가 거리를 가득 메운 인파에 놀라면서도 갑녕은 잠시도 한눈팔 겨를이 없었다. 앞에서 발걸음을 재촉하는 김유산을 놓치면 큰일이었다.

　"종로 네거리다. 지금부터 길을 눈여겨봐 두어라. 우리가 가려는 곳은 여기서 멀지 않으니까."

　걸음을 늦춘 김유산이 어깨를 나란히 하고 걸으면서 작은 소리로 속삭였다. 큰길에서 벗어나 피맛길이라는 곳으로 들어섰다. 음식점들이 많은 그곳은 길이 너무 좁을뿐더러 행인에 치여 걷기조차 불편할 지경이었다. 그런 길을 잠시 더 걷다가 오른쪽 샛길로 접어들자 갑자기 인파가 줄고 물건들이 어지럽게 쌓여 있었다. 지방으로 내려갈 물건들이었다. 옛날에는 주택가였던 듯 가옥들은 비교적 큼직

하고 터전도 넓게 차지했다. 지금은 상가 뒷골목으로 바뀌어 도매 점포와 물품 창고로 이용되고 있었다.

그런 곳에 교회 본당이 자리 잡고 있었다. 겉으로 봐서는 어느 도매 점포와 다를 바 없었다. 자수품에 필요한 갖가지 색실이 지천에 깔려 있고 수틀, 견본, 크고 작은 바늘, 수놓는 바탕이 되는 비단 등이 점포 구석구석에 가득 쌓여 있었다.

안채로 들어가는 출입구 옆에 주인인 듯한 젊은이가 주판을 튕기고 앉았고, 점원 두 명이 물건을 정리하는 중이었다. 김유산과 갑녕이 그곳에 도착했을 때는 방물장수로 보이는 아낙네 서너 명이 물건을 고르고 있었다. 김유산이 들어서면서 건성으로 인사했다.

"장사는 잘 되는가?"

주인 홍필주가 빙긋 웃어 보였다.

"그저 그렇지요."

"이 집에서 일할 아이를 데려왔네."

"어머니가 부탁하셨습니까?"

"그야 물론이지."

"들어가 보시지요. 어머니는 안에 계십니다."

두 사람의 수작은 지극히 자연스러워 보였다. 점포에 있는 손님들에게 그들의 대화는 일상적인 생활로 보일 뿐이었다. 출입구를 통해 안으로 들어가니 커다란 대문 하나가 다시 나타났다. 안채와 바깥채를 구분하는 중문이었다. 김유산이 한쪽에 늘어진 설렁줄을 잡고 몇 번 흔들었다.

"뉘시오?"

쉰 목소리와 함께 행랑채 창문으로 누군가 고개를 내밀었다.

"할아범, 저올시다."

꽤나 꾸물거리며 나와서 빗장을 풀고 문을 열어준 사람은 환갑이 지난 늙은이였다.

"이제 막 오는 길인가?"

"마재 회장님은 안에 계시지요?"

"후원 예배실에 계실 것이네."

밖에서 보기와 딴판인 안채는 그야말로 별세계였다. 몸채 건물이 클 뿐만 아니라 안마당도 꽤 넓었다. 양쪽으로 똑같은 모양의 곁채 두 채가 마주 보고 있어서, 전체 건물 구조는 사각형이었다.

안으로 들어선 갑녕의 눈에는 먼저 한쪽 곁채의 섬돌 위에 가득한 여자들의 신발이 띄었다. 얼핏 봐도 십여 켤레는 족히 될 듯싶었다. 그러나 발을 친 방 안에서는 한 여자의 나직한 말소리만 들려올 뿐, 나머지는 기침 소리 하나 없이 숨 죽은 듯 조용했다.

몸채 대청마루에 풍신 좋은 중년 여인이 부채질을 하며 앉아 있었다. 모시옷보다 더 곱고 누르께한 삼베옷을 입은 여인의 모습에는 함부로 범접하지 못할 위엄이 풍겼다. 김유산이 그 여인 앞으로 가서 공손하게 아뢰었다.

"마재에 다녀오는 길입니다."

"더운 날씨에 수고했소."

그 한마디를 하고 난 뒤 여인의 눈길은 벌써 뒷전에 서 있는 갑녕을 향했다.

"주인마님이시다. 인사 올리거라."

김유산이 갑녕을 재촉했다. 갑녕은 토방 아래에서 허리를 굽혀 하정배를 올렸다.

"이름이 무엇인고?"

"김갑녕이라 하옵니다."

"잠시 올라오너라."

"마님, 그럼 저는 이만 물러가겠습니다."

여주인은 김유산의 인사를 받고 가볍게 고개를 끄덕였다.

"그래요. 등목이라도 하고 쉬구려. 참, 오늘 밤에 모임이 있다는 것을 아오?"

"그럼요, 아다마다요."

"바쁘지 않으면 다른 데 가지 말고 행랑채에서 대기하도록 하오."

"알겠습니다."

김유산이 물러가자 여주인은 갑녕에게 다시 말했다.

"어서 이리 올라오래도……."

갑녕은 토방으로 올라가서 마루에 옷 보따리를 내려놓은 후 두리번거렸다.

"무엇을 찾는 것이냐?"

"송구스럽지만 발 닦을 것을 찾고 있습니다."

"괜찮다. 그냥 올라오너라."

"하지만……."

여주인은 웃는 얼굴로 일어나 구석에 있는 마른걸레를 가져다 던져주었다. 갑녕은 마루 끝에 걸터앉아 짚신을 벗고 땀으로 더러워진 발을 세심하게 닦았다. 그리고 넓은 대청마루 한복판에 허리를 곧추세우고 앉아 있는 여주인 앞으로 가서 조심스럽게 무릎을 꿇었다.

"편히 앉거라."

"괜찮습니다."

"편히 앉으려무나. 오늘부터 여기를 네 집으로 생각하거라. 너는 오갈 데가 없는 몸이라고 들었다."

"예."

"마재 회장님에게 네 이야기는 대강 들었다. 하느님 덕분에 너는 두 번 살게 됐더구나."

그 말에 갑녕이 고개를 푹 떨구었다. 잠시 잊었던 아씨 생각이 다시 났다.

"사람이 살고 죽는 것은 백지장 한 장 차이니라. 젊은 혈기로 목숨을 걸고 사랑했겠지만, 돌이켜 생각하면 그것도 부질없는 짓이다. 하느님께서 주신 귀중한 생명을 그렇게 헛되이 버려서는 안 되지. 주님께서 너를 쓸 데가 있어 목숨을 건져주셨으니, 앞으로는 네 목숨을 소중히 여기도록 해라."

"예."

"혹시 천주학쟁이라는 말을 들어봤느냐?"

"예수 믿는 사람들을 말하는 것이 아닙니까?"

"그래, 그럼 천주학을 나라에서 금하는 것도 알고 있느냐?"

"예."

"우리 집이 천주학 신자들의 본거지다. 중국에서 오신 주문모 신부님이 여기 계시기 때문이지. 참, 너는 신부님에 대해서는 잘 모르겠구나."

"귀동냥으로 들은 말은 있습니다."

"아니, 어디에서?"

"마재 나리 댁에서요."

"응, 홍주 황 서방이 거기 있으니 들어봤겠구먼."

잠시 소리를 내어 웃던 여주인이 정색하며 다시 말을 이었다.

"너도 알겠지만 지금은 국상 중이다. 이렇게 시국이 좋지 않은 때일수록 교인들은 각별히 조심해야 하느니라. 천주교를 미워하는 사람들이 권좌에 새로 앉았다. 만약 그들에게 우리 신부님의 정체가 탄로 나면 큰일이야. 자칫하다가는 우리 교회가 풍비박산 날 수 있어. 그래서 어느 때보다 집단속을 철저하게 해야 하는 것이다. 낯설고 수상한 자들이 이 집을 염탐하는지 잘 살펴야 한다는 뜻이야. 알겠느냐? 아무튼 교회는 지금 바람 앞의 등잔불 신세다. 위험에 놓인 교회를 위하여 네가 필히 해야 할 역할이 있기에 마재 회장님이 너를 이곳으로 부른 것이니라. 어떠냐? 시키는 일이라면 무슨 일이라도 맡아 할 각오는 되어 있느냐?"

"예, 마재 나리의 분부시라면 섶을 지고 불속으로 뛰어들라고 해도 저는 거침없이 행할 것입니다. 어차피 나리가 구해 주신 목숨입니다."

"그래, 말하는 것이 아주 어른스럽고 대견하구나. 회장님은 지금 손님들을 만나고 계시니 이따가 뵙고, 우선 더우니 수박이라도 먹으며 쉬거라."

하녀가 갖다 놓은 수박 그릇을 당겨주고 일어나서 집주인 강완숙은 뒤채로 향했다.

8

여자들 목소리가 났다. 대청에 앉아서 갑녕은 먹던 수박을 그대로 든 채 귀를 기울였다. 여자들이 모여 있는 곁채 방에서 한목소리로 뭔가를 읽는 소리가 들렸다. 낮은 음성으로 웅얼거리는 소리는 몸채에 있는 그의 귀에도 들릴 듯 말 듯했다.

이윽고 방문에 친 발을 걷어 올리더니 여자들이 나왔다. 서른 살 안팎의 젊은 아낙네들이 대부분이었는데, 개중에는 댕기 머리 처녀도 더러 섞여 있었다. 방에서 나온 여자들은 마루 안쪽에 쌓아둔 보따리를 하나씩 찾아 들고 중문으로 한둘 소리 없이 빠져나갔다.

그때 한 여인이 중문 앞에 서서 밖으로 나가는 여자들과 일일이 인사를 하는 모습이 보였다. 말없이 눈빛과 미소로 가볍게 목례하며 지나가는 십여 명의 움직임은 마치 한 사람이 이동하는 듯 조용하고 일사불란했다.

갑녕은 처음부터 그 광경을 넋 빠진 얼굴로 지켜보고 있었다. 밖으로 나가는 사람들에게 인사를 하는 여인은 단아하고 아름다운 자태가 눈부셨다.

'참으로 어여쁜 분이시구나.'

갑녕의 머릿속에 별당 아씨가 떠올랐다. 가재울에서는 둘도 없는 미인이었던 아씨였는데 지금 눈앞에 서 있는 여인을 보니 비교할 바가 못 됐다.

맨 나중에 문을 나서던 앳된 처녀는 가기 싫은지 어리광을 부리는 표정으로 뭔가를 졸라댔다. 여인은 미소 지으면서 떼쓰는 처녀의 등을 살포시 밀었다. 앳된 처녀가 마지못해 인사하고 문 밖으로 나서자 여인은 뒤로 돌아섰다. 여인은 대청에 있는 갑녕을 발견하고 잠시 멈칫했다.

순간 갑녕은 숨이 턱 막혔다. 여인은 갑녕이 아직 어린 사내라는 것을 확인하고 여유 있는 미소를 보내며 방으로 들어가려 했다. 후원을 돌아 나오던 강완숙이 그녀를 불렀다.

"비비안나!"

"네."

"이리 좀 오너라."

비비안나라고 불린 여인은 공손히 몸채로 건너왔다.

"내 할 말이 있으니 이리 올라와 앉으렴."

그녀는 신발을 벗고 대청으로 올라가서 다소곳이 앉았다. 나이는 스물 대여섯쯤 됐을까. 갑녕에겐 누님뻘 정도로 보였다. 갑녕은 눈부시도록 아름다운 그녀를 감히 똑바로 쳐다볼 수도 없었다.

"오늘부터 우리와 한솥밥을 먹게 된 갑녕이라는 총각이다. 한양에 처음 와서 모든 것이 낯설 테니, 네가 잘 가르쳐서 한 식구로 불편함 없이 쉬이 적응하도록 도와주거라. 게다가 혈혈단신 외로운 아이니 각별히 신경 써주었으면 좋겠구나."

그 이야기를 들은 비비안나, 즉 문영인은 측은한 표정으로 갑녕을 돌아봤다. 그녀는 천성적으로 다정다감한 성품을 지녔다. 강완숙이 그녀를 불러 갑녕을 당부했던 것은 그러한 까닭이었다.

강완숙이 자리를 뜨자 문영인은 위로라도 해주려는 양 다정하게 말을 붙였다.

"고향은 어디야?"

"양근 땅 가재울이라는 곳에서 지금까지 살았어요."

"정말 가까운 피붙이가 아무도 없어?"

"예."

"저런, 너무 외로웠겠다."

"고향에서는 동네 사람들이 부모 형제처럼 아껴주어 외롭지 않았어요."

문영인은 연민이 담긴 표정으로 위로의 말을 전하려고 애썼다.

"말해 보렴. 내가 어떻게 뭘 도와주면 좋겠어?"

갑녕은 문영인의 적극적인 태도에 놀랐다. 주저주저하던 그는 용기를 내어 입을 열었다.

"저는 어려서부터 누님을 둔 친구가 제일 부러웠어요. 제가 누님이라고 불러도 될까요?"

"물론이야. 우리 교우들은 모두 형제자매인걸. 누님이라고 불러도 괜찮고말고."

"그런 누님이 아니라 진짜 누님처럼 모시고 싶어요."

문영인이 의아한 표정으로 무슨 소리냐는 듯 눈을 동그랗게 뜨자, 갑녕이 얼굴을 붉히면서 어쩔 바를 몰라 했다. 그 자신도 당황스러웠다. 문영인이 더없이 따뜻하게 대해 주는 바람에 그만 무리한 요구를 덥석 내뱉고 말았던 것이다. 하지만 문영인은 보통의 여자가 아니었다. 잠시 후 그녀는 아무렇지도 않게 말했다.

"그러렴. 나도 남동생이 있는 친구가 부러웠단다. 오늘부터 친오누이처럼 지내자꾸나."

엉겁결에 말을 뱉어놓고 자신의 경솔함을 후회하던 갑녕은 감격하여 말문이 막혔다.

"동생도 어서 교리 공부해서 영세를 받아야지."

"예."

콧날이 찡하고 목이 메어 갑녕의 목소리가 갈라져 나왔다. 기어코 눈물이 삐져나와 갑녕은 손등으로 쓱 문댔다.

"누님이 마음에 안 드는 거야? 누님이 생겼는데 울긴 왜 울어? 기쁘지 않은가 봐."

"아니에요. 너무 좋아 그래요. 세상에서 제일 예쁜 누님이 동생이라고 불러주니까 저도 모르게 눈물이 그만……."

그것은 갑녕의 진심이었다. 난생 처음으로 한양 땅을 밟은 그가 낯선 집에 와서 첫 대면한 아름다운 여인과 의남매를 맺은 것이니 감격할 수밖에 없는 상황이었다. 갑녕은 한양을 돌아다니느라 느꼈던 긴장감이 일시에 풀리는 듯했다.

사실 문영인을 세상에서 제일 예쁘다고 한 갑녕의 찬사는 결코 허풍이 아니었다. 문영인은 한양 출신으로 여섯 살 때 아기 궁녀로 뽑혀서 대궐로 들어간 후 열다섯 살에 정식 궁녀가 됐다. 그 무렵부터 이미 그녀의 미모는 대궐 안에서 으뜸이라는 평판이 자자했다. 그뿐만 아니라 총명하고 행동거지가 조신하여 선배 상궁들의 귀여움까지 독차지했다.

문영인은 임금의 어머니가 기거하는 혜경궁에 있었다. 대비 홍씨는 젊어서 남편 사도세자를 잃었고, 후에는 아들이 임금 자리에 오르는 것을 지켜봤다. 젊은 사도세자는 여러 궁녀들을 품어 대궐 내에 분란을 일으켰을 뿐만 아니라 경미한 정신병까지 앓았다. 이를 노론이 침소봉대針小棒大로 부풀려 떠들어대는 바람에 부왕 영조의 노여움마저 샀다. 대비 홍씨는 그때의 고충을 『한중록閑中錄』에 낱낱이 풀어 후세에 남기기도 했다.

아들 정조가 나이 서른이 되도록 후사를 두지 못하자 가장 애를 태운 사람은 당연히 어머니인 혜경궁 홍씨였다. 종묘사직을 이어가기 위해서 왕자들이 많을수록 좋은 것이 왕실의 풍조였건만, 젊은 임금 정조는 여색과는 도무지 거리가 멀기만 했다. 왕자가 없어도 태연히 학문을 가까이하며 스스로 성인군자의 길을 지향하는 임금이었기에 감히 누가 곁에서 충동질하기도 어려웠다.

그러자 대비 홍씨가 팔을 걷고 나섰다. 견물생심見物生心이라 했으니, 아무리 여색을 멀리하는 임금일지라도 재색을 겸비한 아름다운 처녀를 곁에 두고 보게 되면 목석이 아닌 바에야 마음이 끌릴 것이란 계산이었다. 그래서 임금을 모시는 대전으로 방년 열일곱 살의 아름다운 궁녀 문영인을 보냈다. 절세의 미모에 총명함까지 갖추었고 몸가짐도 조신하니 궁녀들 중 가히 군계일학群鷄一鶴이라 할 만했으므로, 만약 승은을 입어 회임하게 되면 총명한 왕자나 꽃 같은 옹주를 생산할 것이라고 확신했다.

대전에서 문영인이 맡은 역할은 침전 나인이었다. 침전 나인이 하는 일은 조석으로 임금의 의복과 이부자리를 보살펴드리는 것이니, 궁녀라면 누구나 꿈에라도 한 번쯤 맡아보고 싶은 자리였다. 그러나 젊은 궁녀들이 시샘과 부러움으로 바라보는 그 자리에 가서도 문영인은 담담했다. 아직 이성에 눈뜨지 않은 탓일까, 세속의 욕망에 물들지 않은 탓일까, 임금과 단둘이 있을 때도 문영인의 마음에는 동요가 없었다. 하물며 임금을 유혹하겠다는 생각은 꿈에서조차 가져본 적이 없었다. 정조 역시 밤낮으로 학문에만 열중하여 침전 나인이 바뀌어도 별 관심을 두지 않았다.

두 해가 훌쩍 지나도록 정조와 문영인 사이에는 아무 일도 일어나지 않았다. 대비 홍씨는 참다못해 대전으로 와서 노골적으로 문영인을 나무랐다.

"너는 어찌 된 여자이기에 그리도 상감을 모실 줄 모른단 말이냐.

부디 왕자를 생산해 주렴. 그러면 너에게나 왕실에게나 큰 광영이 아니겠느냐."

그 말을 들은 문영인은 홍당무처럼 얼굴을 붉혔다. 사실 그녀는 후궁이 될 생각은 추호도 없었다. 후궁은 이름만 그럴듯했지 남의 시앗 노릇을 하는 일이었다. 그녀는 그런 일이 싫었다. 물론 그녀도 고달플 때면 후궁이 될 생각을 전혀 해보지 않은 것은 아니었다. 게다가 아버지의 기대도 잘 알고 있던 탓이었다.

문영인의 아버지는 대궐에서 사용하는 채소를 가꾸는 사포서司圃署의 말단 관원이었다. 그는 나이를 점점 먹어갈수록 신세를 한탄하는 날이 많아졌다. 딸만 다섯을 둔 집에서 위로 두 딸을 출가시키고 나니 살림이 거덜 날 판국이었다. 그러다가 어릴 때 대궐에 들여보낸 셋째 딸이 어느덧 자라서 지존의 침소를 돌보게 되자 다시 희망이 부풀기 시작했다. 어디 내놓아도 빠지지 않을 정도로 셋째 딸의 인물이 빼어난 것은 모두들 인정하는 사실이었다. 그러니 그 딸이 임금의 사랑을 받기만 하면 자기 팔자도 하루아침에 달라질 수 있다는 기대감에 가슴 설레는 날이 많아졌다. 하지만 세상사는 사람 마음대로 되지 않는 법이다. 셋째 딸 덕분에 부원군이 되어보고자 했던 꿈은 하루아침에 물거품으로 사라지고 말았다. 문영인이 병 때문에 대궐을 나오게 됐던 것이다.

어느 날 갑자기 오한이 나면서 몸져눕게 된 문영인은 좀처럼 털고 일어나지 못했다. 그 소식을 듣고 놀란 대비 홍씨가 전의를 불러 진맥하고 탕약을 먹여도 효험이 없었다. 하루에도 몇 차례씩 몸이 불덩어리처럼 뜨거워지더니 헛소리까지 하면서 어머니만 찾았다.

열흘이 지나도 문영인이 아무 차도를 보이지 않자, 부모가 있는 사가에 보내어 치료하도록 조치했다. 대비 홍씨의 특명으로 전의는 날마다 한 번씩 문영인의 본가로 찾아가서 치료하는 일을 맡았다.

그런데 이상한 일이었다. 집으로 돌아온 문영인은 당장 자리에서 일어났다. 죽이 아니라 밥까지 잘 먹어 도무지 환자 같지가 않았다. 그러다가 전의가 올 시간이 되면 병이 다시 도져 자리보전하고 눕는 것이었다. 한 달 이상 그런 일이 반복되자 나중에는 전의도 시들해져서 이삼 일에 한 번씩만 방문하여 약첩만 놓고 돌아갔다. 문영인은 전의가 대문 밖으로 나서기만 하면 언제 아팠냐는 듯 일어나 앉았다.

대비 홍씨는 크게 실망했다. 전의가 하는 말을 들어보니 문영인을 더 이상 대궐에 붙잡아 둘 수는 없을 것 같았다. 부득이하게 퇴궐령을 내리기에 이르렀고, 퇴궐증명서를 받은 문영인은 조롱 속에 갇힌 새가 드넓은 세상으로 훨훨 날아가는 듯 기뻐했다.

그러나 문영인의 아버지는 분통이 터졌다. 딸 덕에 부원군이 되어 거들먹거리며 살 줄 알고 있다가 딸이 대궐에서 물러 나오자, 매일 저녁 술 마시고 들어와 주사를 부렸다. 미리부터 우쭐거리고 다닌 터라 남들에게 웃음거리가 되어 손가락질을 받았던 것이다. 연일 계속되는 남편의 술주정에 참다못한 문영인의 어머니는 알고 지내던 강완숙을 찾아가 하소연했다.

"우리 집으로 보내도록 하세요. 따님의 자질로 보나, 임금님을 측근에서 모신 전력으로 보나 집에 두고 그냥 썩히기에는 아까워요. 내가 따로 생각하는 바가 있으니 우리 집으로 보내세요."

그리하여 강완숙의 집으로 오게 된 문영인은 처음에는 주문모 신부의 시중을 들었다. 대비와 임금을 모신 경험이 있기에 그런 일은 그녀에게 누워서 떡 먹기와 다를 바 없었다. 문영인이 오자 강완숙은 전부터 구상해 오던 교리 학교를 개설했다. 교리 학교에서는 젊은 여성들을 한 번에 십여 명씩 모아서 성경을 해설하고 교리를 가르쳤다. 소정의 과정을 수료한 여자들은 모두 방물장수로 내보냈다. 방물장수는 어느 집이나 자유롭게 드나들 수 있는 신분이라 아낙네들을 상대로 전도하기에는 더할 나위 없이 좋은 위치였다. 특히 바깥출입이 어려운 양반집 부녀자들과 접촉하기 수월하다는 것이 큰 장점이었다.

교리 학교의 강사진은 최상급이었다. 강완숙이 주로 많은 부분을 담당했지만 정약종과 황사영 같은 조선 최고의 지식인이 교리를 강의하는 날도 있었다. 학생 신분으로 열심히 교육을 받은 문영인은 이듬해부터 남들을 가르치는 어엿한 선생의 역할을 하게 됐다.

문영인이 선생 노릇을 하기 시작하면서 교리 학교는 더욱 활기가 넘쳤다. 여자들이 앞 다투어 교리 학교에 들어오겠다는 현상이 벌어질 정도였다. 아름다운 용모와 어릴 적부터 궁중에서 수련된 품위 있는 몸가짐을 지닌 문영인의 존재가 젊은 교육생들의 마음을 사로잡았기 때문이다. 교육생과 친분 있는 여자들이 문영인을 보려고 따라왔다가 그날로 당장 교리를 공부하겠다고 떼쓰는 일도 자주 일

일어났다. 특히 나어린 처녀들일수록 그런 일이 잦았다.

　그러니 남한강 변에 살던 천애 고아 갑녕이 한양으로 오자마자 문영인과 의남매를 맺게 된 것은 그야말로 커다란 행운이 아닐 수 없었다.

9

 강완숙이 방문객 두 명과 집 뒤를 돌아 나왔다. 대문에서 그들과 헤어진 후 문영인과 갑녕이 있는 곳으로 다가왔다.
 "얘야, 마재 회장님을 뵈러 가자. 어서 따라오너라."
 갑녕은 불에 덴 듯 놀라서 일어났다. 강완숙이 먼저 집 뒤로 돌아가자 갑녕도 허겁지겁 짚신을 꿰었다. 그의 얼굴과 몸짓에는 당황한 기색이 역력했다.
 "동생, 왜 그렇게 긴장하는 거야?"
 갑녕은 '동생'이라고 다정하게 자신을 부르는 소리에 감격할 여유가 없는 탓에 미처 대꾸도 못 하고 그 자리를 떴다.
 후원에 또 한 채의 번듯한 집이 있었다. 근년에 새로 들인 건물이 분명했다. 양쪽으로 방이 있고, 한복판에는 육간대청보다 더 넓은 마루방이 있었다. 봉합문을 활짝 열어놓은 그곳에 두 사람이 앉아 부채질을 하고 있었다. 한 명은 정약종이었고, 다른 한 명은 새까만 수염이 가슴팍 아래까지 내려온 젊은 선비였다. 갑녕이 문밖에서 얼쩡거리자 강완숙이 들어오라고 신호를 보냈다.

"회장님, 그 아이가 왔습니다."

정약종을 보는 순간 갑녕은 울컥하여 너부러지듯 엎드렸다.

"나리……."

"오, 너를 여기에서 보게 되는구나."

정약종이 반갑게 맞았으나 어느새 갑녕은 어깨를 들먹이며 흐느끼고 있었다. 뜻밖의 돌발 사태에 어른들은 말을 잃고 망연히 그를 바라볼 뿐이었다. 이미 정약종에게 대강 갑녕의 사연을 들어 사정을 아는 터였다. 그들은 울고 있는 갑녕을 잠시 놔두고 가만히 지켜봤다.

갑녕은 가재울에서 죽음 직전에 풀려났으나 그때는 정약종의 얼굴도 미처 보지 못했다. 가재울을 떠나 심벼루 나루까지 걸어 나올 때야 정신을 차린 그에게 강쇠가 귓속말로 사건의 전말을 전해 주었다.

"갑녕아, 넌 마재 양반 덕분에 살게 된 것이구먼. 그 어르신이 네 목숨을 구해 주셨어."

김한빈을 따라 마재에 와서 며칠을 보냈지만 정약종이 집에 들르지 않고 곧장 상경하는 바람에 갑녕은 생명의 은인에게 감사의 말 한마디 올릴 기회가 없었다. 이제 도성 한복판에서 드디어 자신에게 새 삶을 준 은인을 뵙게 되니, 그는 벅차오르는 가슴을 주체하지 못하고 그동안 가라앉혀 두었던 울음을 터뜨렸다. 한참 동안 그가 흐느끼도록 내버려 두었던 정약종이 입을 열었다.

"이제 그만 일어나 앉거라."

갑녕은 흥건한 눈물을 손등으로 쓱 문지르고 일어나서 무릎을 꿇었다.

"그날 너를 살려주신 분은 내가 아니라 하느님이시다. 하필 그 시각에 내가 심 진사 댁에 가게 된 것이 너를 살리시려는 하느님의 계시로 여겨지는구나. 물론 내 의견을 받아들이는 어려운 결정을 내린 심씨 형제들에게도 감사해야겠지."

"그럼요, 시간이 조금만 늦었어도 생목숨 하나 갔을 테니."

젊은 선비가 맞장구를 쳤다.

"사고무친인 네 신세를 전해 듣고, 어디로 보내야 할지 걱정하다가 여기로 널 불렀다. 내가 잠깐 언급했지만 앞으로 네가 해야 할 일이 참으로 많을 것 같은데 어떠냐? 이 집에 살면서 시키는 일이면 무엇이든 할 수 있겠느냐? 여러 어르신들이 계신 자리에서 확답을 하거라."

강완숙이 갑녕을 똑바로 쳐다보며 단호한 목소리로 물었다.

"어떤 일이라도, 설사 그것이 죽을 각오를 해야 하는 일이라도 기어코 해내겠습니다."

분명하고 확신에 찬 갑녕의 대답에 모두들 고개를 끄덕이며 만족한 표정을 지었다. 이미 죽음을 직면한 적이 있는 갑녕은 자신에게 남은 생이 덤이라고 생각했다. 그래서 그는 '목숨'을 건 대답을 선뜻 할 수 있었던 것이다.

"너, 혹시 마재에서 황 서방에게 예수님에 대한 이야기를 못 들었더냐?"

"웬걸요, 내내 그 이야기만 온종일도 모자라 밤새도록 듣다가 왔습니다."

황일광의 극성은 한양에도 유명했다. 그 상황을 이해하고도 남는다는 듯 세 사람은 웃음보를 터뜨렸다.

"갑녕아, 인사드려라. 이분은 황 진사님이시다. 앞으로 여기에서 매일 만나게 될 게야."

정약종의 소개에 갑녕은 벌떡 일어나서 큰절을 했다. 황사영은 당황하며 엉거주춤한 자세로 절을 받았다.

"무슨 큰절을……."

"어르신의 높으신 명성을 마재에서도 많이 들었습니다."

"어허, 내 수염을 두고 흉들 본 것이 아니고? 머리에 피도 안 마른 새파란 놈이 수염을 길게 길렀다고 소문이 자자하던가?"

"예? 아, 아닙니다."

당황하여 극구 부인하는 갑녕을 보면서 정약종과 강완숙은 박장대소했다.

평소 농담을 즐기지 않는 황사영이었지만 오늘은 유난히 기분이 좋아 보였다. 황사영은 체구가 그리 크지 않으나 대춧빛 얼굴에 안광이 형형하게 빛났다. 남을 압도하는 힘이 느껴지는 상이었다. 이목구비가 반듯한 미남형인데도 수염을 기른 것에는 일부러 나이가 들어 보이게 하려는 의도가 숨어 있었다. 그는 올해 스물여섯으로 한창 젊은 나이였지만, 신부님을 곁에서 모시는 터라 늘 긴장 속에 지내야 했다. 게다가 시도 때도 없이 많은 사람들을 만나게 되는데 어린 애송이로 보이게 될까 봐 염려스러웠다. 그는 안정감 있고 신뢰를 주는 사람으로 보이길 바랐다.

"마재 회장님이 네 칭찬을 많이 하시더구나. 될성부른 나무는 떡잎부터 알아보는데 큰 재목감이라고 하시기에, 당장 너를 부르자고 내가 재촉했다. 우리 교회에 영리하고 진실한 젊은 사내가 꼭 필요했는데 널 만나보니 내 마음에 쏙 드는구나. 나이가 좀 어린 것이 흠이다만, 그게 대수이겠느냐? 네가 무슨 일이라도 하겠다는 마음 자세가 더욱 중요하지."

"어떤 일을 맡기시든 제 힘닿는 데까지 하겠습니다."

"걸음은 빠르냐?"

"예, 제가 살던 동네에는 저보다 빨리 걷는 사람이 없었습니다. 물론 김유산이라는 분에 비하면 어림없구먼요."

"그 사람이야 조선 천지에 잘 걷기로 소문난 이가 아니더냐. 아무튼 이만 됐다. 오늘 밤에 중대한 회의가 열리는데 그 자리에서 사람들에게 너를 소개할 것이다. 그럼 그만 나가서 쉬어라."

갑녕은 조용히 물러 나왔다. 아직 신부님을 뵙지 못한 것이 아쉬웠지만 머지않아 뵙게 되리라 생각하고 그는 아쉬운 마음을 달랬다.

해가 질 무렵이 되자 처마 그림자가 차츰 길어졌다. 그리고 처마 그림자가 점차 어둠 속으로 사라지더니 땅거미가 내려앉았다. 잘 차려입은 강완숙이 대청에서 내려오더니 마당으로 나왔다. 이어서 문영인과 또 다른 처녀 윤점혜가 성장(盛裝)을 하고 나타나서 강완숙의 양편에 섰다. 그들은 강완숙의 좌우를 지키는 여인들이었다. 한결같이 세모시 옷으로 단장한 모습들이 우아하고도 고왔다.

갑녕은 옆채 마루, 그러니까 낮에 여자들이 모여 경문을 외우던 방문 앞에 앉아서 앞으로 전개될 광경들을 잔뜩 기대하고 있었다. 그가 그곳에서 낱낱이 구경할 수 있었던 것은 강완숙의 배려 덕분이었다.

이윽고 어둠이 어스름하게 내려앉아 마당 끝에 있는 사람의 모습을 분간하기 어려울 무렵이 되자 문간에 매달린 종이 딸랑딸랑 울렸다. 점포에서 설렁줄을 잡아당겨 보낸 신호였다. 여자들이 바짝 긴장하는 기색을 보였다.

대기하고 있던 장 노인이 대문을 열어주자 쉰 남짓한 선비가 들어섰다. 강완숙이 반갑게 다가서며 허리를 굽혀 인사했다.

"아이고, 홍 진사님. 포천에서 곧장 오시는 길입니까?"

"그렇소. 오늘 회의가 매우 중요한 듯싶어 새벽녘에 길을 떠났소이다."

"잘 오셨습니다."

그 선비는 강완숙에게 입을 바짝 대고 물었다.

"신부님은 강건하시고?"

"예, 무탈하십니다."

"그럼 안심이오. 그분만 무탈하시다면."

"안으로 들어가시지요. 아가타가 진사님을 모셔라."

윤점혜가 공손하게 홍교만이라는 이를 뒤채로 모시고 갔다.

"가장 멀리 사시는 분이 제일 먼저 오셨구먼."

강완숙이 경탄하듯 중얼거리자 곁에서 문영인이 물었다.

"저분이 마재 회장님과 사돈을 맺은 분이십니까?"

"그렇단다. 지난해 혼인 잔치가 열릴 때 너는 안 가서 잘 모르겠구나."

"네, 말로만 들었지요."

"정 회장님이 며느리를 잘 맞아들였다는 평판이 자자했지."

부엌에서 개 삶는 냄새가 물씬 풍겨왔다. 대여섯 여자들이 음식 준비에 바빴다. 나이 든 여자는 한 명뿐이고, 나머지는 이십 대 젊은 처자들이었다. 그런데도 차분하고 조용히 움직여서 전혀 소란스럽지 않았다. 사람 목소리가 담장 밖으로 나가지 않게 하는 조심성이 평소 몸에 밴 탓이었다.

밖이 어두워지기 시작하면서 손님들이 연이어 들어왔다. 두 동정녀는 객들을 안내하느라 무척 분주했다. 그때 삼십 대 후반으로 보이는 활달한 사람이 힘찬 걸음으로 들어왔다.

"어서 오세요. 제일 먼저 도착하실 줄 알았는데 좀 늦으셨습니다."

강완숙이 맞이하며 인사말을 건네자 그는 쾌활하게 답했다.

"오늘 무슨 일을 꾸미기에 미인계까지 쓰십니까?"

"미인계라고요?"

"아, 그럼 이게 미인계가 아니고 무엇입니까?"

곁에 서 있던 문영인과 윤점혜가 수줍어하며 돌아서서 입을 가리고 웃었다.

"우리 집에 오시는 손님들을 기분 좋게 반겨드려야죠. 이왕이면 미인들이 부드러운 인상을 주면 더욱 좋지 않겠습니까? 서양에서는 안주인이 나서서 손님을 접대한다더군요."

그는 머리를 끄덕이며 활짝 웃었다.

"이런 멋진 광경도 우리 교회가 아니면 보기 힘들 것이오."

강완숙의 말에 긍정적으로 박자를 맞춘 사람은 발이 넓기로 유명한 현계흠이었다. 대궐에도, 관가에도, 시장에도 장안 어디에든 그가 모르는 사람은 없을 것이라는 소문이 있을 정도였다. 현계흠은 문영인의 안내를 받으며 집 뒤로 돌아갔다.

문간에서 또 종이 울렸다. 장 노인이 얼른 가서 빗장을 열었다. 갑녕은 등불을 켜서 장 노인에게 하나를 갖다주고, 또 하나는 문영인에게 들려주었다. 처마 끝에도 초롱을 달아 어둠을 밝혔다. 어둠이 주위를 완전히 파고들어 막 등불이 필요할 무렵이었다.

"고마워, 동생. 그렇잖아도 등불을 가져오려던 참이었는데."

손님을 안내하고 돌아오던 윤점혜가 거들었다.

"정말 눈치 한번 빠르구나. 절간에 가서도 새우젓국 얻어먹겠어."

윤점혜의 말에 문영인이 흐뭇하게 웃었다. 갑녕은 그녀가 웃는 얼굴만 봐도 행복했다.

그날 저녁 손님 중 가장 나중에 들어온 사람은 홍낙민이었다. 평범한 양반 차림인 그는 사헌부 정언正言까지 지낸 위인이었다.

바깥채 점포에는 철저한 경비가 펼쳐졌다. 겉으로 봐서는 평상시와 전혀 다를 바가 없었다. 많은 사람들이 왔으나 한꺼번에 몰려오지 않고 적당한 간격으로 띄엄띄엄 들어왔기 때문에 외부 사람들의 눈에 의심을 살 만한 기미는 없었다. 누군가 한자리에서 오랫동안 지켜보기 전에는 그 집을 드나드는 사람들을 일일이 헤아리지 않을 테니까. 점포 밖에서는 김유산이 주변을 넓게 돌아다니면서 혹시라도 이상한 낌새가 있는지 주의 깊게 살펴보고 있었다.

뒤채의 넓은 마루방에는 손님들 이십여 명이 조용히 앉아 있었다. 그들의 면면을 살펴보면 놀랄 일이었다. 상민부터 중인, 양반에 이르기까지 여러 신분이 한자리에 앉았고, 그들의 직업도 각양각색이었다. 생선 장수와 거간꾼이 있는가 하면, 하루 종일 쇠를 두드려 대고 온 대장장이도 있었다. 상민들이 거의 과반수를 차지했고 양반과 중인이 열서너 명이니 세 층이 고루 섞여 있는 셈이었다.

회의가 시작됐다. 양반층이 회의를 주도해 갔다. 신분 차이와 무관하게 참석했으나 아무래도 배움이 짧은 상민들은 나서기가 어려웠다.

여기에 모인 사람들을 두루 살펴보며 턱으로 참석자들의 숫자를 헤아리고 난 총회장 최창현이 고개를 갸웃했다. 숫자가 맞지 않는 모양이었다. 그러자 좌중에서 누군가 말했다.

"마포의 채 거간이 참석하지 못했습니다."

그제야 알았다는 듯 머리를 끄덕인 최창현은 좌중을 둘러보며 말문을 열었다.

"그럼 한 명만 빠지고 모두 왔으니 지금부터 오늘 회의를 시작하겠습니다."

그렇게 선언하고 최창현은 신부가 있는 방으로 건너갔다.

"신부님, 회의를 시작하겠습니다."

10

주문모 신부가 방에서 나오자 사람들이 일제히 일어섰다. 평범한 양반 옷차림인 신부는 한 손을 들어 그냥 앉아 있으라는 시늉을 해 보이며 한쪽에 마련된 자리로 가서 앉았다. 구레나룻이 약간 있는 갸름한 얼굴은 영락없이 조선 사람으로 보이기에 충분했다.

"신부님, 개회를 선언해 주십시오."

최창현의 요청을 받고 주문모 신부가 앞으로 나와 성호를 그었다.

"주께서 여러분과 함께."

"주께서 신부님과 함께."

신도들도 다 함께 따라서 합창했다. 좌중을 둘러보면서 주문모 신부가 선언했다.

"오늘 여러분을 한자리에서 만나보니 기쁘기 한이 없습니다. 임금이 갑자기 세상을 떠나신 문제로 지도부가 여러분과 논의할 일이 있다고 하여 이 자리를 마련한 것입니다. 유익한 대화를 많이 나누시길 바랍니다. 어렵게 한자리에 모였으니 밤새도록 상의하시고, 또한 오늘 밤을 즐겁게 지내십시오. 음식도 충분하게 마련한 걸로 압니다. 그럼 나는 한쪽에서 여러분이 말씀 나누는 것을 듣겠습니다."

유창한 조선말이었다. 주문모 신부는 조선에 들어온 지 육 년 만에 이제는 조선 사람들이 듣기에도 불편함이 없을 만큼 조선말을 유창하게 구사했다. 신부가 자리로 가서 앉자 최창현이 다시 회의를 진행했다.

"오늘 이 자리에 참석하신 여러분은 명실상부한 조선 천주교의 핵심 인물입니다. 각 구역의 대표자들이 전부 모였으니 말이오. 모두 알다시피 지금 우리는 국상 중이올시다. 우리는 누구보다도 슬프고 비통한 심정으로 애도하고 있습니다. 이제 고인이 되신 정조 임금은 재임 기간 동안 음으로 양으로 우리 천주교를 옹호해 주시려고 무던히 애쓰셨습니다.

그동안 노론 무리들이 우리 천주교를 못 잡아먹어 얼마나 앙앙불락快快不樂했습니까? 온 나라가 주자학이라는 굳은 틀 속에 갇혀 있는 판입니다. 임금은 주자학을 아끼셨음에도 서양에서 들어온 서학에 관심을 보이셨습니다. 천주교가 사교가 아님을 간파하셨던 것이지요. 그런데도 왜 천주교를 공인하지 못했느냐고 불평할 수 있습니다. 그러나 그것은 잘못된 생각입니다. 이 나라의 풍토를 생각해 보십시오. 아무리 임금이 내심 천주교를 훌륭한 종교로 인정하셨더라도 그것을 시행하기에는 어림도 없는 일입니다.

만약 임금이 우리 교회에 너그럽지 않으셨다면 오늘 우리는 여기에 있을 수도 없었을 것입니다. 또한 임금은, 우리 교회에서 총무를 맡고 있는 황 진사가 천주교를 신봉하여 출사하지 않은 것을 이미 알고 계셨음에도 별말씀이 없으셨고, 그것을 벌하지도 않으셨습니다. 그렇듯 속 깊으시고 너그러우신 임금이 갑자기 돌아가셨으니, 우리에겐 청천벽력을 맞는 것과 같은 일이 아닐 수 없습니다. 이 소식을 듣고 백성들도 망연자실하고 있습니다. 우리 교인들은 더 말할 것도 없고요."

최창현은 감정이 북받치는지 더 이상 말을 잇지 못했다. 좌중에서도 간간이 흐느끼는 소리가 들렸다. 모두들 침통한 표정으로 침묵을 지키고 있었다. 그때 문간에 서 있던 강완숙이 좌중을 둘러보며 말했다.

"어차피 오늘은 밤을 지새우면서 말씀을 나누셔야 할 것 같으니 잠시 회의를 중단하고 회식 자리를 갖는 것이 어떻겠습니까? 저녁밥도 드셔야 하고요. 떡과 안주를 푸짐하게 준비했으니 모두들 마음껏 드시길 바랍니다."

강완숙의 말이 떨어지자 좌중을 휩싸던 긴장감이 조금은 풀렸다. 저마다 두루마기를 벗어서 횃대에 거는 등 분위기가 느긋해졌.

그사이에 갑녕이 커다란 두레 반상 세 개를 방 한가운데 펼쳐놓았다. 이어서 여자들이 음식들을 날라 오자 갑녕은 민첩하고 날렵한 움직임으로 음식 그릇을 척척 받아서 상을 차렸다. 그 행동이 어굿남이 없고 요술 부리듯 재빨라서 방 안에 빙 둘러앉은 사람들이 그의 상차림을 흥미롭게 지켜봤다.

"거참, 솜씨가 제법이구나. 양반집 상 차리는 법을 어디서 배웠느냐?"

누군가 물었다. 갑녕은 손놀림을 멈추지 않고 대답했다.

"진사님 댁에서 잔뼈가 굵었습니다."

그때 황사영이 나섰다.

"여러 교우님들에게 이 아이를 소개하겠습니다. 오늘부터 이 집에 살게 된 김갑녕이라고 합니다. 출신은 양근 가재울이라는 동네로, 한강에서 배를 내려 녹암 어르신 댁으로 가는 초입에 있는 마을입니다. 마재 정 회장님과의 인연으로 여기까지 오게 됐지요. 보시다시피 영리하고 민첩하거니와 사람됨이 성실하여 우리가 여기로 데려왔습니다. 이번에 여러분의 집을 일일이 방문한 김유산이 전주의 유항검 회장 댁에 가 있는 걸 아실 것입니다. 이번에도 심부름 온 김유산을 붙잡아, 전주로 돌아갈 날짜가 지났음에도 부득이하게 여러분에게 소식을 전하도록 했습니다. 오늘 회의가 그만큼 급박했기 때문이지요. 차후로는 이 총각이 김유산 역할을 대신하게 될 것입니다. 갑녕아, 앞으로 네가 자주 찾아뵙게 될 어른들이시다. 여기 나와서 인사드리거라."

갑녕은 방 안의 사람들을 향해 세 차례나 방향을 바꾸어가며 꾸벅꾸벅 몸을 깊이 숙여 인사했다.

"갑녕이라고 불러주십시오. 오늘 처음 와서 아무것도 모릅니다.

어르신들이 시키시는 일은 무엇이든 힘껏 할 각오가 되어 있구먼요. 저는 끝까지 신의를 지킬 것을 이 자리에서 굳게 맹세합니다."

좌중이 조용해졌다. 그날 그 자리에 모인 참석자들은 처음 보는 갑녕의 말에 모두 적잖은 감동을 받았다. 갑녕은 오늘 밤 모임이 중대한 회의라는 것을 동물적인 감각으로 느꼈기에 일부러 '신의'라는 말을 넣어 말 맺음을 했던 것이다.

"미리 여러분에게 당부드립니다. 내일 새벽 집으로 돌아가시기 전에 자신의 집을 찾기 쉽도록 갑녕이가 알기 쉬운 방법으로 약도를 그리거나 자세한 설명을 적어주시길 바랍니다. 비상 연락망을 확보해 두려는 것입니다. 요즘 상황이 긴박한지라 앞으로는 급히 연락을 띄울 일이 많을 것 같습니다. 자, 그럼 이야기는 이것으로 줄이겠습니다. 시장하실 테니 어서 음식을 드시지요."

황사영의 말이 끝나자 사람들은 모두 음식상 앞으로 다가앉았다.

11

 훈동 본부에서 총회를 개최한다는 통보를 받고 참가한 사람들 중에 가장 눈에 띄는 사람은 단연 김건순이었다. 그는 여주에서 올라왔다. 그는 여주뿐만 아니라 조선 팔도에서도 손가락에 꼽히는 명문대가의 자손이었다. 그의 집은 조상들의 기품이 서린 고색창연한 고루거각高樓巨閣으로, 그 집 앞을 지날 때는 말 탄 사람이 말에서 내려야 했다. 만약 말을 탄 채 그냥 지나치다가 그 집의 청지기에게 걸리는 날에는 봉변을 당하기 일쑤였다. 모든 사람들이 그렇듯 우러러보고 공경하는 까닭은 그 집의 조상이 병자호란 때 남한산성에서 끝까지 항복하기를 거부했던 척화파의 거두 청음淸陰 김상헌이기 때문이었다.
 김건순이 들어서자 먼저 참석했던 사람들이 자신도 모르게 자리에서 벌떡벌떡 일어났다.

"왜들 일어나시오? 그냥 앉아 계시오."

김건순이 손을 내저으며 자기가 먼저 여럿 앞에서 허리를 깊숙이 숙여 인사를 올렸다. 나이가 젊다고는 하지만 그는 모든 이들이 존경하는 사람이었다. 참석한 일부 사람들이 그 앞에서 예의를 갖추는 것은 시중의 풍속을 따른 것이었다. 시중에서 그렇게 하지 않았다가는 당장 볼기 맞을 일이었다. 그러나 이곳은 천주교인들이 모인 회의장이 아닌가. 반상을 구분할 필요가 없는 장소였다. 그러므로 김건순이 몸을 낮추는 것은 그것대로 당연한 행위였다. 황사영이 인사를 마친 김건순을 방 안으로 불러들였다.

"먼 길을 오시느라 수고했소."

"그동안 별고 없으시오?"

"겉으로는 조용하지만 안으로는 불꽃 튀는 전쟁판이나 다름없소. 정조 임금이 돌아가신 후 노론 무리들의 활동이 눈에 띄게 활발하다오. 특히 어리신 임금이 후계자로 오르신 뒤에 일체를 대왕대비에게 일임했다니 나라의 정사가 큰 걱정이외다. 그 여인이 수렴청정을 맡게 됐으니 장차 큰일이 아닐 수 없소."

말을 마친 황사영이 깊은 한숨을 내쉬었다. 김건순의 표정도 자못 심각했다. 두 사람은 서로를 어렵게 여기고 깊이 존경하는 사이였다. 황사영은 세상이 다 아는 수재였다. 승하한 정조가 황사영의 손목을 잡고 기뻐하던 때가 그의 나이 열일곱 살 때였다. 그때부터 어언 십 년 세월이 흘렀다. 그가 천주학쟁이가 된 것을 뻔히 알면서도, 노론이 끊임없이 천주교를 무고했음에도 선왕이 그냥 덮어두었던 것을 어떻게 해석해야 할까? 이제는 정조가 고인이 됐으니 그 깊은 속을 물어볼 수도 없는 노릇이었다.

또 한 사람, 김건순의 박학다식 또한 세상 사람들이 다 인정하는 바였다. 경서, 역사, 불교와 노자의 도리, 의술, 음양서, 병서에 이르기까지 그에겐 생소한 분야가 없었다. 무슨 문제를 대더라도 그야말로 무불통지無不通知였다. 그런 김건순을, 자타가 공인하는 수재 황사영은 높이 평가했다. 김건순의 폭 넓은 식견을 그가 도저히 따라갈 수 없음을 자인한 것이다. 김건순의 집 서고書庫에는 조상 대대로 내려오는 서적들이 가득 쌓여 있었다. 그는 그 서적들을 철들기 전부터 읽기 시작하여 거의 전부를 독파했다고 한다. 그에게 부족한 분야는 오직 하나였다. 바로 서학에 관한 지식이었다. 서학만큼은 아무래도 황사영을 따라갈 수가 없었다.

황사영은 앞으로의 정국에 대한 이야기를 다시 꺼냈다.

"노론 무리가 우리를 그냥 두고 보지는 않을 것이오."

"그야 여부가 있겠습니까. 언제 칼을 뽑느냐가 문제겠지요."

"내 생각은 선왕의 국상을 치른 후가 될 듯싶은데……."

"나도 동감이오. 온 백성들이 울고불고 저 야단이니 지금은 어렵겠지요. 백성들은 임금이 갑작스럽게 승하하신 것을 진심으로 애도하는 것 같소."

"그건 그렇고, 임금의 승하를 어떻게 생각하오?"

"예? 어떻게 생각하다니요?"

"정상적인 죽음으로 생각하시오?"

"……?"

김건순은 어리둥절한 표정을 지었다. 황사영은 단도직입적으로 말했다.

"상감은 독살당하신 것이 분명합니다."

"예엣……? 독살이라 했소?"

김건순은 다음 말을 잇지 못했다. 그는 눈을 휘둥그렇게 뜬 채 황사영의 얼굴만 쳐다볼 뿐이었다.

"그동안 궁녀 교우들을 통하여 조사해 온 바에 의하면 독살이 틀림없는 것 같소. 어의 심인이 탕약을 지어 올렸는데, 그때 마침 대왕대비가 들어왔다는 것이오."

그때 최창현이 방문을 열었다.

"두 분이 대화할 시간은 앞으로 얼마든지 있소. 회원들이 전부 모인 것 같으니 시작하지요."

김건순에게 눈짓하며 황사영이 먼저 자리에서 일어났다. 두 사람은 바로 곁에 있는 회의장으로 들어갔다. 대회의장으로 쓰는 넓은 마루방에는 이십여 명이나 되는 교우들이 회식을 끝내고 자리를 정리한 채 조용히 앉아 있었다.

그 순간에도 밖에서는 점원 두 명이 망을 보고 있었다. 가게 앞길을 오르락내리락하며 놀러 나온 사람들처럼 태평해 보였으나 신경은 온통 점포 앞에 가 있었다. 한편 점포 안에서는 주인 홍필주와 김유산이 도란도란 이야기하고 있었다. 그렇게 이야기를 나누는 도중에도 그들의 신경은 집안 경비에 쏠려 있었다. 그 안에 있는 사람들이 누구인가? 조선 천주교의 핵심 인물들이었다. 만의 하나 포졸들이 들이닥치기라도 하면 오랜 시간에 걸쳐 어렵사리 자리를 잡은 조선 천주교가 하룻밤 사이에 거덜 날 판이었다. 그러기에 어느 때보다 경비에 철저하게 신경을 쓰고 있었다. 외곽 둘레는 여러 패가 경비를 섰다. 골목골목마다 천주교 청년들이 자리 잡고 있다가, 수상한 사람들이라 의심되면 뒤를 쫓아가 신원을 확인했다. 그리고 별다른 인물이 아니라는 것이 밝혀져야 다시 돌아왔다.

강완숙은 평소의 주도면밀한 성격대로 불의의 사고, 혹은 갑작스럽게 달려드는 포졸들의 침입에 철저하게 대비했다. 여차하면 어떻게 하라는 행동 요령까지도 다 세워두었다. 급할 때는 바로 뒷집으로 통하는 비밀 통로를 이용하게 되어 있었다. 수완 좋은 그녀가 뒷집 안주인을 골수 신자로 만들어놓았던 것이다.

대회의장에서는 본격적인 회의가 진행되고 있었다. 총회장 최창현이 앞에 서서 회의를 진행했다.

"우리는 마치 방파제 없이 알몸으로 바닷가에 서 있는 아이와 같습니다. 무시무시한 파도가 곧 닥쳐올 기세인데, 우리는 아무 대책 없이 그 파도를 맞아야 할 형편에 놓여 있습니다."

그곳에 모인 교우들이 심각한 표정을 지었다. 누구 한 사람 선뜻 입을 여는 이가 없었다. 최창현이 말을 이었다.

"그동안은 지난해 작고하신 영의정 채제공 대감이 버티고 서서 파도를 막아주셨으나, 그분이 돌아가시고 이제 상감마저 승하하셨으니 앞으로는 우리를 막아줄 사람이 아무도 없소이다."

저마다 나지막하게 한숨을 내쉬었다. 그때 정약종이 한숨 소리들 속에서 목소리를 냈다.

"정국은 우리를 증오하는 자들로 가득 찼지만, 그렇다고 미리부터 우리가 오갈이 들 수는 없습니다. 전과 똑같이 행동해야 될 것으로 압니다."

"잠깐만."

중간에서 말을 가로막고 나선 사람은 맨 뒷전에 앉아 있던 채소 장수 신현량이었다.

"어떻게 전과 같이 하라는 말씀입니까? 모두 움츠러들 판국인데……. 사람들이 벌써부터 우리에게 동정하는 눈치를 보입디다. 천주학쟁이들은 혼날 일만 남았다고 노골적으로 비웃는 자들도 있구먼요."

"맞아, 맞아" 하며 그 말에 공감하는 교우들이 많았다. 정약종이 비감한 어조로 말했다.

"여러 교우들이 불안해하는 심정은 충분히 이해하오. 그렇다고 노론과 정면으로 싸울 수도 없는 노릇이 아니오. 우리에겐 싸울 명분도 없을뿐더러 능력 또한 없소. 우리는 때리면 그저 맞는 수밖에 다른 방법이 없지요. 우리에겐 비폭력이라는 무기가 있을 따름입니다. 비폭력! 그것이 우리의 유일한 무기인 동시에 저항 수단이오. 다시 말해 우리는 하느님께 모든 것을 맡길 수밖에 없다는 말입니다."

"그러면 그놈들이 무턱대고 몽둥이질을 하더라도 앉아서 고스란히 맞아야 한단 말씀이오?"

누가 그렇게 물었다.

"그럼 다른 뾰족한 방법이라도 있다는 것이오?"

정약종이 방 안을 휘둘러봤으나 그 물음에는 아무도 대답하지 않았다.

누군가 김건순에게 질문을 던졌다.

"김 요사밧?"

"예?"

"요사밧은 노론으로 알고 있는데 요즘 동태는 어떻소?"

요사밧은 김건순의 교명(教名)이다. 느닷없는 질문을 받은 그는 잠시 생각하다가 답변했다.

"내가 노론에 속해 있다는 것은 전부 다 알고 있을 것이오. 노론 무리는 살판 만난 덕에 기고만장해 있겠지요. 그들이 남인을 시기하는 것은 온 세상이 다 아는 노릇. 선왕의 신임을 받던 남인들에게 칼날을 들이댈 것이 뻔합니다. 몇 십 년 동안 쌓이고 쌓였던 분풀이로 그들은 이제 정적들을 제거하려 들 것이오. 그 시기는 백성들의 눈도 있으니 선왕의 국상을 치른 후가 되지 않겠소. 그때까지는 우리 천주교인들도 시간의 여유가 있습니다. 그러나 그동안 무슨 대책을 세우지 않으면 우리는 가만히 앉아서 속수무책으로 당할 수밖에는 없어요. 이 문제를 어떻게 해결해야 되겠소?"

김건순은 답변이 아닌 질문을 던지고 자리에 앉았다. 누구 한 사람 시원하게 답변할 수 없는 질문이었다. 누군가 또 다른 질문을 해

왔다.

"선왕이 돌아가신 것이 노론의 음모 때문이라는데, 그 문제를 시원하게 해명해 줄 수 있겠소? 답답해서 그러오."

최창현이 손가락으로 황사영을 가리키며 해명을 촉구했다.

"이 문제는 황 진사가 가장 확실하게 알 것이오. 설명해 주구려."

황사영은 매우 비장한 표정을 지으며 굳은 얼굴로 일어났다. 회의장에 가득 찬 얼굴들도 덩달아 심각해졌다.

"이번 사건은 일부 노론이 대왕대비를 끼고 저지른 시역이라고 생각합니다!"

'시역'이라는 말에 분통이 터진다는 듯 여기저기서 울분을 참지 못했다. 그 와중에 시역이 무엇을 뜻하는지 몰라 옆 사람에게 물어보는 사람들도 있었다.

"조용, 조용하시오. 다음 말들을 기다려봅시다."

누군가 큰 목소리를 내자 실내는 다시 조용해졌다.

"어째서 시역으로 단정하느냐가 궁금하겠지요. 내 나름대로 근거가 있습니다. 나는 오래전부터 우리 첩자들을 궁녀로 박아놓았어요. 이름은 여기서 대지 않겠소. 사건이 일어났을 때도 즉시 그 궁녀들을 가동했지요. 궁녀들을 시켜서 그 소문을 염탐하게 했더니, 어의 심인이 약사발을 들고 기지사경幾至死境으로 헤매는 임금의 입에 숟가락으로 약을 떠서 억지로 먹였답니다. 그때 마침 대왕대비가 방 안으로 들어오고 그곳에 있던 사람들이 전부 밖으로 나가자, 대왕대비 혼자만 남게 됐는데 잠시 후에 갑작스러운 곡소리가 크게 들리더랍니다. 임금이 운명하셨다고 말이오."

어의 심인조차 그 순간을 못 봤다는 것이었다. 고인의 곁에 있던 사람은 대왕대비 한 사람뿐이니 누가 감히 그 사실을 밝히겠는가. 더구나 지금은 수렴청정으로 대권을 한 손아귀에 움켜쥐고 있는 여인에게! 누가 뭐래도 어디까지나 궁중의 가장 웃어른인 대왕대비가 아니냐는 말이다.

"더구나 의심스러운 것은 어의 심인이 이시수 대감의 심복이라는 것이올시다. 이시수 대감이 옛날부터 대왕대비와 가까운 사이라는 건 아는 사람은 다 알고 있는 사실이지 않소. 이시수 대감이 노론의 골수가 아닌데도 삼정승의 한 사람인 우의정에 제수한 것을 보면, 짐작되는 바가 사실임을 알 수 있소."

"그것은 어디까지나 심증일 뿐 확정할 수는 없지 않소?"

누군가 제법 날카로운 질문을 퍼부었다.

"그렇소. 눈으로 보기 전에는 누구라도 그렇게 말할 수밖에 없을 것이오. 그러나 하느님께서는 알고 계실 것입니다. 이번 시역은 영원히 비밀에 묻힐 가능성이 크오. 칼자루를 쥔 자들이 저희 마음대로 묻어버릴 것이니, 누가 무슨 재주로 그 비밀을 캐내겠소."

그 말에는 더 이상 아무도 반론을 제기하지 못했다. 잠시 말을 멈추었던 황사영의 얼굴이 한층 굳어졌다. 그는 비장한 어조로 다시 입을 열었다.

"여러 어르신들! 여러분은 왜 이 자리에 모이셨습니까? 물으나마나 우리가 이 자리에 모이게 된 것은 임금이, 아니 이제는 선왕이라고 칭할 수밖에 없는 분이 돌아가셨기 때문입니다. 얼마나 분통이 터지는 일입니까. 이미 고인이 되신 분을 자꾸 거론해 봤자 소용없는 일이지만 말이오. 그래도 슬퍼할 수만은 없지요. 실제적으로 생길 문제들을 의논해야 할 때입니다."

여기저기서 눈물을 흘렸다. 그러나 그뿐이었다. 그날 밤 날이 새도록 토론해 봤으나 그들은 아무 결론도 얻지 못했다. 다른 결론이 있을 수 없었다. 예수를 믿는 사람들에게 무저항 말고는 다른 수단이라는 것이 존재할 리 만무했다.

황사영은 조용히 두 손을 모으고 눈을 감았다. 기도를 하다 보니 스승 정약종에게 여러 번 들었던 이야기가 슬며시 떠올랐다. 조선 땅에 처음으로 천주교를 전파하려고 애썼던 사람들의 이야기였다. 그들이 겪었던 고통과 좌절에 비하면 지금의 시련은 아무것도 아닐 수 있었다. 그는 흔들리던 마음이 조금씩 진정되기 시작했다. 그는 크게 한 번 숨을 내쉬고는 머릿속에 가득 들어찬 옛이야기에 귀를 기울였다.

빛은 동방으로

1

 16세기는 유럽 열강들의 서진동점西進東漸 시대였다. 유럽의 강자였던 포르투갈은 중국 최남단에 위치한 마카오 거주권을 획득하여 동양 진출의 교두보를 마련했다. 그것이 1557년의 일이었다.

 1582년, 한 이탈리아 청년이 유럽풍 도시로 탈바꿈한 마카오 항구에 상륙했다. 그의 이름은 마테오 리치로, 두 해 전에 신부 서품을 받은 햇병아리 선교사였다. 마테오 리치는 소년 시절부터 중국에 가는 것을 꿈꾸었다. 그는 로마 대학에서 수학, 천문, 지리 등 주로 자연과학 분야를 공부한 후 극동 선교를 자원했는데, 맨 처음 파견된 곳은 인도의 고아 지방이었다. 그곳에서 그는 신부 서품을 받은 뒤 중국 선교사 자격을 얻었고, 이 년 후에는 드디어 꿈에 그리던 중국 땅을 밟게 된 것이다. 그는 마카오에 머무는 동안 중국어를 배우고 그 문화를 집중적으로 연구했다. 그리고 어느 정도 중국어에 능통하게 된 그는 소주韶州와 남경에서 선교 사업을 했고, 1601년 드디어 연경(현 북경)에 진출했다.

지혜로운 마테오 리치는 중국인들의 감정을 건드려서 기분 상하게 하는 일은 결코 하지 않았다. 그는 오히려 배우는 자세로 그들을 우대했다. 해시계, 프리즘, 파이프 오르간, 천리경 등과 유럽 서적을 중국의 지식층에 소개하여 그는 태서학자泰西學者로 불렸다. 유럽의 천체 연구가 매우 발달했음을 알게 된 고위층의 추천으로 그는 흠천감欽天監에서 일하게 됐다. 월력月曆과 일력日曆을 만드는 데 지대한 공헌을 한 그는 중국 조정의 두터운 신임을 얻었다.

마테오 리치는 유연한 선교 방법을 택했다. 즉 천주교를 중국인들에게 전파하기 전에 먼저 그들의 생활 관습을 따르는 등 문화적으로 적응하기 위한 노력부터 했다. 명백한 우상숭배가 아닌 한, 그는 공자 숭배와 조상 숭배 같은 중국식 전통도 인정했다. 그 덕분에 그는 많은 문인이나 관리 들과 순조롭게 교제할 수 있었고, 그들을 통해 중국인을 더 깊이 이해하게 됐다. 우선 그는 중국인들이 흠숭하는 상제上帝가 바로 하느님天主임을 가르쳤다. 이와 같은 마테오 리치의 보유론적補儒論的 선교 방식은 성공을 거두어 적잖은 개종자를 얻었는데, 그중에는 중국의 저명한 대학자들도 있었다.

선교사 마테오 리치는 저술 활동도 왕성하게 펼쳤다. 그가 '이마두利瑪竇'라는 중국 이름으로 발간한 서적이 이십여 권이나 됐다. 성서를 한문으로 번역하는가 하면 사서(四書, 『논어』, 『맹자』, 『중용』, 『대학』)를 라틴어로 번역하기도 했다. 그리하여 그는 동서양에 걸쳐 그 진가를 인정받는 유명한 교리서 『천주실의天主實義』를 세상에 내놓기에 이르렀다.

마테오 리치가 쓴 『천주실의』를 가장 먼저 접한 조선인은 지봉芝峰 이수광이었다. 이수광은 명나라 사신 일행으로 연경을 자주 드나들면서 견문을 두루 넓혔는데, 그 당시 연경에는 마테오 리치의 서적들이 대유행이었다. 남달리 학구열이 강한 그는 그 서적들을 구하여 조선에 가지고 들어왔는데, 그중에 『천주실의』가 포함되어 있었다.

이수광은 틈나는 대로 서양 서적들을 탐독한 후에 그 개요와 비평을 적어두었다. 그 내용들은 주자학에만 깊이 물들어 있던 조선 지식인들의 우주관과 인생관을 송두리째 흔들어놓았다. '우물 안 개구리'였던 조선 지식인들이 광활한 세계에 눈뜨는 계기가 됐던 것이다. 그 후에도 연경에 가는 사행원使行員들에 의해 『교우론交友論』, 『변학유독辨學遺牘』, 『기하원본幾何原本』 같은 한역서가 조선으로 유입됐다. 이를 통해 조선의 신진 학자들이 서학에 관심을 기울이게 됐고, 그것을 밑거름 삼아 조선은 자생적으로 천주교를 수용한 것이다.

이수광의 실학적 학풍은 백여 년 후에 성호星湖 이익이라는 학자에 의해 되살아났다. 이익은 경기도 여주 출신으로 조선에 실학사상을 확고하게 뿌리 내린 거목이었다. 초야에 묻혀 학문 연구에만 평생을 바친 그는 국가 부흥을 위한 자신의 이상과 포부를 저술로 남겨서 후학들에게 지대한 영향을 끼쳤다.

이익은 공리공론空理空論보다 사물을 중시하는 실증적 학문에 관심을 가졌기 때문에 서학을 깊이 연구했다. 그는 조선에 반입되는 한역 서학서들을 두루 섭렵했다. 그 서학서들은 마테오 리치를 뒤이어 중국에 들어온 서양 선교사들이 집필한 서적들이었는데, 대부분 그리스도 사상과 관련된 내용이었다. 이익은 서양 학문까지 광범위하게 연구한 삼십 권의 대작,『성호사설星湖僿說』을 후대에 남김으로써 독보적인 실학자가 됐다. 그의 실학사상은 침체된 주자학의 풍토를 벗어나려는 제자들에 의해 계승되어 발전했으며, 훗날 그것을 다산茶山 정약용이 집대성했다. 그런데 이익의 문하생들 중에는 정신적 차원에서 그리스도교를 연구하는 사람들이 있었다. 그 대표자가 바로 권철신이었다.

1777년 겨울, 현재 양평과 여주, 광주의 접경 지역인 앵자산 주어사라는 절간에서 권철신과 제자들이 역사적인 강학講學을 열었다. 그때 이승훈, 김원성, 권상학, 이총억, 그리고 정약전과 정약용 형제 등 십여 명이 참석했다. 그들은 모두 남인 시파에 속하는 집안의 자제들로 새파랗게 젊은 스무 살 전후의 혈기 왕성한 학자들이었다. 그들이 지도자로 모신 스승 권철신은 그해 마흔세 살이었으며, 가장 나어린 정약용이 열여섯 살이었다. 그들 외에 강학 소식을 듣고 뒤늦게 한양에서 달려온 사람이 있었으니, 그가 바로 젊은 인재 이벽이었다. 이벽의 아버지 이부만은 훈련원 부정副正을 지낸 사람이었는데, 무반의 후예답게 이벽 역시 어릴 적부터 체격이 크고 성정이 괄괄한 데다가 무술에도 소질이 있었다. 그런 싹수를 보고 이부만은 친구들에게 늘 아들 자랑을 했다.

"이 녀석은 장차 훈련대장감일세."

그러나 철들 무렵부터 이벽은 무술을 연마하는 대신 글을 읽는 데 몰두했다. 이부만은 그런 아들이 성에 차지 않아 버럭버럭 소리를 질러댔다. 그러나 이벽은 아버지의 말을 듣지 않았다. 이부만은 아들이 너무 답답하여 '벽'이라는 별명을 붙였는데, 나중에는 그것이 아예 이름이 되어버렸다.

스무 살 무렵부터 이벽은 학문에 두각을 나타내기 시작했다. 게다가 성격도 좋았던 그는 대장부다운 호방한 기질로, 거드름 피우는 사대부 자제들뿐만 아니라 활터를 놀이터로 삼는 건달 한량들까지 모두의 마음을 사로잡았다. 한양 장안의 걸물로 소문난 이벽이 장래 큰 인물이 되리라는 것은 누구도 의심치 않았다. 그런 그가 주어사에 왔던 것이다.

이전에도 강학이 여러 차례 열리기는 했다. 그러나 그것은 유교 경전을 더 깊이 연구하는 강학이었다. 그러나 1777년 정유년丁酉年 겨울에 열린 강학은 성격이 아주 달랐다. 우선 스승이 손수 가져온 서학서 『천주실의』를 처음으로 해설해 주었는데, 그때서야 비로소 제자들은 그 책이 천주교 교리서임을 알았다.

유불선儒佛仙의 모든 경전 내용을 비교 검토하면서 제자들의 관심과 열기도 점차 고조됐다. 그들은 이 세상을 구성하는 천지인삼재天地人三才의 형성과 그 삼재를 주재하는 신의 존재 여부, 천체 운행의 신비, 인류의 기원을 비롯하여 우주 만물의 생성과 인간의 영혼에 이르기까지 참으로 광범위한 주제들을 다루었다. 아울러 인간이 추구하는 최고의 진리와 가치가 무엇인지 진지하게 토론했다. 특히 인간이 죽은 후 내세가 존재하는지, 천당과 지옥이 존재하는지를 놓고 격렬한 논쟁을 벌이곤 했다.

그럴 때마다 스승 권철신은 빙그레 웃었다. 하나같이 장래가 촉망되는 제자들이 아닌가. 그들 중에 장차 위대한 석학이 나오리라는 것을 그는 의심하지 않았다. 그중 한 명인 이승훈은 당시 분위기를 이렇게 글로 남겼다.

> 칼을 숫돌에 갈아 날을 세우는 것과 같이 자신을 연마하면서 불꽃 같은 열정으로 진리 탐구에 임했다.

이 주어사 강학이 조선 천주교의 씨앗이 된 셈이다.

2

 1783년 계묘년癸卯年 10월 그믐께, 마침내 동지사 출행일이 됐다. 건국 초부터 명나라를 종주국으로 삼고 사대주의 교린交隣을 해오던 조선 왕조는 병자호란 이후부터 청나라에도 조공을 바치는 사절단을 수시로 보내야 했다.
 연경으로 가는 사신행차가 보통 일 년에 대여섯 차례나 있었다. 황제의 탄신일에는 성절사聖節使가 떠났고, 천추절千秋節이라는 황후나 황태자의 생일도 빠뜨릴 수 없었다. 그중 해마다 10월 하순에 떠나는 정기적인 사절단이 바로 동지사였다. 연경에 도착한 동지사 사신들은 황제를 알현하고 나서, 섣달이 다 가도록 영빈관에 머물면서 쉬다가, 새해 정월 초하룻날 다시 황제에게 새해 인사를 올렸다. 동지사는 규모도 가장 컸다. 조선 왕이 새해 선물로 청나라 황제에게 보내는 조공 물품이 엄청났을 뿐만 아니라 답례품도 많았다. 조선 고관들이 청나라 고관들에게 개인적으로 보내는 선사품도 적지 않았기 때문에 별도로 따라가는 수행원이 있을 지경이었으니, 동지사 행렬은 대규모일 수밖에 없었다.

그러나 일반 백성까지 동지사에 특별한 관심을 보이는 것은 이 시기에 맞추어 상인들이 대거 출국했던 까닭이다. 조선은 청나라와만 외교 관계를 맺고 백성의 출입국을 엄격히 통제했기 때문에 외국과의 교역이 전무했다. 그런 상황에서 숨구멍 하나는 뚫어놓았다. 사절단이 청나라에 들어갈 때 상인들도 따라갈 수 있도록 허락했던 것이다. 이승훈이 1783년 동지사 사절단에 포함되어 있었던 것은 조선 천주교에 대단한 행운이었다.

연경에 도착한 이승훈은 제일 먼저 천주당을 찾았다. 동지사 서장관書狀官인 아버지를 따라간 그에겐 공식 업무가 없었다. 연경에는 선교사들이 세운 성당이 동서남북으로 네 곳 있었다. 가장 오래된 성당은 마테오 리치가 선무문 안에 세운 남당南堂이고, 그 다음이 동안문 안에 있는 동당東堂, 그리고 백 년 후 서안문 밖에 자리 잡은 북당北堂과 서직문 근처에 있는 서당西堂이었다. 이승훈이 물어물어 찾아간 곳은 북당이었다. 하늘을 찌를 듯 높이 치솟은 첨탑과 붉은 벽돌로 쌓은 장중한 건물이었다. 그 앞에서 그는 한동안 넋을 잃고 서 있었다. 난생 처음 보는 웅장한 고딕 건축물에 완전히 압도됐던 것이다.

인기척을 느끼고 뒤돌아서던 이승훈은 화들짝 놀랐다. 눈은 파랗고, 머리카락은 노랗고, 코가 커다란, 우람한 체구의 서양인이 서 있지 않은가. 서양 선교사들이 동양인과 생김새가 아주 다르다는 말은 들었지만 막상 마주치고 보니 그의 상상을 초월했다. 어쩔 줄 모르고 당황하는 그에게, 그 서양인은 친절한 웃음을 지으면서 자신을 따라오라는 손짓을 하고는 앞서서 사제관으로 들어갔다. 이승훈이 주춤주춤 뒤따라가자, 그 서양인은 그런 일에 익숙한 듯 벌써 탁자 위에 붓과 벼루를 올려놓고 기다렸다. 그 서양인이 먼저 붓을 들어 한문을 썼다. 그의 이름은 그라몽으로, 프랑스 출신 예수회 소속 신부였다. 이곳의 주임신부인 그가 첫번째로 쓴 글은 이러했다.

　　내 이름은 양동재梁棟材이고, 이 성당의 주임신부입니다.

　이승훈은 자리에서 일어나 큰절을 올렸다. 그라몽 신부도 일어나서 엉거주춤 허리를 굽혀 답례했다. 계속 이어진 필담을 통해 신부는 자기네 선교사들이 한 번도 가본 적 없는 조선이라는 먼 나라에서 하느님의 영광이 발현되고 있다는 것을 알게 됐다. 신부는 이승훈을 보내고 나서 곧장 기도실로 들어갔다. 그리고 저녁 식사도 거른 채 오랜 시간 기도했다. 여러 해 동안 반가운 소식이 없었던 성당으로 한 조선 젊은이가 기쁘기 그지없는 소식을 가져왔다. 이것은 전혀 예상하지 못한 일이었다.
　서양 선교사들이 중국에서 전교 활동을 시작한 지 어언 이백 년이 지났다. 긴 세월에도 여태껏 중국의 선교는 지지부진했다. 한때는 황제의 도움으로 천주교가 활성화된 적도 있었지만 탄압을 받은 시대가 더 길었다. 근년에 이르러서는 겨우 그 명맥만 유지하고 있는 형편이었다. 영토로나 인구로나 유럽 대륙보다 더 커다란 대국에서 천주교의 확장이 보잘것없다 보니, 다른 이웃 소국에는 관심조차 갖지 못했던 것이 사실이다. 그런데 조선이라는 작은 나라에서 천주교에 관심 있다는 사람이 스스로 찾아온 것이다.

다음 날, 이승훈은 미사를 드리기 위해 일찌감치 북당으로 갔다. 갑자기 환한 바깥에서 들어간 탓에 성전 안은 어두침침했지만 차츰 어둠에 익숙해지자, 그의 눈에는 앞쪽으로 앉아 있는 신도들이 들어왔다. 그러나 넓은 공간에 비하면 신도들은 턱없이 적었다. 중국 교회가 겨우 명맥을 유지하고 있음을 텅 빈 뒤쪽 좌석들이 증명해 주는 것 같았다.

이윽고 제의祭衣를 갖춘 그라몽 신부가 들어오자 미사가 시작됐다. 그때 2층에서 성가대의 합창이 들려왔다. 성당에 가득 울려 퍼지는 성가가 천상의 소리처럼 아름답고 성스러웠다. 뒤편에 앉아 이 모든 광경을 지켜보던 이승훈은 가슴 뭉클한 감동에 눈물까지 흘렸다. 미사가 끝나고 사제관에서 신부와 다시 필담을 시작했을 때 이승훈의 붓놀림에는 결연한 의지가 담겨 있었다.

"그리스도를 나의 주님으로 모시기 위해 천주교에 입교하고 싶습니다."

그라몽 신부는 기쁨이 가득한 눈길로 이승훈을 바라본 후에 대답했다.

"고맙습니다. 주님께서 크게 기뻐하실 것입니다."

1784년 갑진년甲辰年 봄에 귀국한 이승훈은 제일 먼저 이벽을 만났다. 이승훈의 집에서 이벽은 뜻밖의 말을 듣고 놀랐다.

"북당에 계신 그라몽 신부님에게 세례를 받았네."

"세례? 자네가 세례를 받았단 말인가!"

깜짝 놀란 이벽의 목소리가 벼락같이 튀어나왔다. 교리서를 통해서만 알던 세례를 이승훈이 받았다고 하니, 이벽은 자신도 모르게 목소리가 커졌던 것이다. 이승훈은 버들고리 하나를 가져오더니 차곡차곡 담겨 있는 물건들을 하나씩 꺼내기 시작했다. 그리고 수십 권의 책, 십자고상十字苦像, 성화聖畵, 상본像本, 묵주默珠 등을 방바닥에 펼쳐놓았다. 호기심으로 두 눈을 빛내던 이벽은 예수의 상반신을 그린 성화 한 점을 두 손으로 받쳐 들고 뚫어지게 바라봤다.

"이분이 예수님이신가?"

"맞네. 아기를 안고 있는 분이 성모 마리아이시라네."

이벽은 형언할 수 없는 감격으로 얼굴이 벌겋게 달아올랐다.

"오오, 우리 주여!"

이승훈은 조선으로 돌아오기 직전에 세례 받았던 이야기를 했다.

"세례명은 베드로, 한문으로는 백다록伯多祿이라네. 그라몽 신부님이 말씀하시길, 로마 교회를 세운 예수의 수제자 베드로처럼 조선 교회의 반석이 되라는 뜻으로 내 세례명을 그리 지어주신 것이라고 하셨네."

이벽은 성문을 닫기 전에 돌아가야 했기에 마지못해 일어났다.

그의 마음 같아서는 밤을 지새우면서 이승훈에게 여러 이야기를 더 듣고 싶었지만, 긴 여행에서 돌아온 친구를 기다리는 가족들에게 눈치가 보였다.

다음 날, 이승훈이 수표교에 사는 이벽을 찾아갔다. 그는 이번에 가져온 교회 물품과 서책 들도 하인 편에 들려서 가져왔다. 그가 여행 중에 겪은 이야기는 끝이 없었다. 해가 저물어 일어서려는 이승훈을 잡아 앉히면서 이벽이 말을 꺼냈다.

"여보게, 우리가 교회를 만드세."

"좋네. 그러나 첫술에 배부를 생각은 하지 말고 천천히 나아가세. 천 리 길도 한 걸음부터라지 않는가. 가까운 친구부터 하나 둘 입교시키다 보면 언젠가는 신도가 수천수만으로 늘어날 게야."

이승훈은 아무 이의도 달지 못하고, 형형한 눈빛으로 굳은 결의를 보이는 이벽의 기세에 압도됐다. 그날 두 사람은 그리스도 신앙 운동을 일으키자고 결의했다. 우선 주변 사람들부터 설득하고, 그들을 결집하여 조선 교회를 조직하기로 다짐했다. 그 다음 날부터 이벽은 교외의 한적한 곳에 빈방을 얻어 나갔다. 이승훈이 중국에서 가져온 서적들을 곁에 쌓아놓고 읽던 그는 『성경직해聖經直解』라는 특별한 교리서에 사로잡혔다. 포르투갈 출신 선교사인 디아스 신부가 복음 성서를 한문으로 번역하고 주해한 그 책은 전부 열네 권으로 이루어졌고, 이번에 이승훈이 가져온 것은 그중 4권까지였다.

"성서란 과연 진서眞書 중의 진서로구나! 하느님의 계시가 아니라면 어찌 이런 책이 쓰일 수 있겠는가."

잠시 읽기를 쉴 때마다 이벽은 이렇게 중얼거리곤 했다. 보름 후 책 한 보따리를 집주인 농부에게 지워서 도성으로 돌아오는 이벽의 몰골은 말이 아니었다. 침식을 잊고 불철주야 책과 씨름한 탓에 육체는 수척해졌지만 정신은 풍요로웠다.

3

도성으로 돌아온 뒤 며칠이 지난 어느 날, 이벽은 뚝섬으로 나가 배를 탔다. 배는 한강을 거슬러 올라갔다. 훈풍이 불 때마다 강변의 보리밭들은 초록빛 물결을 일으켰다. 그는 뱃머리 이물 칸에 편안한 자세로 앉아서 초여름으로 접어드는 늦봄의 산천경개를 바라봤다. 그날따라 그런 그의 표정은 느긋해 보였지만 가슴속에는 원정을 나선 장수처럼 강렬한 전의가 불타올랐다. 그는 누님의 제사를 구실 삼아 선교하려는 것이었다. 그가 일차 목표로 삼은 인물들은 세상에 널리 알려진 영재인 정씨 사 형제였다.

 이벽과 정씨 형제들은 남다른 인연이 있다. 사 형제 중 맏이인 정약현은 이벽의 매형이었다. 다른 형제들과도 가까웠다. 가문으로는 같은 남인 시파에 속했고, 개인적으로는 사돈 간이었으며, 학문적으로는 선후배였다. 그래서 이벽은 정씨 형제들을 만나면 어린아이처럼 기뻐하며 허물없이 대했다.

마재 정씨 형제들의 본가에 들어서자 모두들 깜짝 놀라는 눈으로 이벽을 맞았다.

"형님 얼굴이 왜 그렇소? 꼭 귀신이 씹다 버린 사람 같구려."

둘째 정약전의 농담 섞인 표현이 농담만은 아니었다. 매형 정약현도 그를 보자마자 대뜸 한 소리 했다.

"이 사람아, 몸이 아프면 집에서 쉴 것이지 무엇 하러 예까지 오는가? 자네가 제사에 빠진다고 저승에 있는 누님이 꾸지람이라도 할까 봐 그러나."

막내 정약용이 이벽의 등을 밀었다.

"사랑방으로 드시지요."

"자네들은 언제 내려왔는가? 성균관에 나간다고 들었네만……."

"죄송합니다. 공부를 핑계로 자주 찾아뵙지도 못하다가 이렇게 형님을 만나니 송구스럽습니다. 일전에 한번 들렀더니 댁에 안 계시더군요."

"응, 한 보름간 조용한 곳에 가서 책을 좀 읽었다네."

그들이 큰사랑으로 들어가서 좌정하자 둘째 정약전도 따라왔다. 정약전이 사 형제 중 제일 체구도 크고 성격도 호탕하여 무인의 기상이 엿보였으나 이벽만은 못했다.

"이 집 주인인 셋째는 왜 안 보이는가? 한양 사람들만 와 있고……."

정약전과 정약용은 과거 시험 준비차 한양에 올라가 있었다.

"약종 형님은 요즘 선도仙道에 빠져서 세월 가는 줄도 모릅니다."

"선도라니?"

"신선이 되겠답니다."

정약용이 그 말을 하면서 웃자 이벽은 빈정거리듯 말했다.

"신선? 거 좋지. 그럼 약종이는 노자와 장자의 선학을 공부하겠구먼."

"노장의 학문은 벌써 읽었겠지요. 요즘은 『비요경秘要經』과 『열선전列仙傳』에 열중하더군요."

"우리 형제 중에서 약종이가 가장 별종입니다. 한사코 과거 공부를 하지 않겠답니다. 벼슬하여 출세한들 진정한 행복을 찾을 수 없다나요."

"신선을 꿈꾸는 사람이니 당연한 일이 아닌가."

"그게 다 허황된 짓이지요. 제 녀석도 처자식이 생겼으면 살 길을 찾아야지, 이런 촌구석에 처박혀 아이들이나 몇 명 가르친다고 호구지책이 되겠습니까."

"그럼 약전이 자네는 먹고살려고 벼슬길에 나가려는 것인가?"

"당연하지요. 우리에게 그 길밖에 더 있습니까? 양반이 장사를 하겠습니까, 아니면 품팔이를 하겠습니까?"

"왜 양반은 그런 일을 하면 안 되나? 그것이 전부 유학이 낳은 병폐일세. 어째서 양반은 농사를 지으면 안 되는가? 공자 말씀 어디에 양반은 육체노동을 하지 말라고 쓰여 있어? 주자학이 들어오면서 조선의 양반들은 못된 병이 들었네. 머릿속에 허례허식만 가득 채우고 무위도식을 당연히 여기게 됐단 말일세. 조선 사회가 바른 길로 나아가자면 양반의 의식구조부터 바뀌어야 하네. 먼저 양반의 정신을 개조해야 한다는 뜻이야."

"정신을 개조해요? 너무 거창한 말입니다."

"그렇게 거창할 것도 없네. 알고 보면 간단한 문제일세."

"그걸 어찌 간단한 문제라고 하십니까?"

"조선 사람도 새 종교를 가지면 쉽게 해결될 문제야."

"새로운 종교라니요?"

그때 간단한 주안상이 들어왔다. 정약용이 따라주는 술잔을 단숨에 비운 이벽은 계속 말했다.

"잘 들어보게. 삼국 시대부터 고려 시대까지 이 땅을 지배한 사상은 불교였네. 그때 찬란한 불교문화가 꽃피기도 했지만 나중에는 부패하여 고려가 망한 주요 원인이 됐거든. 그래서 이 태조가 새 왕조를 창업하신 후 숭유배불崇儒排佛 정책을 펴시지 않았나? 그 결과 조선은 유학의 본산인 중국보다 더 지독한 유교 사회가 되고 말았네. 특히 주자학이 조선을 병들게 했어. 글을 모르는 무지렁이 촌부조차 『주자가례朱子家禮』에서 가르친 대로 관혼상제는 잘 지키거든. 이것이 종교의 위력일세. 하기야 엄격히 말해 유교를 종교로 볼 수는 없지만, 절에 가서 불공을 드리던 백성들에게 조상의 제사를 집에서 모시도록 만든 정책은 성공했다고 봐야겠지. 이젠 조선 사람들 전부가 제사를 지내고 있지 않은가. 그러나 자네들도 알다시피 유학의 병폐가 얼마나 극심한가. 유학이 몇 백 년 내려오는 동안 조선 사회를 치유 불가능한 중증 병자로 만들어버리고 말았네. 유학을 뿌리째 뽑아버리고 새 사상으로 토양을 바꾸기 전에는…….”

논리 정연하고 확신에 찬 이벽의 이론에 침을 삼키며 듣던 정약용이 질문했다.

“새 사상이라는 것이 무엇입니까?”

그때 마침 이벽이 왔다는 소식을 듣고 찾아온 셋째 정약종과 한 동네의 집안 어른 몇 사람이 들이닥쳤다. 한창 열을 올리기 시작하던 이벽의 이야기는 거기서 중단됐다.

이튿날 정약전과 정약용 형제는 이벽과 함께 귀경 길에 올랐다.

세 사람이 소내에서 커다란 배로 옮겨 타자, 먼저 좋은 자리를 차지하고 앉았던 선객들 십여 명이 자기 자리를 양보했다. 양반에 대한 예우였지만 그중에는 나잇살이나 먹은 시골 선비도 있었다. 그들은 계면쩍었으나 마지못한 척 그 자리에 앉았다. 정약용은 자리를 잡자마자 성급하게 말을 꺼냈다.

“형님, 어제 못다 한 이야기나 계속하시지요.”

“어제 무슨 말을 하다가 중단했더라?”

“병든 조선 사회를 고치자면 새 사상으로 토양을 바꿔야 한다고 말씀하셨습니다.”

“응, 그랬지.”

“새 사상이란 무엇을 뜻합니까?”

“우리가 주어사에서 녹암 선생을 모시고 강학을 가졌던 일을 기억하는가?"

"기억하다마다요. 그해 저는 열여섯 살이었는데, 그 강학이 제일 인상 깊게 남아 있습니다."

"그래, 그때 무엇을 중점적으로 토론했나?"

"서학에 대해 토론하지 않았습니까?"

"물론 서학이긴 하지."

"『천주실의』라는 서학서의 내용으로 많이 토론한 것 같습니다."

"그래, 잘 기억하고 있구먼. 그 책에서 말한, 천주의 독생자 예수님을 조선 사람들도 신앙의 대상으로 모셔야 하네. 왜냐하면 그분은 온 인류의 구세주이시기 때문이야. 새 사상으로 토양을 바꾸자는 내 말은 바로 그것이야. 예수님을 유일신으로 모시면 유학에 켜켜이 찌든 조선 사회를 근본적으로 혁파할 수 있어."

정약전과 정약용 형제는 섬뜩한 표정을 지었다. 자칫하면 역적모의로 오해받을 수 있는 말이었기 때문이다. 그러나 이벽은 개의치 않고 그 특유의 입심으로 조선에서도 예수를 믿어야 하는 당위성을 설명하기 시작했다.

말을 잘하는 것을 '청산유수靑山流水'에 비유한다. 이벽이 바로 그런 사람이었다. 게다가 나이 서른에 고금의 양서를 두루 섭렵한 터라 엄청난 독서량이 뒷받침된 그의 이야기들은 세상 이치에 무불통달無不通達이었다.

한 배에 탄 다른 사람들도 모두 넋 나간 표정으로 이벽을 쳐다봤다. 일자무식인 사공들조차 폭포수처럼 시원스레 이야기를 쏟아내는 이벽에게서 눈을 떼지 못했다.

어느덧 배가 뚝섬 나루에 닿았다. 선객들은 한바탕 긴 꿈에서 깨어난 얼굴로 배에서 내렸다. 그들은 헤어지기 전에 거구의 이벽 앞에 너부죽이 허리를 굽혀 인사했다.

"선비님의 이야기에 취하여 눈 깜짝할 사이에 한양까지 온 것 같구먼요."

"어쩌면 그토록 말씀을 잘하시오? 무식한 나도 지루한 줄 모르고 예까지 왔습니다."

초면인 사람들이 그렇게 치사하자 이벽은 내심 만족했다.

그날 저녁 무렵이었다. 수표교 이벽의 집에 들른 이승훈은 거기서 정약전과 정약용 형제를 만났다.

"여기서 처남들을 만날 줄 몰랐네. 더욱 반갑구먼."

"큰 형수님 기고忌故로 마재에 갔다 오는 길입니다."

"아차! 그러고 보니 그분의 기고가 어제였구먼. 내가 그만 깜박하고 말았어."

"나는 누님이니까 제사를 지내러 갔지만, 자네야 처갓집 제사까지 일일이 챙길 수 있겠는가."

"아니야. 큰 처남에게 귀국 인사도 드릴 겸 가야 했는데 내가 결례했구먼."

"그나저나 모두들 때맞춰 여기에 모인 것을 보니, 이것도 다 천주님의 뜻으로 여겨지는구먼."

"그게 무슨 소리야?"

"떡 본 김에 제사 지낸다고, 이왕 한자리에 모였으니 자네가 우리에게 세례를 주게."

"나더러 세례를 주라고?"

이벽의 뜬금없는 제안에 이승훈이 깜짝 놀랐다.

"자네는 서양인 사제에게 정식으로 세례를 받은 사람이 아닌가. 교리서를 읽어보니 대세代洗라는 것도 있더구먼. 조선에는 대세를 줄 만한 자격 있는 사람이 자네밖에 없어. 우리가 입교하면 신자는 네 명으로 늘어나네."

"처남들도 마음의 준비가 되어 있는가?"

"이 아우들도 신자가 되기로 약조했네."

"광암曠菴 형님이 입교하라는데 우리가 어찌 거절할 수 있겠소?"

"이 사람아, 천주교를 진교眞敎로 인정했으면 당연히 입교해야지 내 강요로 마지못해 입교하는 것처럼 말하는가?"

"느닷없이 세례를 받으라니까 사실은 저도 좀 얼떨떨합니다."

"어느 종교나 입교 의식은 있는 법이야. 쇠뿔도 단김에 빼랬다고 뒷날로 미룰 필요가 없지."

일방적으로 밀어붙이는 이벽의 주선에 의해 곧 입교 의식이 거행됐다. 그들의 입교 의식은 간단했다. 냉수 한 그릇을 떠다가 이승훈이 한 사람씩 앉힌 후 정수리에 물을 조금 붓고 성호를 그으면서 "성부와 성자와 성령의 이름으로 너에게 세례를 주노라" 하면 그만이었다.

"지금 이 순간부터 우리는 한 교우일세. 당장 내일부터라도 우리는 복음을 전파해야 하네. 그 일이야말로 천주님을 모시는 자가 마땅히 실천해야 할 의무이자 영광스러운 사명이야."

벌겋게 상기된 얼굴로 이벽은 두 주먹을 불끈 쥐고 외쳤다.

4

 그 뒤로 이벽의 삶은 달라졌다. 이벽은 날마다 파김치가 되어 집으로 돌아왔다. 아침에 힘찬 걸음걸이로 집을 나서면 그는 여기저기 돌아다니며 천주교를 설명하느라 하루를 다 보냈다. 날마다 같은 말을 되풀이해야 했지만 그는 늘 의욕과 열정으로 넘쳤다. 사람마다 천주교를 받아들이는 태도가 각양각색이므로 이벽에겐 항상 새로운 도전일 수밖에 없었다. 이벽의 언변은 이미 널리 알려진 만큼 그에게 설득당하지 않는 사람이 드물었다. 그러나 대부분 그의 이야기에 수긍하면서도 예수를 믿겠다고 즉각 호응하지는 않았다. 그렇다고 이벽은 서운하다거나 실망스럽다는 빛을 조금도 내비치지 않았다. 수백 년간 유학으로 굳어진 조선 풍토에 그리스도 사상을 심는 일이 어찌 수월할 수 있으랴.

이벽이 워낙 열성적으로 떠들고 다닌 탓에 천주학은 차츰 장안의 화제가 됐다. 특히 양반들 사이에 많은 논란이 일었다. 하느님의 존재와 유일성, 천지창조, 영혼의 신령성과 불멸성, 내세의 상선벌악賞善罰惡, 예수의 부활설 등을 허무맹랑한 소리라고 비웃는가 하면, 하느님을 제 '아버지'라고 부른다고 숫제 미친놈 취급했다.

그런 반응은 당연했다. 조선은 삼강오륜을 신앙으로 삼는 나라가 아닌가. 그 강상綱常은 양반 사회에서 요지부동의 철칙이었다. 감히 어느 누구도 그 철옹산성을 건드리지 못했다. 그런데 이벽이 천방지축으로 돌아다니면서 서양의 천주학을 퍼트리고 다닌다니, 권력자들로선 괘씸한 노릇이 아닐 수 없었다. 그것은 철옹산성을 송두리째 허무는 행위, 다시 말해 나라의 근본을 뒤흔드는 반역 행위나 마찬가지였다. 따라서 권력층 양반들에게 이벽은 천하에 몹쓸 패륜아로 지탄받았다.

시중에 비등하는 그런 여론을 심히 걱정하는 사람들이 있었다. 그들은 바로 남인 시파의 지도급 인사들이었다. 하루는 남인의 중추인물인 이가환이 생질 이승훈을 자기 집으로 불렀다.

"요즘도 이벽이라는 친구와 자주 어울리느냐?"

"그렇습니다만……."

"앞으로는 그놈과 상종하는 것을 삼가도록 해라."

"예? 왜 그러십니까?"

"그놈을 두고 사대부들 사이에 말이 많다."

"말이 많다니요?"

"너도 알 것이 아니냐? 조선 사람도 천주학에서 말하는 예수를 믿어야 한다고 떠든다면서?"

이가환은 부릅뜬 눈으로 이승훈을 노려봤다.

"외숙부님도 서학 책을 읽어보아 알고 계시지 않습니까?"

"그래, 나도 서학에 관해 알 만큼은 안다."

"서학은 이론이 아니라 신앙입니다. 신앙에는 이론이 필요 없습니다. 단지 믿는 실천이 중요할 뿐이지요."

"집을 한 채 짓더라도 설계 도면이 필요한 법이다. 종교도 이론적으로 납득한 연후에야 믿고 말고 할 것이 아니더냐."

"그럼 외숙부님은 천주교를 이론적으로 납득하실 수 없다는 말씀입니까?"

"천주학이 명설名說인 것은 틀림없으나 정학正學은 아니야."

"정학이 아니면 사학이라는 말씀입니까?"

"나로선 사학이라고까지 천주학을 비판하고 싶지는 않아. 하지만 우리 조선 백성이 지켜오는 강상의 도道와 대체할 만한 것은 못 된다."

"이벽이 들었으면 펄쩍 뛰겠군요."

"이벽?"

"외숙부님도 그 친구에게 더 배워야 서학을 제대로 이해하실 수 있을 것 같습니다."

"그 녀석이 그렇게 많이 아느냐?"

"종교나 신앙에 관한 문제만큼은 그 친구와 견줄 만한 사람이 조선엔 없습니다."

딱 자르는 이승훈의 말에 이가환은 자존심이 상했다. 제법 똑똑하다고 인정받는 생질 놈이 그를 은근히 무시하지 않는가.

"그렇다면 좋다. 그 녀석이 서학을 떠들고 다니는 통에 말들이 많으니 내가 한번 만나서 충고하려던 차였다. 젊은 너희가 무턱대고 내 충고를 받아들이지 않을 것은 뻔한 일. 어차피 한바탕 입씨름이 필요할 듯하니, 네가 조만간에 자리를 주선하거라."

"좋습니다. 사흘 후쯤으로 정하지요. 장소는 어디로 할까요?"

"상관없다. 사람들이 모이기 쉬운 곳이면 괜찮겠지."

"공개 토론을 하자는 말씀입니까?"

"어느 것이 정학인지 알려면 많은 사람들이 듣도록 하는 것이 좋지 않겠느냐? 이번에 아주 판가름을 내자. 너희가 하는 짓을 그냥 두었다가는 장차 큰 화근이 될 것 같구나."

"아무튼 좋습니다. 사흘 뒤에 수표교로 오십시오."

"수표교로?"

"이벽이 그 근처에 삽니다. 거기에 외숙부님과 이벽의 공개 토론을 경청하고자 하는 사람들을 모아놓고 기다리지요."

이가환의 집에서 총총히 나온 이승훈은 곧장 이벽에게 달려갔다. 마침 그날따라 한나절이 돼서야 외출할 차비를 하던 이벽에게 그 말을 전하자, 그는 자신만만한 태도로 "불감청不敢請이언정 고소원固所願이라" 하고 껄껄 웃었다.

그러나 이가환이 누구인가. 당대 조선 제일의 문장가이자 논객이다. 그는 실학의 원조, 성호 이익의 종손으로 실학사상에 투철했다. 특히 그는 서양 학문에도 조예가 깊었는데, 기하학에는 독보적인 존재로 정평이 난 사람이었다. 그렇듯 다방면으로 재능이 많은 그를 가장 아끼는 사람이 임금 정조였다. 정조의 지나친 신임으로 그는 벽파 정적들에게 시기의 표적이 됐다.

그런데 시파에 이가환을 꼭 닮은 후학이 있었다. 그가 바로 정약용이었다. 정약용은 벼슬에 오르기 전부터 이가환의 후계자로 지목될 만큼 다재다능한 청년으로 각광받았다. 그에게 이가환은 존경하는 스승이요, 이벽은 가까운 선배였다. 현직의 이가환이 이미 화려한 명성을 쌓은 데 비해, 재야의 이벽은 상대적으로 덜 유명했다. 그러나 정약용은 두 사람의 실력을 막상막하라고 평가했다. 이가환과 이벽이 공개 토론을 벌인다는 소식에 그가 흥분을 감추지 못하는 것은 당연했다.

정약용이 수표교로 달려갔을 때 이벽의 집에는 벌써 선비들 수십 명이 몰려와서 진을 치고 있었다. 그들이 모두 방으로 들어갈 수 없는 노릇이라 아예 안마당에 멍석을 깔아 토론 장소를 마련했다. 이벽은 이미 멍석 한복판에 좌정한 채 결전 태세를 갖추고 있었다. 가을 햇살이 따사롭게 내리쬐는 좁은 마당에 벌써부터 기묘한 긴장감이 흘렀다.

이윽고 이승훈의 안내를 받으면서 이가환이 등장했다. 대문으로 들어서던 이가환은 마당에 가득 찬 사람들을 보고 약간 놀라는 표정을 지었다. 그러나 그는 곧 여유로운 태도로 참석자들의 인사를 받으면서 이벽을 마주 바라보고 앉았다.

두 사람의 모습은 대조적이었다. 한쪽은 단아한 기품이 넘치는 선비의 전형으로 현직 고관다운 권위가 물씬 배어 있었고, 그 앞에 긴 허리를 쭉 편 채 마주 앉은 사내는 커다란 체구에 군사 수만을 거느려도 손색없는 무장의 풍모였다. 이벽은 입신立身의 서른한 살이었고, 이가환은 불혹不惑을 넘긴 마흔세 살이었다. 이벽이 먼저 입을 열었다.

"대감이 먼저 말씀하시지요."

그 말을 받아 헛기침하며 자세를 고쳐 앉은 이가환이 질문했다.

"자네가 받들어 모신다는 천주란 하느님을 일컫는 것이 아닌가?"

"그렇습니다. 한문으로는 '天主'라고 표기하지요."

"그런데 말일세. 누구나 하느님을 입에 올리지만, 하느님을 봤다는 사람은 눈 씻고 찾아봐도 없네. 왜인 줄 아는가? 하느님은 실존하지 않기 때문이지. 하느님은 단지 인간들이 머릿속으로만 생각하는 가상의 존재야. 본래 인간의 심성은 약하여 인간이라면 누구나 무엇에 의지하고 싶어 하는 본성이 있다네. 무의식적으로 절대자를 찾게 된다는 뜻일세. 세상의 모든 종교는 그런 인간의 약점을 이용하여 생겨났다고 생각하네. 그 점에서는 불교나 천주교나 매한가지라고 봐야겠지."

이벽이 코웃음 치듯 빙긋 웃은 뒤에 말했다.

"대감이 초장부터 그렇게 말씀하시니 실망스럽습니다. 그런 말씀은 무식한 촌부들이나 하는 말이지요."

"핵심을 찌른 말일세. 무엇이 잘못됐는가?"

"하느님을 본 사람이 없는 것은 하느님이 존재하지 않기 때문이라고요?"

"사실이 그렇지 않은가?"

"실체를 꼭 눈으로 봐야만 인정한다는 말씀이로군요."

"결론은 하느님이 존재하지 않는다는 것이네."

"대감은 사람에게 혼이 없다고 생각하십니까?"

"혼? 그야 없다고는 할 수 없겠지."

"그렇지요. 제사상에는 조상에게 올리는 음식을 차립니다. 그 음식은 곧 조상의 혼이 드실 제수祭需지요. 그렇다면 대감은 제사상을 받은 혼을 직접 보셨습니까? 대감의 말씀대로라면, 눈으로 목격하지 않았으니 혼은 없다는 말이 됩니다."

거기서 말문이 막힌 이가환이 우물쭈물하자 이벽은 내처 말했다.

"인간은 자기 몸을 보존하기 위해 음식을 먹습니다. 밥도 먹고 물도 마시지요. 몸을 위해 그러하듯 영혼에도 필요한 것이 있지 않겠습니까? 신앙이란 다른 것이 아닙니다. 영혼의 양식이 곧 신앙입니다."

이가환은 선뜻 답변을 못 했다. 그러나 그는 뜻밖의 일격으로 엉덩방아를 찧었다고 그대로 주저앉을 사람이 아니었다. 그는 조선 제일의 논객으로 명성이 자자한 학자가 아닌가. 다시 전의를 가다듬은 그가 반격을 개시했다. 그렇지만 매번 주저 없이 되받아치는 이벽 역시 조금도 꿀리지 않았다. 그 또한 한 번 이야기하기 시작하면 청산유수라고 소문난 변설을 가지고 있지 않은가.

그렇게 여러 시간을 입씨름하는 동안 이가환이 자주 궁지에 몰렸다. 그도 그럴 것이 주로 동양 경전에 나오는 예를 들어 논리를 전개하는 이가환에 비해, 이벽은 다양한 독서를 통한 폭넓은 통찰을 밑바탕으로 반론했다. 특히 이벽은 이백 년 전부터 중국에서 활약해 온 서양 선교사들의 교리서를 집중적으로 연구한 터라 종교와 신앙, 신에 관련한 문제만큼은 이가환이 당해 낼 수 없었다.

그날 토론은 이벽의 판정승으로 끝났다. 자존심이 몹시 상한 이가환은 이튿날 다시 토론하자고 제의했다. 다음 날에는 더 많은 구경꾼들이 모였다. 그 자리에 참석한 사람들이 소문을 내는 바람에 두 사람의 공개 토론은 어느새 장안의 화제가 됐다. 말이 구경꾼이지 모두들 한다하는 선비였다. 둘째 날도 이가환은 무참히 깨졌다. 사흘째 되는 날은 이가환이 이른 아침에 찾아왔다. 이벽과 단둘이 마주 앉은 자리에서 그는 솔직히 고백했다.

"이번에는 내가 졌네."

이벽이 펄쩍 뛰듯 반색했다.

"그럼 대감도 우리 천주교에 입교하시렵니까?"

"입교? 글쎄……, 그건 좀 생각해 봐야겠네."

"천주교를 진리로 인정하셨으면 행동으로도 보여주셔야지요. 일찍이 성호 선생이 뭐라고 하셨습니까? 조선 선비들은 공리공론을 일삼는 행태부터 고치라고 갈파하지 않으셨던가요."

"이 사람이 내 조상까지 들먹이는구먼."

"그분의 말씀이 백 번 지당하기에 드리는 말씀입니다."

"알았네. 조부도 오늘의 자네 모습을 보면 매우 흡족하게 여기실 게야. 조선이 발전하려면 변해야 하고 변하려면 새 사상이 필요하다는 주장에는 나도 공감하네."

"대감이 그리 말씀하시니 천군만마를 얻은 것보다 더 용기가 납니다."

"잘해 보게. 나도 곁에서 응원할 테니……."

"곁이라니요? 앞에서 우리를 이끌어주셔야지요."

그러나 이가환은 끝내 완곡한 말로 앞장서기를 거부했다. 앞장은커녕 그는 입교조차 뒷날로 미루었다. 그것이 이벽에겐 못내 아쉬웠다. 명망 있는 사람을 선두에 내세운다면 선교 사업이 한결 수월할 것이기 때문이었다.

5

해가 바뀐 1785년, 을사년$_{乙巳年}$ 봄이었다. 형조에 근무하는 관원 두 명이 명례방 한 모퉁이에서 북달재의 어느 집을 유심히 지켜보고 있었다. 도포 입은 선비가 그 집으로 들어가자 한 녀석이 동료에게 속삭였다.

"벌써 열네 명째야."

"이상하긴 하구먼. 중인의 집에 어째서 양반들이 찾아들까."

"내게 귀띔해 준 사람도 그리 말하더구먼. 저 집은 아비 때 역관 노릇을 했는데, 요즘 양반들이 자주 모이는 행태가 아무래도 수상쩍다고 말이야. 여보게, 무슨 냄새가 풍기지 않나?"

"양반들이 시회$_{詩會}$라도 갖는 모양이지."

"느낌이 좋지 않아. 한번 가서 살펴보세. 밑져야 본전 아닌가."

"양반에게 뺨 맞아도 본전이야?"

북달재 혹은 북고개로 불리는 그곳(현 명동성당)은 옛날 정유왜란 때 명나라 장수 양호가 군대를 주둔시킨 장소였다. 그때 양호가 숭례문(남대문)에 있던 큰북을 떼다가 저희 진중에 걸었는데, 그곳의 지명은 바로 그 일화에서 유래됐다고 한다. 형조의 감시를 받는 곳은 김범우가 사는 집이었다. 역관을 지낸 아버지 때부터 집안 살림이 풍족하여 그는 제법 규모를 갖춘 기와집에 살았다.

형조의 두 사내가 그 집으로 접근했다. 담장을 가볍게 뛰어넘은 그들이 사랑채 뒷문으로 바싹 붙었을 때 방 안에서 무슨 말소리가 들려왔다. 천주, 영혼, 육신, 천당, 지옥 등 평소에 잘 듣지 못한 생소한 말들이 많았다. 잔뜩 긴장하여 귀 기울이던 한 녀석이 손가락에 침을 발라 창호지에 구멍을 내고 방 안을 들여다봤다. 그자는 사람들에게 설교하는 이벽을 얼른 알아봤다. 그때였다. 세상을 바꿔야 한다는 말이 귀에 똑똑히 박혔다. 깜짝 놀란 그들은 형조를 향해 냅다 뛰었다. 숨이 턱까지 차도록 내달린 그들은 역적모의하는 장소를 발견했다고 보고했다. 형조가 발칵 뒤집혔다.

좌랑佐郞이 직접 부하들을 거느리고 김범우의 집을 덮쳤다. 영문도 모르고 밖으로 끌려 나온 사람들은 털벙거지 쓴 나졸들이 저마다 서슬 퍼렇게 육모 방망이를 치켜든 기세에 눈이 휘둥그레졌다. 좌랑이 말했다.

"우리는 형조에서 나왔소. 이 집에 수상한 모임이 있다는 투서가 들어왔으니 당신들을 연행해야겠소."

"우리가 무슨 잘못을 저질렀다고 연행한다는 것이오?"

"잘못이 있는지 없는지 취조하려고 우선 연행하려는 것이오."

"죄 없는 사람을 무턱대고 연행부터 한다는 것은 경우에 어긋나지 않소."

두 사람은 옥신각신했다. 다혈질인 이벽이 삿대질하면서 흥분했지만 결국 형조로 끌려가지 않을 수 없었다. 좌랑이 선심 쓰듯 말했다.

"양반이니 오랏줄로 묶지는 않으리다. 그 대신 도망칠 생각은 아예 마시오."

"이런 말버릇하고는! 죄인도 아닌데 왜 도망치겠소?"

권일신이 벌컥 화내는 이벽을 가로막고 만류했다.

"그만두게. 이왕 망신살이 뻗쳤으니 조용히 다녀오세."

나졸 몇 명은 방으로 들어가서 벽에 붙은 십자가와 예수 상을 떼어 가지고 나왔다. 포승줄로 묶지 않았을 뿐 누가 보더라도 죄인을 압송하는 것이 틀림없는지라, 양반들 열 대여섯 명이 줄줄이 끌려가는 광경은 떠들썩한 구경거리가 됐다.

형조에는 판서까지 나와 대기하고 있었다. 형조판서 김화진은 연행된 자들이 내로라하는 사대부 집안의 자식들인 것을 알고 크게 당황했다.

"자네들의 가문을 보더라도 정학을 잘 배웠을 것이 분명한데, 어쩌다가 그런 사특한 길에 빠졌는가."

맨 앞줄에 있던 이벽이 항의했다.

"대감, 무슨 말씀을 그렇게 하십니까. 우리가 사특한 길에 빠졌다니요?"

"근자에 항간에는 서학의 분파인 천주학이라는 것이 양반집 자제들 사이에 유포된다더니, 바로 자네들이었구먼그래."

"그렇소. 오늘도 그 공부를 하다가 여기까지 잡혀 오게 됐소만, 우리에게 무슨 잘못이 있기에 이런 망신을 주십니까?"

"사도邪道는 나라가 금하네."

"우리 천주교가 사도라고요?"

"불도와 같은 사도가 아니고 무엇인가?"

"어떤 점에서 불도와 같다고 말씀하십니까?"

"불가에서 말하는 극락과 천주학의 천당은 무엇이 다른가? 어디 설명 좀 해보게."

"좋소이다. 그렇다면……."

이벽이 본격적으로 설명할 태세를 갖추자 김화진은 얼른 손사래를 쳤다.

"그만두게. 지금 자네의 설교를 한가로이 듣고 있을 때가 아닐세. 어쨌든 천주학은 우리 성리학에 배치될 뿐만 아니라 그 뿌리도 알 수 없는 이단이야. 그런 사도를 퍼트리면 나라가 어지러워질 것은 자명한 일이니, 자네들은 거기에서 손을 떼게."

"천주교는 세상 사람들에게 참된 도리를 가르치는 진교올시다. 스스로 진리를 포기할 요량이었으면 애당초 발을 들여놓지도 않았을 것이오."

"내가 좋게 말할 때 따르게. 그래야 자네들의 신상은 물론 집안에도 피해를 안 끼치게 되네."

"대감이 천주교에 대해 무엇을 아신다고 독단으로 그런 강요를 하십니까?"

"나 혼자만의 독단이 아니라 나라가 금하는 것일세."

"형조판서라면 천주교의 교리를 어느 정도 살펴본 연후에 사도니 정도正道니 판단하셔야지, 그렇게 일방적으로 몰아붙이시면 되겠습니까?"

"닥쳐라! 뉘 앞에서 함부로 말하느냐!"

"소생이 여러 해 동안 천주교를 연구했습니다. 그리하여 천주교가 세상을 바르게 이끌어갈 수 있는 종교라고 확신하게 된 것입니다."

"어디에서 함부로 입을 놀리느냐! 네 부친의 얼굴을 봐서 순순히 타일렀더니만, 도리어 내 상투 꼭대기에 앉으려드는구나. 고얀 놈 같으니!"

"그렇게 역정을 내시니 더는 말씀드리지 않겠습니다. 우리에게 잘못이 있다면 국법대로 처분하시오."

처음부터 입씨름하자고 대들던 놈이 나중에는 배짱까지 내미니 이화진은 더욱 부아가 났다. 그렇지만 그들을 벌주기는 어려웠다. 강상의 윤리를 어지럽혔다는 죄목으로 옭아맬 수도 있지만, 그러기에는 그들의 죄질이 모호했다. 게다가 대부분 사대부 집안의 자식들이니 자칫하면 그가 되잡히는 수모를 당하기 십상이었다. 대가 세지 못한 이화진은 결국 그들을 훈계방면하고 말았다.

그렇지만 김범우는 형조에 붙잡아 두었다. 그의 집에서 나온 요사스러운 물건의 출처를 조사한다는 것은 단지 핑계에 불과했다. 사실은 그가 중인이므로 아무렇게나 다뤄도 후환을 염려할 필요가 없었기 때문이다. 김화진은 꿩 대신 닭 잡는 심사로 김범우를 족치기 시작했다.

"네 이놈, 이 화상은 누구 얼굴을 그린 것이냐?"

"그분은 우리가 우러러 모시는 예수님으로, 천지 만물을 조성하신 천주님의 독생자이십니다."

"천주의 독생자? 그의 외아들이라는 뜻이냐?"

"그렇소."

"그럼 너희는 아비와 아들을 함께 모신다는 말이냐?"

"천주님과 예수님은 둘이면서도 한 몸이십니다."

"아비와 아들이 한 몸이라고?"

순직한 김범우는 삼위일체의 뜻을 장황히 설명했다.

"그만 해라. 도통 못 알아듣겠다. 우리 관원들이 네 집에 열린 집회를 염탐할 때 세상을 바꿔야 한다고 말했다는데, 그 말은 무슨 뜻이냐?"

"사람마다 자기 죄를 씻고 밝은 세상을 만들자는 것이지 다른 무슨 뜻이 있겠습니까."

"솔직히 자백해라. 너희가 작당하여 나라를 혁파하자는 것이 근본 의도가 아니더냐?"

"이 세상의 온갖 죄악과 싸워 좋은 세상을 이룩하자는 것이 우리의 근본 목적일 뿐이오."

"온갖 죄악과 싸운다? 그 대상이 누구냐?"

김범우가 아차 했을 때는 이미 늦었다. 형조판서가 이상한 방향으로 심문을 몰고 간다는 것을 눈치 챈 그는 바짝 긴장했다. 김화진은 이미 결론을 내렸다. 그는 조선에서 활발하게 움트는 천주교가 불순 세력으로 성장할 가능성이 충분하다고 판단했다.

"네 이놈, 듣거라. 천주학으로 좋은 세상을 만든다고 했는데, 그 말에는 언젠가 나라를 뒤엎으려는 음모가 내포된 것이 사실이렸다. 이 자리에서 얼른 이실직고하지 못할까! 바른대로 고변하지 않으면 너는 여기서 살아 나가지 못하리라."

"천부당만부당한 말씀이오. 우리가 왜 역모에 뜻을 두겠습니까."

"안 되겠다. 저놈이 이실직고할 때까지 매우 쳐라."

형조판서의 명령이 떨어지기 무섭게 당장 집장사령들이 달려들었다. 그다지 건강하지 못한 몸뚱이를 형틀에 붙들어 매고 두 사람이 번갈아 곤장을 치기 시작하자, 김범우의 입이 딱딱 벌어지면서 형조 뜰에 비명 소리가 울렸다.

권일신은 김범우가 악형을 당한다는 소식에 격분했다. 양반은 쉽게 풀어주고 중인은 만만히 고문하는 처사에 의분을 참을 수 없었다. 그는 지난해 가을에 이벽이 한강개로 오기 전까지는 천주교를 깊이 몰랐다. 사흘 동안 자신의 스승 권철신을 열성적으로 설득하는 이벽의 설교를 곁에서 듣고, 권일신이 형님 권철신보다 먼저 예수에 푹 빠졌다. 그리하여 그는 형님과 함께 입교하는 즉시 한양으로 올라와서 이벽이 추진하는 교회 설립 운동에 적극 가담하다가 이번 일을 당했던 것이다.

권일신은 형조로 달려갔다. 아들 권상문과 매제 이윤하, 이총억 등 젊은이 몇몇이 그의 뒤를 따랐다. 그가 당장 김범우를 석방하라고 요구하자 형조판서 김화진은 어이가 없는 모양이었다.

"자네 백씨伯氏 녹암은 세상이 다 아는 제일의 석학이네. 그만한 명문가 출신이면 후학들을 바르게 이끌지는 못할망정 사도를 퍼트리는 데 앞장서다니 정말 한심스럽네."

"사도니 정도니 대감과 논쟁할 생각은 없소이다. 어서 그 사람이나 석방하시오. 그리고 우리 성물도 돌려주시오."

"이 사건은 이미 묘당에 보고했네. 나 혼자 결정할 문제가 아니야."

"그렇다면 우리도 구금하시오. 나는 그냥 돌아갈 수 없소이다."

"이 사람이 왜 이러는가? 자네와는 더 말하기 싫으니 그만 돌아가게."

김화진은 김범우의 석방을 완강히 거절했다. 형조판서를 붙잡고 계속 싸울 수도 없는 노릇이라 권일신은 성물만 찾아 가지고 그냥 물러 나올 수밖에 없었다.

며칠 후 김범우는 충청도 단양으로 귀양을 갔다. 그 소문은 온 장안에 퍼져서 천주교를 두고 사대부들 사이에 분분한 논란이 일어났다. 특히 성균관 유생들이 서학을 타도하라고 외치는 소리가 자못 드높았다.

『조선왕조실록』에는 이 사건이 '을사추조적발사건乙巳秋曹摘發事件'이라고 기록되어 있는데, 추조秋曹는 곧 형조를 일컫는 말이다.

형조판서 김화진은 문관이고 이벽의 아버지 이부만은 무관이었지만, 젊은 시절 그들은 술집에서 자주 어울렸다. 김화진은 옛 우정을 떠올리고 이부만에게 친서를 보내어, 아들 이벽이 사도 무리의 우두머리 노릇을 하고 있으며 그로 인해 장차 이씨 가문에 큰 화가 닥치리라고 충고했다. 김화진의 친서를 읽은 이부만은 불같은 성정이 폭발하고 말았다.

"이놈아, 천주학인가 뭔가와 손을 끊으라는데 무슨 군말이 많으냐. 이 자리에서 그리 하겠다고 당장 약조하거라."

이벽은 대답하지 않았다. 화가 머리끝까지 오른 이부만은 커다란 몽둥이를 들고 오더니 침묵으로 저항하는 아들의 등짝을 사정없이 후려갈겼다. 이를 보다 못한 어머니가 자기 몸으로 아들을 감싸면서 애원했다.

"얘야, 어서 아버지에게 용서를 빌어라."

그러나 이벽은 여전히 요지부동이었다. 노골적인 무언의 반항에 이부만은 더 길길이 뛰었다. 어머니가 몽둥이를 잡고 죽자 살자 매달리는 북새통이 한바탕 지난 후에야 이부만은 씨근거리며 아들에게 윽박질렀다.

"네놈이 수결手決을 놓아 약조하기 전에는 내 집에서 한 발짝도 못 나간다."

이부만이 가택 연금을 명령했으나 이벽은 묵묵부답으로 일관했다.

그렇게 시작된 부자간의 싸움은 며칠이 지나도록 끝나지 않았다. 아비나 아들이나 저울에 달면 어느 쪽으로도 기울지 않는 쇠고집이니 쉽사리 끝날 싸움이 아니었다.

그러던 어느 날 저녁때였다. 얼큰히 술에 취해 들어온 이부만은 마지막 결판을 내자면서 온갖 욕설과 협박으로 아들에게 항복을 강요했다. 쇠귀신처럼 버티고 앉아 '날 잡아 잡수시오' 하는 아들의 태도에 분통이 터진 이부만은 자기 성질을 못 이기고 우르르 부엌으로 달려 나갔다. 잠시 후 뒤꼍에서 하녀의 호들갑스러운 비명 소리가 들렸다. 회나무에 목을 맨 이부만의 몸뚱이가 축 늘어져 있었던 것이다. 그 소동으로 이제까지 꿋꿋하게 견뎌오던 이벽이 마침내 허물어지고 말았다.

그 후 이벽은 두문불출했다. 감금인지, 좌절인지 몰라도 그는 교회 모임에 다시 모습을 나타내지 않았다. 그렇게 막 노를 젓기 시작한 조선 최초의 교회는 출범하자마자 선장을 잃은 난파선이 됐다. 이때 새 선장을 자임하며 분연히 일어선 사람이 있었으니, 그가 바로 권일신이었다. 그는 중인인 최창현의 도움을 받아 조선 교회를 책임졌다.

6

 권일신이 조선 교회를 주도적으로 맡고 나선 뒤에 신도가 나날이 늘어났다. 그러나 그들을 이끌어줄 지도층이 빈약했다. 그들을 일일이 찾아다니며 교리를 가르치고 세례 받을 준비를 시킬 지도자가 터무니없이 모자라서, 권일신과 최창현은 몸이 열 개라도 부족할 지경이었다. 그 무렵 이승훈이 자진하여 찾아왔다.

 그는 권일신을 만나기 위해 수소문하고 다니다가 청계천 변 갓우물골에 있는 최창현의 집에까지 오게 됐다. 권일신은 그 집에 상주하다시피 했다. 최창현의 아버지는 자기 아들을 친형제처럼 대해주는 그가 고마워 칙사勅使처럼 대접하므로, 권일신은 그곳을 본거지로 삼고 마음 편히 지냈다. 이를테면 최창현의 집 사랑채가 조선 교회의 본당인 셈이었다.

이승훈은 반년 만에 만나는 권일신 앞에 무릎을 꿇고 사죄했다.

"절 용서해 주십시오. 교회를 떠나 있는 동안 하루도 마음이 편치 못했습니다."

기질이 유약한 이승훈은 조정의 분위기가 다소 험악해지자 천주교에 등을 돌렸던 것이다. 그를 냉랭히 대하던 권일신이 그의 사과를 받고 굳은 얼굴을 풀었다.

"당연히 그랬겠지. 자네 역시 집안 어른들에게 많이 시달렸을 줄 아네. 다른 사람은 몰라도 자네가 그 정도로 하느님을 배신해서야 되겠는가. 사제에게 정식으로 세례를 받은 사람이 조선에 누가 또 있는가? 조선 교회의 반석이 되라는 뜻으로 '베드로'라는 세례명을 받았다면서?"

정곡을 찌르는 질책에 이승훈은 차마 얼굴을 들지 못했다.

"집을 나갔던 탕자가 돌아온 이야기를 자네도 성서에서 읽었겠지?"

"예……."

"그 아버지는 아들의 회개를 기꺼이 받아들였네. 그것이 하느님의 뜻이요, 사랑이 아니겠는가. 우리도 교회로 돌아온 자네를 진심으로 환영하네."

이승훈은 이튿날부터 갓우물골 최창현의 사랑채로 어김없이 출근했다. 권일신은 교회 모임이 열리는 곳마다 이승훈을 데려가서 신도들에게 인사시켰다. 외국인 신부에게 세례를 받은 조선의 유일한 신자라고 이승훈을 소개하면 모두들 큰 관심을 보였다.

이승훈이 재등장하면서 조선 교회는 새로운 활기로 넘쳤다. 그의 강론은 어디에서나 인기가 대단했다. 그가 연경 천주당에서 만나본 서양인 선교사의 생김새와 갖가지 신기한 물건들에 대해 이야기하면 신도들은 그저 감탄하여 입을 벌렸다. 그뿐만 아니라 그는 이곳저곳 돌아다니면서 몇 탕을 우려먹는 셈이지만, 연경 천주당의 웅장한 건축미와 장엄한 미사 이야기는 처음 듣는 신자들에게 신선한 충격이 아닐 수 없었다.

이승훈이 다시 교회 활동을 재개하자 그동안 뒷전에서 관망하던 정약전과 정약용 형제를 위시하여 과거의 동지들도 한둘 돌아오기 시작했다. 젊고 유능한 지식인들이 다시 돌아오자 교회에는 한층 더 활기가 넘쳤다. 이제 조선 교회가 힘찬 도약의 길로 접어들었지만 이벽은 끝내 돌아오지 않았다. 교회 모임에 참석하는 사람이면 누구나 그의 부재를 아쉬워했다.

사제 역할은 권일신과 이승훈이 맡았다. 그들은 교리서에 인용된 좋은 성서 구절을 현실에 맞도록 풀이하여 설교했기 때문에 무식한 사람들도 쉽게 알아듣고 감동했다. 교회 모임에 나오는 신도들은 남성보다 여성이 더 많았고, 특히 가난한 서민층 부녀자들이 월등히 많았다. 아주 소수이긴 하지만 양반집 부인도 더러 있었다.

그런데 양반집 부인들이 교회에 나오는 것은 예삿일이 아니었다. 그들은 대문 밖 출입조차 엄격히 제한받는 처지였다. 상것 아낙네들과 함께 미사를 드리는 일은 그렇다 치더라도, 한방에서 외간 남자들과 어울린다는 것은 당시 조선 사회에는 큰일 날 일이었다.

권일신도 처음에는 양반집 부인들의 고해성사를 거절했다. 아무리 교회 일이라고는 하지만, 고해성사는 단둘이 마주 앉게 되는 자리이므로 상대가 양반 여자이면 꺼려졌다. 그러나 뜻밖에 양반집 부인들도 하나같이 고해성사를 하고 싶어 했는데, 심지어 자기 죄를 하느님에게 고백하지 못하면 집에 돌아가지 않겠다고 떼쓰는 이도 있었다.

양반집 부인이 하녀를 앞세우고 들어서면 좁은 방에 빼곡히 앉아 있던 상것 아낙네들이 한쪽으로 몰리며 자리를 비켜주었다. 그러면 그녀는 혼자 넓은 자리를 차지하는 것이 민망하여 다른 여자들에게 가까이 다가앉으라며 스스로 좁혀 앉았다. 다른 곳에서는 좀처럼 보기 어려운 광경이었다. 교회에서는 남녀 차별과 신분 차별이 모두 무너졌던 것이다.

남자들이 고해성사를 마치면 회초리로 종아리를 때렸다. 그것이 가장 흔한 보속補贖 방법이었다. 머리가 허연 늙은이까지 종아리를 걷은 채 신부가 내려치는 회초리가 떨어질 때마다 움찔움찔하며 아픔을 참았다. 그러다가도 회초리를 다 맞고 방을 나갈 때는 쑥스럽게 웃는 얼굴이 환하게 밝았다. 매 몇 대로 묵은 죄를 전부 털어버렸다는 홀가분한 표정이 역력했다.

그 외에도 교회 모임을 가질 때마다 양반, 평민, 천민의 남녀노소가 한방에 어우러지다 보니 갖가지 웃지 못할 일들이 많이 발생했다. 그것은 유교 도덕에 잔뜩 짓눌린 조선 사회의 한 귀퉁이가 변하고 있음을 보여주는 조짐이었다. 그러나 그런 모습은 지배층인 사대부들에게 천주교를 사교 집단으로 보도록 하는 빌미를 제공했다.

그런 사정을 알기는 했지만 권일신과 이승훈은 포교 활동을 멈추지 않았다. 두 사람은 신부 행세를 할 사람이 부족하다는 데 인식을 같이하고 새로 여덟 명을 더 뽑기로 했다. 그들은 대개 내로라하는 가문 출신으로, 교회를 떠났다가 지난번에 이승훈을 뒤따라 복귀한 선비들이었다. 그중에는 중인 최창현과 충청도의 평민 이존창, 그리고 전라도의 부호 유항검도 있었다.

학문에 뜻을 둔 이존창과 유항검은 고명한 학자로 명성 높은 권철신의 문하에서 공부하기 위해 양근으로 찾아왔다. 거기에서 처음 만난 두 사람은 엉뚱하게 권철신의 셋째 아우인 권일신의 제자가 되어 열렬한 천주교인으로 변신했다.

평민 집안에서 태어난 이존창은 소년 시절부터 야망이 컸다. 어릴 때는 고향 예산의 한 동네 여사울에서 신동이라는 소리를 들을 만큼 타고난 머리가 비상했다. 그러나 그는 열일곱 살이 될 무렵 평민은 벼슬로 출세하기 어렵다는 것을 깨닫고 과거 시험을 포기했다. 과거에 급제하더라도 문벌 배경이 없으면 높은 관직을 바라볼 수 없는 현실에 일찍 좌절했던 것이다.

시골에서 한량도 농사꾼도 아닌, 어정쩡한 선비로 허송세월하던 이존창은 나이 서른에 이르러 크게 각성했다. 벼슬은 유한하지만 학문은 영원하다는 생각으로, 그는 새 출발을 결심하고 양근 지방의 한강개로 권철신을 찾아갔다.

유항검은 전라도에서 손꼽는 대지주였다. 전주 근교 초남이 일대의 광활한 토지를 물려받은 부호였지만, 그는 겸손한 처신으로 여러 사람들에게 존경받았다. 그뿐만 아니라 그는 재물보다 학문을 더 귀히 여기는, 부호치고는 별난 젊은이였다. 전주의 유명한 한량과 기생 들이 갖은 방법으로 청년 부호를 매혹했지만, 유항검은 눈 한 번 꿈쩍하지 않았다. 나중에는 그들의 집요한 유혹을 견디다 못해 피신까지 했는데, 그때 그가 찾아간 곳이 권철신의 문하였다.

권일신은 형님의 집에 장기 유숙하는 제자들 중 두 사람을 특별히 눈여겨봤다. 이존창은 재치가 넘치고 언변이 좋은 반면, 유항검은 나이답지 않게 진중한 무게가 있었다.

권일신이 예수의 강림과 부활을 이야기해 주자, 물을 빨아들이는 햇솜처럼 두 젊은이는 아무 거부감 없이 하느님의 말씀을 받아들였다. 학문을 닦기 위해 고향을 떠났던 그들은 마침내 인생의 목표를 찾았다. 바로 사도 바오로가 세상에 복음을 전하듯 조선 천지에 하느님의 말씀이 가득 차게 하는 일이었다.

그들은 권일신을 따라 한양으로 올라와서 교회 모임에 성실히 참석했다. 그리고 문벌이 좋고 장래가 유망한 양반 교우들과 사귀면서 신앙생활을 열심히 하다가 '신부'라는 직함까지 얻게 됐다.

"자네들은 각자 고향으로 내려가서 이웃에 복음을 전하게."

스승 권일신의 지시에 따라 이존창과 유항검은 지체 없이 한양을 떠나 자기 향리로 내려갔다. 한꺼번에 여러 명의 신부들을 얻게 된 교회는 더욱 활성화됐고, 한양 장안 곳곳에는 천주교 모임이 은밀하게 이루어졌다. 고향으로 돌아간 그들도 잇따라 반가운 소식을 전해 왔다. 지방에서도 천주교가 예상 외로 커다란 호응을 얻고 있다는 것이었다. 그쯤 되자 서학이 만연하는 것을 우려하던 사대부들이 본격적으로 성토했고 급기야 조정에서도 주목하기 시작했다. 『조선왕조실록』을 보면, 장령掌令 유하원이 올린 상소에 이런 대목이 나온다.

> 역관들을 통해 서양의 서책들이 조선으로 흘러 들어오기 시작한 지 여러 해가 됐습니다. 그 서학은 날로 백성들을 현혹하고, 또한 그것을 믿는 무리들이 많아졌습니다. 이른바 그들의 도道가 단지 하늘에 있다는 것만 알고, 임금이나 부모의 존재는 무시합니다. 그뿐만 아니라 천당이니 지옥이니 하는 말로 백성들을 꾀니, 그 해독은 홍수나 맹수보다 더 심할 정도입니다. 마땅히 법사法司로 하여금 엄격히 금지해야 할 것입니다.

그러나 정조는 천주교를 대수롭지 않게 여겼다. 임금이 소극적으로 대처하니, 조정의 사대부들은 속으로 끙끙대기만 할 뿐 아무런 조치도 취할 수 없었다. 그 덕분에 천주교인들이 더욱 활발히 전도하여 교세가 나날이 커졌다.

그러나 호사다마好事多魔라고 김범우가 죽었다는 소식이 알려져서 많은 교우들의 가슴을 아프게 했다. 김범우는 '을사추조적발사건'의 희생양이었다. 양반이 아닌 탓에 그만 혼자 단양으로 귀양을 가지 않았던가. 형조에서 당한 고문의 후유증으로 내내 고생하다가 귀양지에서 숨을 거두니, 그는 우리나라 최초의 순교자인 셈이었다.

그해 여름에는 이벽도 죽었다. 이벽의 부음을 듣고 그와 가깝게 지냈던 교우들은 만감이 교차했다. 도도한 언변, 늠름한 풍채, 불꽃 같은 열정, 그리스도의 말씀으로 조선을 개혁하고자 했던 큰 뜻을 생각하면 그의 허망한 최후는 참으로 안타까운 일이 아닐 수 없었다.

문중의 압력을 못 견딘 아버지의 자살 시도가 그토록 큰 위력을 발휘했던가? 그 사건이 있은 후, 이벽은 끝내 바깥세상에 자기 모습을 나타내지 않았다. 들리는 말에 의하면, 그는 일 년 이상을 감금된 채 지내다가, 무더운 어느 여름날 열병으로 갑자기 죽었다고 한다. 장례 때조차 친구들에게 알리지 않고, 죄인의 장사를 치르듯 문중 사람들끼리 서둘러 선산발치에 그의 시신을 묻었다. 뒤늦게 이벽을 추도하는 자리에서 권일신은 이렇게 말했다.

"그는 이 시대의 선각자였소. 여기에 모인 사람들은 모두 광암의 권유로 예수 그리스도를 주님으로 모시게 된 줄 아오. 그러니 우리는 슬퍼하지 맙시다. 하느님께서 그를 위로해 주실 것이오. 그동안 많이 수고했노라고 그의 어깨를 두드려주실 것이오. 비록 광암이 세상에서 제 뜻을 다 펴지 못하고 서른셋 젊은 나이에 우리 곁을 떠났지만, 분명 천국에서는 큰 상을 받았을 것이오. 나는 그렇게 믿어 의심치 않소.

교우 여러분, 이벽이라는 사내가 우리에게 어떤 사람이오? 단언하건대, 그는 신앙의 불모지인 이 땅에 천주교의 씨앗을 뿌리러 온 사람이지, 열매를 거두러 온 사람은 아니었소. 그가 떠나고 보니, 새삼스레 성서의 한 구절이 떠오릅니다. '한 알의 밀이 땅에 떨어져

죽지 않으면 한 알 그대로 있고, 죽으면 많은 열매를 맺느니라.' 이 얼마나 우리의 심금을 울리는 대목입니까. 마치 이벽이라는 조선 젊은이를 두고 일찍이 성서에 예언된 말씀으로 여겨지는구려. 광암, 그는 한 알의 밀알이었음이 틀림없소. 더 많은 열매를 맺기 위해 스스로 땅속에 묻힌 한 알의 씨앗이었던 것이오. 우리의 교회 활동이 아무리 어려운 역경에 놓인다 할지라도 절대로 시들어버리지 않을 것이오. 속이 알찬 씨앗은 어둠 속에 그냥 묻혀 있지 않고, 반드시 태양을 향해 지상으로 솟아오르는 자연의 법칙을 생각하시오. 지금 우리가 뿌리는 진리의 씨앗도 이 나라 풍토에는 결코 자랄 수 없을 것 같지만, 언젠가는 지상으로 줄기를 뻗어 아름다운 꽃을 피울 것이오."

7

어느 날, 이승훈은 인편에 서신 한 통을 전달받았다. 전주의 유항검이 보낸 서신이었다. 고향에 내려간 그가 틈나는 대로 교리서들을 다시 정독하던 중 발견한 바에 의하면, 그들이 신부 행세하는 것은 교회법상 독성죄瀆聖罪에 해당하는 것 같으니 이를 확실히 규명해 달라는 내용이었다. 혼인하지 않은 몸으로 동정童貞을 지켜야 할 뿐만 아니라 반드시 주교에게 신품성사를 받은 사람만 신부가 될 수 있다고, 유항검은 날카롭게 지적했다.

이승훈은 당황하여 교리서에서 유항검이 밝힌 부분을 찾아보니 과연 그의 지적이 옳았다. 그들은 여태껏 신부 직책을 도둑질해 온 셈이었다.

이승훈은 참담한 심정으로 권일신에게 달려갔다. 권일신도 충격을 받기는 마찬가지였다.

"참으로 난처한 일이로세. 우리야 신부 노릇을 당장이라도 중단하면 그만이지만, 신자들은 어쩐다지? 신자들은 무엇보다 고해성사를 가장 좋아하는데, 그걸 못 한다고 어떻게 말하느냔 말일세."

"그렇더라도 우리가 알고 난 이상 신부 행세를 계속할 수는 없지 않습니까?"

"이 사람아, 자네가 처음부터 확실히 알고 했어야지."

권일신이 원망하자 이승훈은 무안하여 벌게진 얼굴로 변명했다.

"주교에게 신품성사를 받아야 한다는 것은 알고 있었지요. 하지만 그것은 우리 처지로는 불가능한 일이기에……."

"그보다도 여자와 접촉하지 말아야 하는 것이 더 문제일세. 우리 중 장가가지 않은 사람이 누가 있나."

"그에 대해서는 저도 미처 몰랐습니다."

"교리서에 보면, 신부는 예수님의 대리자 역할을 하는 사람일세. 아무 자격도 없는 사람들이 그런 중임을 맡았으니, 우리가 너무 경솔했네."

"그렇지만 몰라 저지른 일인데 독성죄야 되겠습니까?"

"앞으로가 문제일세. 당장 우리가 신부 일을 그만두면 여러 가지로 어려운 점이 많을 텐데……."

며칠 후 지방에 있는 이존창과 유항검을 제외한 신부 임명자들이 한자리에 모여 토론했다. 모두들 신부 노릇을 그만두는 것이 옳다는 의견에 동의하여 결론은 쉽게 났다. 비록 칠성사七聖事를 중지하더라도 그들은 복음을 전파하는 데 온 힘을 다하고 계속 집회를 열어 설교하는 데 역점을 두기로 다짐했다. 그것은 큰 용단이었다. 순박한 신도들이 우러러보는 신부 노릇을 그만둔다는 것은 그들의 권위가 하루아침에 추락하는 꼴임에도 전혀 개의치 않고 교회법에 충실하려는 것은 결코 쉬운 결단이 아닌 것이다.

그 자리에서 연경의 주교에게 청원하여 정식 신부를 조선으로 모셔 오자는 이야기가 나왔다. 그들은 그동안의 체험으로 성직자 없는 교회가 알맹이 없는 껍데기에 불과하다는 것을 잘 알았기에, 그런 이야기가 불거진 것은 당연한 수순이었다. 그러나 그 실현 가능성을 놓고 참석자들 사이에 의견이 분분했다.

권일신과 이승훈은 그 문제로 이가환을 찾아갔다. 고위직에 있는 이가환은 죽은 이벽과 유명한 논쟁을 벌인 이후로 천주교에 많은 관심을 보였다.

"자네들이 신부 노릇을 중단한 것은 이해할 수 있네. 하지만 짐승들도 떼로 모이면 반드시 무리를 이끄는 우두머리가 있는 법인데, 그래서야 교회가 잘되어 나가겠는가?"

"어려운 점이 많겠지만 어쩔 수 없지요."

"그래서 연경에 있는 주교님에게 부탁하여 조선으로 신부님을 모셔 올 생각입니다. 그에 관한 외숙부님의 의견을 듣고자 찾아뵈었습니다."

그 말에 이가환은 깜짝 놀랐다.

"승훈이 네가 만나봤다는 그 서양인들 말이냐?"

"예, 정식 신부님은 그분들밖에 없으니까요."

"너희가 오란다고 그들이 조선에까지 올까?"

"수만 리 밖에서 자진하여 중국에 오신 분들입니다. 우리가 간절히 소원하면 거절할 것 같지는 않습니다만……."

"허! 큰일 저지를 생각을 하는구먼. 조선은 중국과 달라. 천주교를 용납하지 않는 나라에 서양인이 들어온다? 어림도 없는 일이야. 괜히 평지풍파 일으키지 말아라. 그런 위험천만한 일은 생각조차 말아야 해."

권일신이 결연한 의지를 보였다.

"대감, 우리는 이미 호랑이 등에 올라탄 몸이올시다. 여기서 중단할 수는 없습니다. 어떤 난관에 부딪치더라도 이 일을 결행할 것입니다."

이가환은 아무리 만류해도 소용없음을 알았다. 대신 그는 타협안을 제시했다.

"그러지 말고 누가 연경에 가서 먼저 주교를 만나 상의하는 것이 어떻겠는가? 조선 사정을 설명하면 주교가 어찌하라고 가르쳐주지 않겠나. 혹시 아는가. 자네들이 대행하던 신부 일을 계속해도 괜찮다고 허락해 줄지도……."

그 말에 용기를 얻은 권일신과 이승훈은 희망을 안고 돌아왔다. 밀사를 파견하는 일은 기정사실로 굳혔으나 막상 연경에 보낼 사람이 문제였다.

"누구를 연경에 보내지요? 그곳 신부님들과 의사소통을 하려면 필담할 정도의 한문 실력은 물론, 왕복 육천 리가 넘는 길을 걸어 다녀올 만큼 건강한 체력도 갖춘 사람이라야 할 텐데……."

"그 문제는 나에게 맡기게. 적임자가 있어."

권일신이 자신 있게 말했다. 그가 밀사로 추천한 사람은 윤유일이라는 스물아홉 살 젊은이였다.

윤유일은 경기도 여주 태생이었으나, 소년 시절 권철신이 사는 양근의 한강개로 이사 왔다. 선대에 몰락한 집안이었지만 핏줄은 양반인지라 그의 아버지는 큰아들을 훌륭한 스승 밑에 가르쳐서 과거에 급제시키고 싶어 했다. 그러나 그는 아버지의 기대를 저버렸다. 권일신에게 천주교를 배운 후 열성 신자가 된 그는 일찌감치 과거 시험 같은 세속의 출세를 포기했다.

권일신은 윤유일의 사람됨을 잘 알았다. 집안이 어려운데도 고작 산으로 땔나무나 하러 다닌다고 아버지의 구박이 자심해도 윤유일은 꿋꿋이 참고 견디면서 신앙심을 더욱 뜨겁게 달구었다. 이를 보다 못해 권일신이 어느 한양 친지의 점포에 그를 서사로 취직시켜 주었다. 하루는 권일신이 그를 불러 연경에 다녀올 의향을 떠봤는데, 그는 채 설명이 끝나기도 전에 쾌히 승낙했다.

"쉽게 생각할 일이 아닐세. 몇 달 동안 도보로 대륙을 여행하는 고생길이야. 때로는 노숙도 감수해야 하네."

"저를 그 일의 적임자로 생각하시는 것이 아닙니까?"

"그야 여부가 있나."

"그렇다면 제가 가야지요. 남들도 하는 고생을 겁낸대서야 어찌

하느님의 사업을 하겠습니까."

윤유일이 너무 선선히 나오는 바람에 오히려 권일신의 말문이 막힐 지경이었다. 그때부터 밀사를 파견할 준비를 서둘렀다. 경비를 마련하는 것도 그렇거니와 사지마私持馬 자리를 구하는 것도 쉽지 않았다. 어느 상단의 행수에게 은자 이십 냥을 바치고서야 겨우 그 자리를 얻을 수 있었다. 튼튼한 노새 한 필을 사서 인삼을 싣고, 그해 1789년 동지사에 끼여 연경을 향해 출발했다.

북풍이 몰아치는 만주 벌판을 여행하는 일은 참으로 고생스러웠다. 고관의 아들로 함께 간 이승훈은 하인들의 수발을 받았으나, 윤유일은 혼자서 모든 일을 해결해야 했다. 그러나 윤유일은 온갖 어려움을 극복하고 아무 탈 없이 연경까지 무사히 들어가서 구베아 주교를 만났다. 주교는 옷 속에 휴대하기 좋도록 흰 비단에 잔글씨로 조선 교회의 지도자들에게 보내는 사목교서司牧敎書를 써서 윤유일에게 건네주었다. 이제부터 조선 사회에 거센 평지풍파를 몰고 올 서막이 오른 것이다.

반년간의 긴 여행을 무사히 끝내고 한양에 돌아온 즉시, 윤유일은 구베아 주교의 서한을 교회 지도자들에게 전했다. 권일신과 이승훈을 비롯한 지도층은 한자리에 모여 그 서한을 개봉했다. 권일신이 한문으로 쓴 주교의 사목교서를 낭독하자 방 안에 있는 다른 십여 명은 숨소리조차 죽이고 경청했다.

구베아 주교의 사목교서에는 이런 내용이 담겨 있었다.

첫째, 연경 교구는 조선 교우들의 독성죄에 대해 책임을 묻지 않는다. 무지의 소치로 인정하기 때문이다. 그러나 앞으로는 신품성사를 받지 않은 사람이 절대로 미사를 집전하지 말라.

둘째, 그 대신 구원을 얻기 위한 수단으로 상등통회上等痛悔에 의지하기를 권유한다. 기도 생활을 열심히 하라.

셋째, 우상숭배를 삼가야 한다. 유일신이신 하느님께만 경배하고 다른 무엇 앞에서도 절하거나 기도하지 말라.

넷째, 조선에 사제를 파견하는 일에 대해서는 심각히 고려하는 중이지만, 자체적으로도 성사의 은혜에 참여할 수 있는 방법을 강구하길 바란다. 예를 들면, 연경으로 소년들을 보내어 장래의 사제로 양성하는 방법이 있다.

권일신이 읽기를 마치자, 그 자리에 참석한 지도자들은 말문이 막힌 채 난감한 얼굴로 서로를 쳐다볼 뿐이었다. 이젠 누구도 신부의 역할을 대신할 수 없다는 것이 확실해졌으니 앞으로 어떻게 조선 교회를 이끌어갈 것인가.

구원을 얻기 위한 방법으로 통회痛悔에 의지하라는 것만 해도 그렇다. 아직 믿음의 경력이 짧은 조선 신자들에게 그것은 기대하기 어려운 일이었다. 성직자 없이 그동안 쌓인 죄를 스스로 속죄하고 구원받으라는 것은 사실상 믿을 바가 못 됐다. 그렇다고 이제부터 소년들을 가르쳐서 어느 세월에 사제로 만든단 말인가. 그 문제를 놓고 의견들이 분분했다. 교회 지도자인 그들도 성격이 조급한 조선 사람들인지라, 적어도 십 년이 걸릴 사제 양성은 너무 요원한 일로 여겨졌다. 그래서 그들은 어떤 위험이 따르더라도 신부를 조선으로 모셔 올 수밖에 없다는 결론을 내렸다. 그런데 막상 다른 문제가 불거져 나와서 열띤 토론이 벌어졌다.

"그렇다면 조상에게 드리는 제사가 우상숭배라는 말입니까?"

"그 문제가 참 어렵습니다. 주교의 사목교서를 놓고 아무리 따져 봐도 딱 부러진 결론이 없으니 말이오."

결국 제사 문제도 주교의 뜻을 확실히 규명하기로 했다. 당장 성사 받기를 목마르게 기다리는 신도들을 생각하면 신부를 모셔 오는 일도 시급했지만, 제사가 우상숭배에 해당하는지 판가름하는 일 역시 하루도 늦출 수 없었다. 어차피 밀사를 재차 파견해야 했다.

삼복더위가 기승을 부리는 여름날, 이승훈이 작성한 밀서를 지니고 윤유일은 다시 연경으로 떠났다. 그러나 구아베 주교는 제사를 부정적으로 생각했다. 위패를 모시고 갖은 음식을 차린 제사상 앞에 절하는 것은 우상숭배 행위에 해당한다는 것이었다.

한양에 도착한 윤유일은 교회 지도자들이 한자리에 모인 가운데 주교의 사목교서를 읽었다. 선교사 한 명을 조선에 파견하겠다는 내용이 있자 모두들 일제히 환성을 올리며 기뻐했다. 그러나 그 기쁨은 잠시였다. 곧 제사를 금한다는 내용이 명백히 나오자 모두들 아연실색했다.

"제사를 금지하라니? 말도 안 되는 소리!"

누군가 소리를 버럭 지르자 그때부터 여기저기서 불만스러운 소리가 중구난방 터져 나왔다. 제사를 금하는 주교의 사목교서가 내려오자 양반 지식인들로 구성된 교회 지도층이 먼저 분열됐다. 그들은 예수를 계속 믿으려면 제사를 지낼 수 없고 제사를 지내려면 신앙을 버려야 하는 양자택일의 난처한 입장에 놓이자, 대부분 후자를 택하고 교회에 등 돌렸다.

심지어 조선인 최초의 천주교 신자로서 교회의 핵심 인물로 활약하던 이승훈까지 꽁무니를 뺐다. 그는 당시 의금부 도사에 임명된 직후였다. 모처럼 요직에 앉게 된 그로선 훤히 내다보이는 출세 가도를 포기하기 어려웠을 테지만, 그보다도 제사를 우상숭배로 규정한 주교의 사목교서에 대해 납득할 수 없었다. 정약용도 매형 이승훈과 함께 행동했다. 대과에 급제하여 조정에 출사한 그 역시 제사를 금지하는 처사에 반발하여 천주교와 발을 끊었다.

그렇듯 유능한 젊은 지도자들이 교회를 떠나게 된 것은 그들로선 어쩔 수 없는 선택이었다. 조만간 천주교가 제사를 금지한다는 사실이 바깥세상에 알려지면, 사방에서 천주교를 성토하는 비난이 일어 나라 안이 벌집을 쑤신 듯 시끄러울 것이 뻔했다. 제사 금지는 벼슬뿐만 아니라 양반 신분까지 박탈당하거나, 끝내는 여론에 의해 목숨마저 빼앗길 수도 있는 태풍의 눈이었다. 그만큼 제사가 사대부들에겐 절실한 문제였던 것이다.

머지않아 그 사실을 입증하는 사건이 터졌다. 전라도 진산 고을에 사는 윤지충이라는 선비가 모친상을 당했는데 제사를 지내지 않고 장례를 치른 것이다. 그 소식은 조정에까지 들어갔고, 영의정 채제공은 어전에 나아가 윤지충을 일벌백계_一罰百戒_로 처형하자고 진언

했다. 여론이 일파만파 악화되기 전에 서둘러 수습하려는 의도였다. 정조는 매우 곤혹스러운 입장에 놓였다.

정조는 이 땅에 사학이 만연하는 것은 선비들이 정학 연구에 게으른 탓이므로 조야에 학문을 닦는 기풍을 진작하면 저절로 수그러들리라고 생각했다. 그렇듯 천주교를 대수롭지 않게 여겼는데, 이번에는 다른 사람도 아닌 영의정이 앞장서서 참수형을 재촉하는 바람에, 정조도 마지못해 동의하고 말았다.

임금의 재가를 받은 결안結案이 내려오자 전라 감사는 지체하지 않고 윤지충을 즉각 처형했다.

한양의 분위기는 이내 험악해졌다. 그런 분위기 속에서 얼마 후 권일신이 형조로 잡혀갔다. 그 소식은 천주교인들의 불안감을 더욱 가중하여 그들을 공포 속으로 휘몰아 넣었다. 권일신은 명실 공히 조선 교회의 대표자가 아닌가. 제사 금지로 양반 지도자들이 썰물처럼 빠져나간 후에도 혼자 교회를 이끌며 고군분투해 왔기에 모든 신도들은 그를 흠모했다. 그런 권일신을 형조에서 잡아들인 것은 한양에도 곧 본격적인 탄압이 시작되리라는 신호였다. 한양 신도들은 형조의 처리에 촉각을 곤두세웠다.

때가 어수선한 만큼, 형조에서는 천주교의 교주로 알려진 권일신을 가혹하게 다루었다. 정조는 권일신을 문초한다는 형조의 보고를 받고 깜짝 놀랐다. 권일신이 사학의 우두머리라니? 정조는 간담이 서늘했다. 천주학이 무엇이기에 그토록 고매한 학자까지 거기에 빠져든단 말인가. 분명히 천주학에 무엇이 있긴 한 모양이었다.

정조는 영의정 채제공과 권일신이 같은 남인이라는 것을 잘 알고 있었다. 그런데도 채제공은 그를 석방하라는 건의조차 못 했다. 그렇더라도 정조는 권일신을 극형에 처할 생각은 추호도 없었다.

정조의 뜻을 알아차린 형조판서 김상집은 어떤 수단을 써서라도 권일신을 배교시키려고 무던히 애썼다. 권일신이 배교하지 않는 한 그를 살릴 명분은 없었다. 공서파攻西派가 두 눈 시퍼렇게 지켜보고 있으므로 어물쩍 처리하기도 어려운 노릇이라, 그가 굴복할 때까지 매질만 계속했다. 나중에는 김상집도 오기가 발동하여 권일신에게 무시무시한 고문까지 자행했다. 그러나 권일신은 끝내 자신의 신념을 꺾지 않았다.

악형으로도 권일신을 굴복시킬 수 없다는 보고를 받고, 정조는 장탄식과 함께 부득이 제주도 유배를 명령했다. 권일신은 원래 건강체가 아니었다. 여인의 살결처럼 보얀 그의 몸뚱이는 극심한 고문과 매질로 헌 걸레처럼 망가졌다. 그런 몸으로는 도저히 제주도까지 갈 수 없게 되자 한양에서 며칠 몸조리하고 떠나도록 형조판서가 허락했다.

권일신은 매제 이윤하의 집으로 실려 갔다. 거기서 누이동생 권 씨 부인의 간호를 받는 동안, 벼슬하는 친지 두 명이 그를 찾아왔다. 그들은 영의정 채제공이 보냈노라고 말했다.

"주상은 권 공을 끔찍하게 생각하신다는 것이오. 천주학의 수괴를 참형하라고 몇몇 대신들이 집요하게 주장했지만, 주상은 끝내 승낙하시지 않았다오."

"그뿐이 아니외다. 권 공에게 여든 노모가 계신다는 것을 아시고, 제주도같이 먼 곳에 가 있으면 노모의 임종도 못 볼 것이라면서 주상이 안타까워하셨다고 합디다."

그때였다. 겨우 일어나 앉아 입을 꾹 다물고 있던 권일신의 두 눈에서 눈물이 주르르 흘러내렸다. 지금이 기회다 싶었는지 친지들은 더욱 설득의 고삐를 조였다.

"권 공의 그 신념에는 같은 장부로서 내심 존경해 마지않소. 하지만 언제 돌아가실지 모르는 노모를 두고 먼 길을 떠나는 것은 자식으로서 차마 못 할 일인 것 같소. 권 공이 조금만 양보하시오. 권 공의 신념을 버리라는 뜻이 결코 아니오. 겉으로나마 한 발 물러서는 태도를 보여달라는 말씀이외다. 그렇게 해서라도 유배지를 가까운 곳으로 바꿔봅시다. 그래야만 노모가 위급하실 때 권 공이 한달음에 달려가 임종을 지킬 수 있지 않겠소?"

"권 공이 아주 조금만 물러서도 주상은 기뻐하실 것이오. 권 공이 마음먹기에 따라 효도와 충성을 한꺼번에 이루는 셈이니 얼마나 좋은 일이오."

"내가 배교하지 않고도 상감을 기쁘게 해드릴 수 있다는 뜻으로 받아들여도 되겠소?"

"물론이오. 적당히 의도만 내비치시오. 주상도 무슨 핑계 거리가 있어야 권 공을 구제하실 것이 아니겠소."

권일신은 이내 머리를 가로저었다.

"내가 가르친 교우들에게 모범을 보이지는 못할망정 배교의 뜻을 비치면서까지 구차하게 구명하고 싶지는 않소."

여든 노모와 임금을 내세우는 두 친지의 끈질긴 설득으로 마침내 권일신의 굳은 신념 한 귀퉁이가 허물어졌나 보다. 전해지는 말에 의하면, 그때 권일신은 천주교의 허위성을 비판하는 글을 썼다고 한다. 일설에는 친지들이 배교의 뜻이 있는 것처럼 권일신이 쓴 글 내용을 수정하여 영의정에게 바쳤다고도 한다. 어쨌든 그 일로 권일신의 유배지가 먼 제주도에서 가까운 충청도 예산으로 바뀐 것은 사실이다.

그러나 권일신은 한양을 떠나면서 다시 고문의 후유증이 악화되더니 수원 근처 어느 초라한 주막에서 마지막 숨을 거두고 말았다.

지금부터 120년 전 『조선 천주교회사』를 집필한 프랑인 달레 신부는 이렇게 기술했다.

> 나는 진실 그대로 쓰지 않을 수 없는 이 장을 우리 역사에서 찢어버리고 싶다. 그토록 위대한 생애를 살았고 갖은 회유와 형벌에도 훌륭한 모범을 보여준 그 사람이 최후의 순간에 비겁함으로 나약해지다니, 이것이 무슨 광경이란 말인가. 물론 명확한 기록이 아니므로 그의 굴복 행위를 정확히 평가할 수 없을뿐더러 공공연한 배교로 규정할 수도 없다. 그러나 영예로운 승리를 이야기하지 못하고, 영원히 풀 수 없는 의문 앞에 가슴속 깊이 슬퍼해야 하는 것이 안타까울 따름이다.

권일신의 죽음을 끝으로, 조선에서 처음으로 천주교회를 세우고 열심히 복음 사업을 펼쳤던 지도자 세 사람이 모두 사라졌다. 이벽은 요절하고, 이승훈은 출세를 찾아 떠났고, 권일신은 허무하게 죽었다.

광풍이 불기 시작하고

1

 총회를 한 다음 날부터 한양 거리를 쏘다니는 것이 갑녕의 일과가 됐다. 그 뒤로 다섯 달 동안 한양 시내는 물론 변두리까지 안 가본 곳이 없을 정도로 골목골목까지 누비고 다녔다. 그리하여 국상 기간이 끝날 무렵에는 자기 손바닥을 보듯 도성 지리를 훤히 꿰는 정도가 됐다.
 한번은 갑녕이 대궐 앞을 지나가다가 군중이 한 떼거리 모여서 곡하는 광경을 목격한 적이 있었다. 그가 가만히 살펴보니 백성이면 누구든지 가서 문상하는 것이었다. 나무 장사도 보이고 체장사도 보였다. 심지어는 비렁뱅이까지도 임금의 죽음을 슬퍼하고 있는 것이 아닌가? 초하루와 보름 삭망이면 대궐 문밖에 일반 백성들이 모여들어 문상을 했다. 갑녕도 그 무리 속에 슬그머니 끼어들었다.

절을 두 번 하고 엉거주춤 그냥 서 있었다. 남들처럼 곡을 하려니 목구멍에서 소리가 나오지 않았다. 옆 자리의 어느 촌로는 눈물까지 줄줄 흘리면서 구슬프게 곡을 했다. 흘끔흘끔 그 노인을 훔쳐보다 보니 나중에는 그의 눈에도 찔끔 눈물이 나왔다.

갑녕은 거리를 싸돌아다니면서 사람들의 이야기를 듣기도 했다. 사람들의 대화 중에는 왕통을 이은 후계자에 대한 이야기가 가장 많았다. 가만히 들어보니 그야말로 기가 막힐 노릇이었다. 수많은 백성의 어버이인 그 막중한 역할, 임금의 자리를 이어받은 사람의 나이가 이제 겨우 열한 살이었다. 나랏일에는 문외한인 갑녕도 염려스러웠다. 사람들은 두셋만 모이면 근심 어린 얼굴을 하고는 너나 할 것 없이 나라 걱정에 바빴다. 머릿속에 먹물 든 식자識者들은 수렴청정을 가장 큰 화젯거리로 삼았다.

"새로 용상에 앉으실 상감이 아무 데서나 내놓고 오줌을 눌 나이라지?"

"열한 살이시라네."

"나라 정사를 어떻게 하누?"

"그러니 수렴청정을 할 수밖에 없는 것이 아닌가."

"수렴청정이라니?"

"가장 높은 왕실 웃어른이 용상 옆에 발을 치고 앉아 어린 상감을 대신하여 정사를 맡아보는 거라네."

"지금 왕실 가장 웃어른이 누군가?"

"누군 누구야, 대왕대비 정순왕후지."

"선왕이신 영조 대왕 때 마지막 왕비 노릇한 여인 말인가?"

"그렇다네."

"그 여자가 아직도 살아 있는가?"

"돌아가신 정조 임금보다 겨우 두 살 위였잖은가. 그 당시 일흔 넘은 영조 임금에게 시집온 어린 처녀를 두고 우리끼리 농담했던 것, 기억이 안 나는가?"

"그래, 이제야 기억이 나는구먼."

"그건 그렇고 이런 시시한 소리나 하고 있을 때가 아닐세. 나라의 운명이 바뀌는 판이니……."

"그 여인이라면 사도세자를 앞장서서 모함했던 여자가 아닌가?"

"왜 아니겠는가? 그러면 이것 하나 물어보세. 이번에 돌아가신 정조 임금이 왕위에 오르시자마자 자기 아버지를 모함한 노론 세력을 숙청할 때, 왜 정순왕후를 살려두었는지 알기는 하는가?"

"글쎄, 그 말을 듣고 보니 궁금하네그려. 거물 행세하고 떵떵거리던 그 오라비 김귀주나 불여우 짓하던 문 상궁을 내치셨으면서 왜 정순왕후는……."

"정순왕후는 명색이 할머니이니 차마 내치지 못한 것이라네."

"그렇다고 아버지를 죽게 한 여자를 그냥 둔단 말인가? 새파란 년이 뭐가 무서워서."

"그게 아니라 세상 이목이 두려웠던 것일세. 왕실에서 할머니에게 복수했다고 입방아 찧어대면 그것도 껄끄러운 일 아니겠는가."

"아, 그것도 생각하기 나름이지. 그 뒤로는 대궐 뒷방에서 숨도 크게 못 쉬고 죽은 듯이 지냈을 테니까."

"이제 살맛 나겠지. 나라 정권이 그 여자 손아귀에 들어갔으니, 이 나라는 치마 두른 여자가 마음대로 주무르게 생겼구먼."

"그 여자도 노론 패거리지?"

"여부가 있나. 노론에서 행세하던 김귀주가 친정 오라비인데."

"노상 남인을 못 잡아먹어 으르렁거리던 노론이 자기들 세상이 왔다고 이제 어지간히 설쳐대겠구나."

사람들이 모인 곳이면 공공연히 오가는 말들이었다. 그런가 하면 정조의 죽음을 수상쩍어 하는 말들도 심심치 않게 들렸다.

"자네도 들었는가? 임금이 독살당했다는 소문."

"독살?"

"쉬잇, 목소리를 낮추게."

"무슨 소리인가, 그게?"

"임금이 돌아가시기 며칠 전까지도 정사를 보셨다는 거야. 별안간 급서急逝하신 데는 뭔가 심상치 않은 구석이 있다는 말들이 분분하다네."

"그럼 그게 누구 짓이란 말인가?"

"뻔한 일 아닌가? 현재 정권을 잡고 속으로 기고만장한 자들의 소행이겠지."

"정순왕후?"

"그리고 노론 패거리."

"이런 천하에 벼락 맞아 죽을 놈들 같으니라고!"

그런 소문은 일파만파로 퍼져 나갔다. 그러나 근거가 확실하지 않은 풍문이어서 사람들은 쉬쉬하며 극도로 말을 아꼈다. 대부분은 고개를 갸웃하며 반신반의했으나, 정치 돌아가는 판을 아는 사람들은 상당히 신빙성 있는 사실로 받아들이는 눈치였다.

"어휴, 나라 꼴이 잘돼 가는군. 어질기 그지없는 임금을 제거하고 소인배만 우글거리게 생겼으니, 이 나라가 어디로 갈지……. 쯧쯧."

"암탉이 울면 집안이 망한다던데 장차 나라 꼴이 어찌 되려는지……."

백성들은 모이기만 하면 들판에서나 정자나무 아래서나 장탄식을 늘어놓았다. 그런 이야기들을 듣노라면 갑녕도 깊은 수심에 빠져드는 것만 같았다.

어느덧 가을이 지나고 아침저녁이면 찬 서리가 내리는 초겨울이 됐다. 겨울을 재촉하는 동짓달 열하룻날에 정조의 국장國葬이 치러졌다. 삼천리 방방곡곡에 백성들의 흐느낌이 진동했다. 온 겨레가 하던 일을 모두 제쳐두고 임금의 죽음을 애도했다.

국장이 끝나자마자 예상했던 대로 한바탕 회오리바람이 불었다. 조정에서는 정계 개편이 시작됐다. 노론 벽파가 주축이 되어 여러 달 동안 숙의했던 명단을 발표했다. 가장 우두머리인 영의정에 심환지, 좌의정에 이시수, 우의정에 서용보가 들어섰고 이조판서 서미수, 형조판서 이의필, 호조판서 이서구, 영부사에 이병모, 대제학에 이만수, 대사간에 신봉조가, 특별히 천주교인을 다루기 위해 임시로 설치한 판의금부사에는 서정수가 임명됐다.

조정의 새로운 내각이 발표되면서 만조백관滿朝百官이라는 조정의 벼슬자리는 절반 이상 빈자리로 남았다. 남인과 조금이라도 관련 있는 벼슬아치들은 지위가 높건 낮건 모두 사직하고 물러났기 때문이다. 그 자리는 노론 벽파와 줄이 닿거나 친분이 있는 자들이 들어앉을 것이었다.

천주교인들은 바짝 긴장했다. 노론 수뇌부는 이제 거칠 것이 없었다. 그들이 칼을 휘두를 다음 대상자는 천주교도임에 분명했다.

어디서부터 터질까.

누구부터 잡혀갈까.

모든 천주교인들의 신경이 곤두섰다. 하루하루 초조한 시간이 흘러갔다. 마침내 사건이 터졌다. 그런데 그 사건은 엉뚱한 곳에서 먼저 번졌다. 가장 먼저 잡힌 이는 최필공이었다. 사대부가 아닌 중인 최필공을 먼저 잡아들이자 사람들은 어리둥절해했다.

최필공은 혜민서惠民署에서 근무하고 있었다. 혜민서는 가난한 환자들을 전담하는 구호 기관이다. 최필공은 혜민서에 들고 나는 약재를 관리하는 요직에서 일했으므로 마음먹기에 따라 얼마든지 돈을 벌 수 있었다. 그러나 그는 돈과 거리가 먼 사람이었다. 그는 오로지 예수 그리스도를 전파하는 일에만 열중했다. 자신의 상관이 충고하면 겉으로는 듣는 척하다가도 그의 관심이 시들해지면 똑같은 일을 반복했다. 임금이 특별히 앉혀준 일자리이므로 혜민서에서 최필공의 상관이라도 자기 마음대로 그를 내쫓기 어려운 노릇이었다. 그렇다면 그는 어떤 연유로 어명을 받아 혜민서에 근무하게 됐던가?

최필공은 애당초 예수 그리스도를 선전하고 다니는 거리의 전도사였다. 지금부터 이백 년 전에 길거리에서 전도를 했으니 사람들에게 미친놈 취급을 당하는 것은 당연했다. 그의 말에 공감하는 사람도 있고 욕설을 퍼붓는 사람도 많았다. 그러다가 어느 양반의 고발로 그는 포도청으로 끌려갔다. 포도청 안에서도 예수를 믿는 그의 신념에는 변함이 없었다. 그는 포졸들을 상대로 예수를 선전했다. 그러니 포도청이 떠들썩할 수밖에 없었다.

급기야 그 소문이 임금의 귀에까지 들어가서 최필공은 어전으로 불려 갔다. 하지만 어전에서도 그의 태도는 꿋꿋했다. 하룻강아지 범 무서운 줄 모르는 격이랄까. 하찮은 중인 신분에 지나지 않는 놈이 용상 앞에서도 주눅 들기는커녕 감히 임금을 향해, '예수 그리스도의 말씀이 곧 하느님의 말씀'이니 모든 인간은 그 말씀에 순종해야 한다고 주장했다. 흔들림 없는 확신으로 가득 찬 그의 당당한 말을 가만히 듣던 정조가 그에게 물었다.

"짐도 천주학에 관한 책을 읽어봤다만, 네가 믿는다는 예수의 가르침이 불도와 비교하여 어떤 점이 다르냐?"

최필공이 거침없이 대답했다.

"천주교는 허황된 불도와 근본적으로 다르옵니다. 하느님은 천지 만물을 창조하시고, 구속救贖하시고, 우리 생명을 보존하시는 분입니다. 천주교는 대부이신 천주님을 받들어 섬기므로 인간의 근본이 되는 종교입니다. 어찌 불도에 비할 수 있으오리까?"

이에 정조가 이해되지 않는다는 어조로 말을 이었다.

"네가 공경한다는 예수가 그토록 높고 선하고 능력 있는 분이라면, 어째서 이 세상에 내려와서 악당들의 손에 몹쓸 죽음을 당했는고? 너는 그렇게 반드시 죽음으로써만 인간의 죄를 구할 수 있다고 믿느냐? 짐은 그 점이 아무래도 석연치가 않구나."

이에 최필공은 차분한 음성으로 확신에 찬 논리를 펴 나갔다.

"옛날 은나라 때 칠 년간 가뭄이 들어 백성들이 다 굶어 죽게 됐사온데, 그때 임금 성탕成湯이 차마 사경에 빠진 백성의 정상情狀을 그냥 보실 수가 없어서 친히 상림桑林 빈 들판에 나가시어 전조단발剪爪斷髮하시고 신영백모身纓白茅하시어, 자기 몸을 제물로 바쳐 천제께 여섯 가지 허물로써 자책하시고 속죄하시며 단비 내려주기를 울부짖음으로 기도하셨습니다. 그 기도가 끝나기도 전에 단비가 수천 리를 적시오매, 그때부터 백성들이 성탕을 칭송함이 지금까지 내려오지 않사옵니까? 하물며 온 인류의 죄를 대신하여 하느님께 속죄하고 하나뿐인 자기 목숨마저 바치신 예수님의 사랑을 어찌 그에 비교할 수 있겠습니까. 그 구속의 은혜로 죄 바다에 빠져 모두 멸망하게 된 세상 만민을 구원하셨습니다. 단지 악당들의 손을 빌렸을 뿐 그리스도의 희생은 하느님의 예정대로 이루어진 것입니다."

정조는 감탄한 듯 한동안 묵묵히 있다가 드디어 입을 뗐다.

"불도도 가볍게 여기지는 못할 것이니라. 불佛이란 모든 것을 깨닫는다는 뜻인데, 이런 학설을 어찌 업신여길 수 있겠느냐?"

정조가 그렇게 이야기한 것에 대해, 최필공은 불교의 기원부터 설명하고 교리 내용을 일일이 지적하여 임금과 한바탕 입씨름까지 벌였다. 본래 학문이 깊은 정조는 그런 토론을 퍽 즐기는 편이었다. 그런 임금 앞에서 최필공은 새 세대에는 새로운 종교를 믿어야 한다고 주장했다.

"네 말대로라면 예수가 1800년 전에 태어났는데 어찌 새 종교라고 할 수 있겠느냐?"

"이 땅에서는 예수님을 처음으로 만나는 것이니 새로운 종교나 마찬가지가 아니겠사옵니까?"

정조와 최필공 사이에 논쟁이 한참 동안 계속됐다. 참으로 당돌하기 짝이 없었다. 감히 어전에서 자기 소신을 당당하게 주장하다니! 정조와 대화하는 중에 최필공의 입 밖으로 무엄하기 짝이 없는 말도 서슴없이 튀어나와 옆에서 그들을 지켜보는 고관들이 오히려 좌불안석했다.

그러나 정조는 오랜만에 토론다운 토론을 했다면서 도리어 최필공의 유식에 진심으로 호감을 드러냈다. 그리고 나이 서른이 되도록 장가도 가지 않고 오로지 신앙생활에만 전념해 왔다는 것을 들은 뒤로는 최필공의 처지를 딱하게 여기기까지 했다. 최필공의 집안이 대대로 전의典醫를 해온 터라 정조는 그가 혜민서에서 근무할 수 있도록 특명을 내렸다. 일부 노론 대신들은 천주학쟁이를 처벌하기는커녕 벼슬까지 내리는 임금의 배려에 불만을 토로했다가 엄한 질책을 들었다.

"천주학쟁이도 다 같은 짐의 백성이오. 가까이 두고 개과천선하도록 힘써야 하지 않겠소. 매사에 처벌만이 능사는 아니란 말이오."

정조의 단호한 한마디에 여러 볼멘소리들이 쏙 들어가고 말았다.

최필공은 혜민서에 다니면서도 예수를 전파하는 일을 게을리 하지 않았다. 임금 앞에서 약속했던 탓에 더 이상 공개적으로 떠들지는 못했으나, 은밀하게 예수를 전파하는 것까지 멈추지는 않았다. 혜민서 상관들은 최필공의 행태를 뻔히 알면서도 임금이 앉힌 사람이니 강하게 제지할 수 없어 발만 동동 굴러댔다. 거기다가 겉으로는 시치미 떼고 태연하게 행동하는 최필공이라, 그를 노골적으로 구박하기도 어려웠다. 그 바람에 여러 가지 갈등이 빚어질 수밖에 없었다.

국상이 끝나고 새 정권이 들어서자, 노론 벽파가 가장 먼저 노린 것은 남인을 처단하는 일이었다. 수십 년 동안 절치부심切齒腐心해 온 일이 아닌가. 그러나 쟁쟁한 사대부들을 섣불리 다룰 수는 없는 일이었다. 그들은 어디서부터 칼을 들이댈지 여러 날을 고심하다가 마침내 좋은 단서를 찾아냈다. 바로 최필공이었다. 중인 계급에 속하는 최필공이야말로 세상이 다 아는 천주학쟁이니 대사大事를 시작하기에는 더 말할 나위 없이 훌륭한 먹잇감이었던 것이다.

포도청에서 최필공에게 심한 매질과 고문을 가하기 시작했다. 그 소문은 삽시간에 천주교인들 사이로 퍼져 나갔다. 양반을 제쳐놓고 중인을 먼저 잡아들인 것은 참으로 뜻밖이었다. 최필공 같은 중인쯤은 하찮게 여기는 사람들이 아닌가? 그러나 이것이 장차 벌어질

피비린내 나는 사건들의 예고편이라는 것을 누가 짐작이나 했을까. 최필공은 단지 본격적인 학살과 고문의 서막에 지나지 않았다.

이틀 후에는 최필제가 지나가던 포졸들에게 체포되고 말았다. 그는 자신의 집인 한약방에서 천주교인 십여 명을 모아놓고 첨례瞻禮 날을 맞아 기도하던 중이었다. 그때 노름꾼을 잡으려고 순찰을 돌던 포졸들이 한약방 근처를 지나다가 이상한 낌새를 느꼈는지 방문 밖에서 대화를 엿들었다. 방 안에서 패를 내려치는 소리가 '탁탁' 들려왔다. 포졸들은 그들을 노름꾼으로 여기고 방 안을 급습했다.

"이놈들, 그 자리에서 꼼짝 말거라."

포졸들이 방 안을 덮친 후 몸수색을 했다. 그러나 그들은 노름꾼들이 아니었다. 모두들 빈털터리인 데다가 이상한 종이만 한 장 나왔다. 화투 패를 내려치는 소리가 분명히 들렸는데 참으로 알 수 없는 일이었다. 천주교인들이 기도 중에 '내 탓이오, 내 탓이오' 하면서 자기 가슴을 치는데, 그 소리가 문밖에서 듣기에는 노름 소리와 비슷하여 포졸들이 착각했던 것이다.

하지만 이왕 뽑은 칼이었다. 포졸들은 시빗거리 하나라도 찾으려고 방 안을 살피는데, 아무래도 내용을 알 수 없는 종이가 수상쩍었다.

"여기에 뭐라고 쓰여 있나?"

"글쎄, 나도 모르겠는걸."

포졸들은 하나같이 까막눈이었으니, 하얀 것은 종이고 까만 것은 글자일 뿐이었다. 무식하면 제구실도 못하는지라, 포졸들은 별수 없이 종이 한 장만 달랑 들고 철수했다.

허탕 치고 포도청으로 돌아온 포졸들이 동료에게 그 종이쪽지를 내보이며 물었다.

"도대체 여기에 뭐라고 쓰여 있는가?"

"가만있자, 이것은 천주학쟁이들이 보는 거잖아. 여기에 첨례표라고 쓰여 있지 않은가."

"뭐? 천주학쟁이라고? 어쩐지 낌새가 이상하다 했네. 천주학쟁이라면 그냥 둘 수 없잖은가? 어서 가세. 그놈들을 전부 포도청으로 끌고 와야겠어."

포도청 분위기도 전과 달라서 천주교인들을 잡아 오면 환영받을 것이 틀림없었다. 눈치가 빠른 포졸들은 돌아가는 시국의 추이를 감으로 잡고서 누구를 잡아들일 것인가 말 것인가 재빨리 판단했다. 포졸들이 되짚어 한약방으로 달려가니 그사이 모두 줄행랑을 놓고 집주인 최필제와 오현달 두 사람만 남아 있었다.

"다른 천주학쟁이 놈들은 다 어디로 빼돌렸느냐?"

"각자 집으로 돌아갔지요."

"그놈들의 집을 대거라."

"그들이 사는 집은 모릅니다."

"그게 말이 되느냐?"

끝까지 나머지 사람들의 집을 모른다고 우겨대던 두 사람은 포도청에 끌려가서 실컷 매타작을 당했다.

그 사건을 계기로 포도청에서는 대대적인 천주학쟁이 검거 선풍이 불었다. 도처에서 신도들이 체포되고 가택 수색을 당했다. 평소에 천주교인으로 찍힌 사람들은 이웃의 고발을 받았다. 포졸들은 고발이 들어오자마자 그 집에 들이닥쳐 난장판으로 만들기 일쑤였다. 닥치는 대로 집 안을 발칵 뒤집는 과정에 교회 물건이 나오기라도 하면 개 끌고 가듯 사람들을 포도청으로 잡아갔다. 모든 천주교인들이 벌벌 떨었으며 갑자기 한양 장안이 소연騷然해졌다.

포도청 감옥은 잡혀 온 신도들로 가득 찰 지경이었다. 대부분 한 동네에 누가 천주교인지 알고 있었으므로 포졸들은 쉽게 그들을 체포했다. 이번처럼 대대적인 검거는 지금껏 한 번도 없었다. 그 바람에 천주교인들의 신분이 많이 노출됐는데, 대부분은 가난하고 무식한 서민들이었다.

섣달 그믐께가 되자 조금 조용해졌다. 민족 대명절인 설이 다가오기 때문이었다. 당분간 천주교도들을 잡아들이는 소란도 가라앉고 잠잠해질 것이므로 신도들은 가쁜 숨을 돌릴 수 있게 됐다. 갑녕은 날마다 한양 거리를 쏘다니면서 포졸들의 행패를 수없이 목격했다. 포졸들이 장난질 치듯 온 집안을 난장판으로 들쑤셔 놓는 꼴을, 교인들은 속수무책으로 멀거니 구경만 할 뿐이었다. 어디에 하소연할 곳도 없는 밑바닥 인생들이었으니 별수 없었다.

갑녕은 숙소로 돌아가서 자신이 본 거리 광경들을 황사영에게 일일이 보고했다. 황사영은 그럴 때마다 분한 마음이 치솟아 주먹을 불끈 쥐기도 하고 때로는 한숨을 쉬면서 한탄했다. 포졸들의 횡포에 항의 한마디 못 하고 고스란히 당하기만 하는 신도들의 처지에

광풍이 불기 시작하고 … 215

분통을 터뜨리며 눈물을 글썽이지만, 그에게도 다른 대책이 있을 리 없었다. 항상 당당하던 황사영이 좌절하니 갑녕도 힘이 쏙 빠지는 것 같았다. 그래서 슬그머니 방을 빠져나오면 항상 문영인이 문밖에서 기다리고 있었다.

"오늘도 누님은 나를 기다렸소?"

"쉬잇, 큰소리 내지 말거라."

그 자리를 뜨면서 문영인은 포졸들의 횡포와 신도들의 고통에 대해 이것저것 물었다. 그녀가 건성으로 묻고 있다는 것을 갑녕은 조금도 깨닫지 못하는 눈치였다. 갑녕을 비롯해 그 누구도 문영인이 상사병에 걸린 것을 알아채지 못했다. 그녀는 뛰어난 학문과 천주교에 대한 열정을 지닌 황사영을 남모르게 마음 깊이 사모하고 있었던 것이다.

2

 충청도 내포 지방에서 간단한 짐 보따리만 싸 가지고 한양으로 이사 온 삼 형제가 있었다. 사람은 말씀으로 살아야 한다는 신념을 지닌 큰형의 뜻에 따라, 그들은 아무 미련 없이 고향을 떠났다. 그 말씀이란 예수가 선포한 하느님의 말씀이었다. 성서 몇 구절이 삼 형제로 하여금 온갖 시련을 겪는 와중에도 한양 생활을 잘 견디게 했다. 그들은 가장 천하고 힘든 밑바닥 일부터 시작하여 무슨 일이든 닥치는 대로 해냈다. 남의 가마를 메고 다니는 가마꾼부터 굴뚝쑤시개, 미장이 따위의 일을 하면서 꿋꿋하게 살았다.
 그런데 막내가 문제였다. 천성이 게으른 그는 두 형들과 다르게 편한 일만 찾았다. 처음 몇 해는 칠패七牌 시장의 어느 점포에서 여리꾼 노릇을 하더니, 나중에는 노름방에서 돈을 딴 사람에게 따리꾼 노릇을 하여 푼돈을 얻어 겨우 먹고살았다. 애당초 그 구덩이에 발을 들여놓은 것이 잘못이었다. 개평을 뜯어먹다 보니 재미가 들어 그는 차츰 노름판에 끼어드는 노름꾼으로 변했다. 노름꾼에게 돈이 붙어 있을 리가 없었다. 돈이 모자라자 날마다 여기저기 돈 꾸러 다니는 것이 그의 일과가 됐다. 그런 그가 자주 찾아가는 사람이 있었다. 이안정이라는 사돈이었다. 사람 좋은 이안정은 처음에는 돈을 잘 꾸어주더니 그가 노름방에 드나드는 것을 알고부터는 태도를 바꾸었다.

"여보게, 여삼이. 내가 화수분인 줄 아는가? 사흘이 멀다 하고 돈을 꿔달라니 내가 어떻게 견디겠나."

"오죽 답답하면 사돈 형님에게 또 쫓아왔겠습니까? 이 객지에서 갈 곳은 여기밖에 없으니 사정 좀 봐주시오."

"그렇게 돈을 꾸어 간 것이 벌써 몇 번째인 줄 아는가? 오늘은 한 푼도 없네."

"마지막으로 이번 한 번만 봐주시오."

"정말 없네."

"맹세코 이번에는 제가 꼭 갚을 테니……."

"잘 가게."

이안정은 매정하게 안으로 들어가 버렸다. 닭 쫓던 개 지붕 쳐다보기로 그 자리에 서 있던 막내 김여삼은 괘씸한 듯 눈을 부라리다가 터덜터덜 돌아갔다.

김여삼은 아무리 머리를 짜내도 돈을 융통할 방법이 마땅히 떠오르지 않았다. 그러다가 퍼뜩 주문모 신부가 떠올랐다. 이안정은 틈날 때마다 신앙생활에 전념하는 착실한 천주교 신자였다. 김여삼 형제들보다 먼저 한양에 올라온 그는 부지런히 야채를 팔아 생활의 기반을 탄탄하게 닦았던 것이다. 김여삼이 몇 주 동안 이안정을 살펴보니, 숨어 있는 신부를 자주 만나는 눈치였다. 이안정은 신부를 하느님처럼 받드는 사람이니 신부 말이라면 안 듣고는 못 배길 것이라는 계산이 김여삼의 머릿속에서 나왔다.

김여삼은 머리를 굴렸다. 믿을 만한 교우를 주문모 신부에게 보내서 이안정으로 하여금 자기에게 돈을 꿔주도록 간청했다. 신부는 조용히 이안정을 불러 당부했다. 하지만 이안정은 펄쩍 뛰며 거절했다. 화가 난 이안정은 타락한 파락호로 노름방에 미쳐서 정신을 못 차리는 것이 김여삼이라고 사실대로 말해 버렸다.

자기 계획이 수포로 돌아가자 바짝 독이 오른 김여삼은 주문모 신부를 협박하기 시작했다. 신부의 정체를 폭로하겠다는 것이었다. 설마 신자가 그렇게까지 하랴 싶었던 신부는 그의 말을 묵살했다. 그러나 김여삼은 단순한 인간이었다. 부아가 머리끝까지 치민 그는 정말로 포도청으로 달려가서 중국인 신부의 거처를 안다고 고했다. 포도대장은 귀가 번쩍 뜨였다. 가장 유능하고 날렵한 포교 임성열을 불러 그에 관한 일 처리를 맡겼다. 임 포교는 술집에서 김여삼을 다독거리며 말했다.

"이보게, 이번 일만 성공하면 자네에게 적잖은 상금이 내려질 걸세."

"얼마나 줄 것 같소?"

"난들 알겠나? 아무튼 섭섭지 않게 쥐어주겠지."

"그까짓 상금은 쓰면 없어지는 것 아니오? 오륙 년 전에 잡으려다 놓친 중국인 신부를 체포하는 일인데······."

"아니, 그럼 자네가 원하는 것이 더 있단 말인가?"

"있습지요."

"어디 한번 말해 보게. 자네가 원하는 것은 무엇이든 다 들어주도록 내가 상부에 건의할 테니."

"말단이라도 좋으니 벼슬 한 자리 얻어주시오."

"그래? 말단 벼슬자리쯤이야 내 힘써 볼 테니 걱정 말게나."

그리하여 그 술집에서 나흘 후에 만나기로 하고 김여삼은 임 포교와 헤어졌다. 마음을 놓은 김여삼은 광주 땅에 가서 코가 삐뚤어지게 술을 퍼마시다가 병을 얻었다. 그래서 임 포교와 약속한 나흘 후에 한양으로 돌아오지 못하고 말았다.

김여삼과 약속한 날, 임 포교는 포졸까지 대동하고 나타났다. 그는 몇 시간을 기다리다가 김여삼이 오지 않자 미친놈에게 속았다고 툴툴대며 돌아갔다. 이런 사실을 눈치 챈 교우 한 명이 훈동으로 달려가서 주문모 신부에게 알렸다. 강완숙은 서둘러 이안정을 찾아가서 김여삼이 경거망동하지 않도록 달래주길 당부했다.

며칠 후, 이안정은 적잖은 돈을 싸 가지고 김여삼을 찾았다.

"여보게, 여삼이. 저번에는 섭섭했을 걸세. 허나 그때는 정말 수중에 한 푼도 없었다네. 그런데 이번에 생각지도 못한 돈이 조금 생겼지 뭔가. 그래서 이렇게 가져왔네."

"어이구, 웬 돈을 이리 많이 주시는 거요?"

"많기는 뭘……. 지난번에 자네를 그렇게 돌려보내고 마음에 걸려 미안하기 짝이 없었다네. 돈이 생기면 서로 나누어 쓰는 것이 도리 아닌가? 옛날 고향에서 함께 지내던 일이 엊그제 같은데 우리가 돈 몇 푼으로 얼굴을 붉혀서야 되겠는가."

"여부가 있겠습니까. 말이 사돈이지, 나는 형님을 친형님 이상으로 여기고 있구먼요."

"암, 그래야지. 앞으로도 친동기간처럼 잘 지내보세."

"그럼은요, 지당하신 말씀입니다. 피차 객지 생활을 하는 처지에 서로 도와야지요."

이안정은 마음에도 없는 소리까지 얹어가며 김여삼의 비위를 맞추었고, 김여삼은 함지박만 하게 벌어진 입으로 싱글벙글거렸다.

훈동 강완숙의 집에서는 여차하면 주문모 신부를 피신시킬 준비를 하고 시국을 관망하고 있었다. 그런데 제 버릇 개 못 준다고 했던가. 김여삼은 다시 본색을 드러냈다. 뭉칫돈을 금세 노름으로 다 날려버린 그는 또다시 이안정을 찾아와서는 돈을 요구했다. 이안정은 그 뻔뻔함에 기가 막혀 모욕감을 느낄 정도로 심한 소리를 하고 짜증을 내면서 김여삼을 돌려보냈다. 이안정은 자신이 무심코 한 행동 때문에 최창현이 잡힐 줄은 꿈에도 생각하지 못했을 터였다.

한편 홍인문 안에 사는 송재기는 커다란 고민에 빠졌다. 일전에 정약종이 맡긴 짐 때문이었다. 그 궤짝에는 필경 천주교의 중요한 물품이 들어 있을 터였다. 그런데 나라에서 오가작통법五家作統法까지 발표한 마당에 위험하기 짝이 없는 궤짝을 보관하고 있으니, 그는 도통 잠이 오지 않았다. 열흘 전쯤 갑녕이라는 총각이 지게로 지고 와서 잘 보관해 달라고 신신당부할 때는 별생각 없이 받아두었는데, 지금 와서는 그것이 큰 부담이 됐다. 아무래도 원주인에게 되돌려 주는 것이 상책일 것 같았다. 그러나 그 궤짝을 가져온 갑녕을 도무지 부를 길이 없어 끌탕하고 있을 뿐이었다. 그러던 즈음에 교우 임 대인이 찾아왔다. 송재기는 좋은 기회다 싶었다.

"임 서방, 자네 정 회장님 댁을 알지?"

"명도회장明道會長님이요?"

"그래."

"사는 집은 모르지만 동네는 압니다."

"잘됐네. 동네가 어딘가?"

"먹우물골 초입에 있다고 들었습니다."

"그럼 그 동네에 가서 물으면 찾을 수 있겠구먼. 자네가 심부름을 좀 해주게."

그리하여 임대인이 그 궤짝을 운반하게 됐다. 두 사람은 마른 솔가지로 궤짝을 덮어 나뭇짐처럼 위장했다. 저녁나절에 혼자 거리에 나선 임대인은 포졸들을 피해 다녔다. 그 모습이 오히려 더 눈에 띄었던 모양이다. 눈치 빠른 포졸이 그를 불러 세웠다.

"어이, 그 지게를 잠깐 받쳐놓게."

"왜 그러시오?"

"나뭇짐이 엉성하니 좀 수상해."

임대인은 어쩔 수 없이 지게를 내렸다. 포졸이 다가와서 이리저리 나뭇짐을 살펴봤다. 솔가지 속으로 궤짝 한 모서리가 삐죽이 보였다.
　"내 눈은 못 속이지. 이놈, 저 안의 것이 무엇이냐?"
　큰소리가 나자 주위에 있던 포졸들이 몰려왔다. 임대인은 얼굴이 백지장처럼 변하더니 말문까지 막혀버렸다. 포졸들이 솔가지를 헤쳐내자 궤짝이 덩그러니 드러났다. 궤짝에는 자물쇠가 굳게 채워져 있었다.
　"어서 말해라, 이놈. 저 안에 무엇이 들었는지 사실대로 빨리 말하거라."
　"저는 단지 심부름만 맡아 하던 중이라 그 안에 뭐가 들었는지 잘 모르는구먼요."
　"아니, 그게 말이 되느냐? 저 궤짝을 짊어졌던 네가 모르면 누가 안단 말이냐?"
　궤짝을 이리저리 살피던 한 포졸이 말했다.
　"필경 밀도살한 고기일 게야. 이렇게 무거운 것을 보면 틀림없구먼."
　"맞아, 이놈을 포도청으로 끌고 가세."
　"아이고, 나리님들! 밀도살한 고기는 아닙니다. 그건 제가 장담할 수 있구먼요."
　"잔말 말고 어서 짐이나 다시 지거라."
　"예?"

"포도청으로 가서 조사해 보면 밀도살한 고기인지 아닌지 밝혀질 것이 아니냐?"

"아이고, 나리. 한 번만 봐주십쇼. 저는 갈 길이 바쁩니다요."

옥신각신하던 임대인은 어쩔 수 없이 지게를 지고 포도청으로 향했다. 궤짝에 뭐가 들었는지 그도 정확히 모르긴 했지만, 천주교에 관한 물건이 들어 있을 것은 안 봐도 뻔했다. 포도청에 도착한 포졸들은 동료를 불러 모으며 떠들썩하게 자랑했다.

"오늘 저녁은 오래간만에 쇠고기 잔치를 벌이게 생겼네."

"누가 밀도살이라도 했는가?"

"여부가 있나. 위에는 솔가지로 감쪽같이 덮었지만 내가 누구인가? 개코 아닌가?"

"그런데 왜 자물쇠까지 채웠을까?"

"그것도 위장이지."

"옳아, 귀중품처럼 위장했단 말이지?"

"이놈아, 순순히 열쇠나 내놓아라."

포졸이 임대인에게 손을 쑥 내밀었다.

"열쇠는 애당초 없었습니다요."

포졸이 임대인의 몸을 뒤졌으나 허탕이었다.

"자물통을 콱 부숴버리세."

포졸 한 명이 자물통을 뜯어내는 동안 다른 두 명은 이런저런 말을 지껄이고 있었다.

"이번에는 위에 보고하지 말고 우리끼리 먹어치우세."

"당연하지. 그랬다가는 높은 놈들 좋은 일만 하는 게지."

드디어 궤짝의 뚜껑이 열렸다. 그런데 이것이 웬일인가. 궤짝 안에는 책이 가득 들어 있었다. 책을 걷어내자 십자고상을 비롯하여 천주교 성물들이 차곡차곡 들어 있는 것이 아닌가.

그중에는 이상한 글자 모양으로 쓰인 편지도 여러 통 있었다. 눈이 휘둥그레진 포졸들은 그 이상한 편지를 앞뒤로 훑어보면서 고개를 갸웃거렸다.

"편지인 것은 틀림없어 보이는데 무슨 글자가 이렇게 생겼나?"

"설마 글자가 이렇게 희한하게 생겼을라고. 꼬불탕꼬불탕 쓴 것이 아무래도 무슨 암호 같구먼."

"아무튼 글자를 모르니 무슨 내용인지 알 길이 없지만 소식을 전하는 서신인 것만은 분명하네."

"혹시 천주학에서 말하는 서양인들 글자가 아닌가?"

포졸들은 이러쿵저러쿵 떠들어대다가 결국에는 서양 사람이 쓴 편지라고 결론을 내렸다. 중대한 상황임을 파악한 포졸들은 포도대장에게 사실대로 보고했다. 포도대장은 궤짝 안의 물건들을 대충 점검한 후 부하들에게 지시했다.

"너희는 이 일에 대해 입을 다물도록 하거라. 밖으로 새어 나가지 않도록 각별히 입 조심을 해야 하느니라. 이 일은 내가 알아서 처리하겠다."

3

 책롱(궤짝)이 포도청에 압수된 사건은 즉각 훈동 신자들에게 알려졌다. 포도청과 형조에 친구들이 많은 현계흠이 그 소식을 전해 듣고 알렸던 것이다.
 "큰일이 벌어지고야 말겠구나."
 강완숙은 가슴을 조이며 탄식했다. 이젠 주문모 신부의 피신을 더 이상 미룰 수 없게 됐다. 며칠 전에도 수상한 자들이 집 주위를 유심히 둘러보고 갔다는 말이 들리던 차였다.
 그날 저녁에 고별 미사가 거행됐다. 문지기 장 노인과 가게 점원 한 명을 제외하고는 모두 그 미사에 참석했다. 집주인 강완숙과 홍필주를 위시하여 시어머니와 며느리, 동정녀들까지 합하니 참석자는 십여 명이 넘었다. 미사는 시종일관 침통하고 엄숙한 분위기 속에 진행됐다. 성체성사를 마친 주문모 신부는 비감한 표정으로 말을 시작했다.

"오늘로 나는 이 집을 떠나오. 나날이 죄어오는 올가미를 더 이상은 버틸 수가 없기 때문이오. 강 골롬바가 며칠 전부터 여기를 떠나야 한다고 재촉했지만 나는 차마 그럴 수가 없었소. 지난 육 년간 강 골롬바의 집이 나의 안식처였기 때문이오. 물론 다른 신자들의 공도 크지만 강 골롬바의 현명한 지혜와 헌신적인 노력이 없었다면 단 한 달도 이 땅에서 버티기가 어려웠을 것이고, 그 점에 대해서는 여러분도 잘 아실 터입니다.

칠 년 전 조선에 처음 입국했을 때 한 유다스(한영익)의 밀고로 포도청에 잡혀갈 뻔했는데, 그때부터 강 골롬바가 나를 구하기 시작했소. 그리고 용감한 세 청년 윤 바오로(윤유일), 지 사바(지황), 최 마티아(최인길)가 자신의 목숨을 바쳐 나를 지켜주었소. 그때 내가 받았던 충격은 끝내 말로 다 표현하지 못할 것이오. 훗날 내가 천국에 가면 그들 앞에 큰절을 올릴 것입니다. 이 나라에 예수님을 믿는 신앙이 확고하게 자리 잡도록 내 한목숨을 다하겠다고 굳게 결심한 것은 바로 그날 이후라오. 오늘날까지 내가 무사히 지내온 것은 오로지 강 골롬바의 헌신으로 아는데, 훗날 그 노고는 하늘나라에서 큰 상급賞給으로 돌아올 것이오.

이제 막상 여기를 떠나려니 마치 어머니의 품을 떠나는 어린아이같이 불안한 심정이 드오. 그러나 모든 일이 하느님의 뜻대로 이루어질 것이므로 마음은 담담합니다. 여러분과 함께 지낸 시간 동안

나는 늘 숨어 있었지만, 그래도 참으로 행복한 시간이었소. 여기 모인 여러분에게 진심으로 감사드립니다. 이제 우리 앞에는 큰 시련이 닥쳐올 것이오. 어떤 일에 부딪혀도 여러분의 신앙심은 변치 않으리라 믿소. 부디 잘 지내시길 바라며 주님의 가호가 있길 거듭 기도하겠습니다."

주문모 신부의 고별사는 여자들의 흐느끼는 소리에 파묻혔다. 날이 어두워져서 신부 일행이 떠날 무렵에 황사영이 찾아왔다. 강완숙이 그를 나무랐다.

"황 진사도 우리 집에 오는 것을 삼가시라고 말씀드렸잖습니까?"

"신부님에게 하직 인사라도 드리려고요."

"엊그제 인사를 끝낸 것으로 아는데."

"그래도 아쉬워서……."

주문모 신부가 자애로운 목소리로 말했다.

"황 진사, 혼자만의 몸이 아니니 자중하시길 바라오. 장차 이 나라 교회의 운명은 황 알렉산데르 같은 젊은 일꾼에게 달려 있소. 앞으로 신도들을 이끌어야 할 신분이니 어떤 일이 있어도 당국에 잡혀서는 안 되오. 혼자만의 몸이 아니라 신도 전체의 운명이 달린 중요한 몸이라는 것을 항상 명심하시오."

"예, 명심하겠습니다."

강완숙이 두 사람의 대화에 끼어들었다.

"신부님, 이제 떠나실 시간입니다."

황사영은 일어나서 주문모 신부 앞에 큰절을 올렸다. 절을 하는 사람이나 받는 사람이나 이것이 마지막이 아니길 간절히 바랄 뿐이었다. 신부는 차마 떨어지지 않는 발길을 돌렸다. 뒤에서 몇몇 동정녀들이 눈물을 훔쳤다. 강완숙이 장옷을 쓰고 먼저 집을 나선 다음에 점잖은 차림의 신부가 뒤따랐다. 그들의 뒤를 갑녕이 봇짐을 지고 따라갔다. 신부 일행이 어디로 가는지 묻는 사람은 아무도 없었다. 그들의 목적지는 오직 강완숙만 알고 있을 뿐이었다.

한동안 어두운 밤길을 걸어 도착한 곳은 전동에 있는 홍익만의 집이었다. 바로 옆에 커다란 기와집 몇 채가 밤하늘 아래 엎드려 있었는데, 높다란 기와지붕과 추녀 끝이 달빛 속에서도 을씨년스러워 보였다.

"주인장 계시오?"

그들을 기다리고 있었던 듯 주인이 득달같이 달려 나와 집 안으로 안내했다. 피차간에 인사 한마디 없이 안방에 좌정할 때까지 일사불란하게 움직였다.

"여기까지 오시느라 수고하셨소."

그제야 주인이 인사말을 건넸다.

"저쪽에도 미리 언질을 주었겠지요?"

"여부가 있습니까. 아무 염려 말고 들어오시랍니다."

"신부님도 몇 차례 방문하신 적이 있어 아시겠지만, 일 년 열두 달이 지나도 찾아오는 사람이 한 명도 없는 곳입니다. 한양에서 거기보다 더 안전한 집은 없을 겁니다."

"이 집을 생각해 낸 강 골롬바의 재치가 나는 그저 감탄스러울 따름이오."

주문모 신부의 찬사에 강완숙과 홍익만은 말없이 웃었다. 홍익만의 부인이 간단한 다과상을 차려 왔다.

"부인, 그 자리에 앉아 두 부인이 어떻게 생활했는지 경험한 대로 말해 보구려. 신부님이 가 계시면 피차 불편할 점이 많을 테니……."

강완숙은 자신과 돈독한 홍익만 내외와 교회의 중대사를 곧잘 상의하곤 했다. 그녀는 홍익만의 안사람이 옆집 여자들과 가까운 사이라는 것을 알고 있었다. 주문모 신부에게 도움이 될까 싶어 강완숙은 그들에게 은밀한 부탁을 했던 것이다.

"그 집에는 여인들만 있어 조심스러운 일들이 많을 거예요."

"당연하지요. 기침 소리조차 늘 조심해야 합니다."

"우리가 언제 들어가기로 약속했습니까?"

"한 시간 후쯤으로 약속을 잡았습니다."

"그러면 그 집의 내막에 대해 좀 설명해 주시지요. 시어머니와 며느리가 어떻게 둘 다 과수로 살게 됐는지 신부님도 궁금하실 겁니다."

홍익만이 그 집에 얽힌 궁중 비사를 술술 풀어놓기 시작했다.

"이야기는 영조 시대로 거슬러 올라가야 됩니다. 영조 임금이 언제부터인지 모르겠으나 세자를 미워했다는 것은 이미 다 알고 있는 사실이겠지요. 아기 궁녀 중 임씨라는 궁녀를 가까이하며 예뻐하던 세자는 그녀에게서 아들을 두 명이나 두었습니다. 세자가 여자를 보아 왕자를 낳았으면 궁중에서 축하할 일이나, 영조 임금은 역정만 내시면서 그 여인과 어린 왕자들을 본체만체 푸대접했답니다. 그러니 난처한 사람은 임씨였지요. 임씨는 묵을 집이 없어, 이 궁 저 궁을 찾아다니며 눈치껏 지내다가 또 다른 궁으로 쫓겨나서는 그 궁에서 비벼대며 지냈습니다. 다른 궁녀들도 양제궁 마마니 아기궁 마마니 하면서 비웃기만 했지요. 엎친 데 덮친 격으로 세자는 정신병 증세마저 보여 영조 임금의 미움은 더욱 깊어갔습니다.

궁중에서 천덕꾸러기로 십여 년을 지낸 임씨의 그 서러움이야 오죽하겠습니까. 얻어먹는 것은 그냥저냥 해결한다고 해도 의복 감이나 일용 필수품이 부족하여 눈물로 애간장을 태운 일이 얼마나 많았겠습니까. 그럭저럭 두 아들이 장성해서 큰아들은 열여섯 살, 작은아들은 열다섯 살이 되자, 이번에는 장가들일 일이 걱정이었습니다. 동궁빈 홍씨의 친정아버지 주선으로 여주 부헌(府憲) 송낙휴의 딸을 맏며느리로 삼고, 그 이듬해 가을에는 동래 정씨 가문에서 둘째며느리를 맞아, 이젠 대가족이 됐습니다.

맏아들 은언군은 이듬해 아들을 낳았는데 이름을 담이라고 지었지요. 헌헌장부가 된 은언군과 은신군은 조부인 영조 임금이 너무 푸대접하시는 것을 절절히 느꼈으므로 독립적이고 반항적인 기질을 갖게 됐습니다. 그래서 나중에 어찌 되든 외상으로라도 쓰고 보자는 배짱으로 시중의 선전(縇廛)마다 다니면서 물건을 사들였습니다. 비록 서왕자이지만 대궐에 사시는 분들이니 설마 떼먹겠냐는 심사로 상인들은 은언군과 은신군이 요구하는 대로 주었습니다.

어느새 그 금액이 엄청나게 불어났지요. 그런 사실을 낱낱이 탐지한 김귀주 일파는 삼정승과 삼사(사헌부, 사간원, 홍문관)를 움직여,

그들이 왕실의 체면을 손상하고 다닐 뿐만 아니라 민폐를 끼치고 있다고 영조 임금에게 아뢰도록 했습니다. 그리하여 형 은언군은 직산으로, 아우 은신군은 죄가 더 무겁다고 하여 멀리 제주도로 귀양 보내어 위리안치園籬安置를 시켰습니다. 그러나 김귀주 일파는 그것도 부족하여 은언군의 벌이 가볍다고 끈질긴 상소를 올려 기어이 제주도로 귀양지를 바꾸게 했습니다. 어제의 대군 마마들이 머나먼 곳으로 귀양을 가서 위리안치의 대죄인이 됐으니 기구한 운명의 장난치고는 너무 가혹했지요.

결국 아우 은신군은 제 분을 이기지 못하고 귀양지에서 신음하다가 천 리 밖에 신혼의 아내를 둔 채 불귀의 객이 되고 말았습니다. 그 후 은언군은 영조의 춘추 팔순이 되는 만수절萬壽節을 앞두고 귀양살이에서 풀려나 한양으로 돌아왔습니다. 왕손으로 삼 년간을 귀양살이하다가 돌아와서 박탈당했던 작호를 돌려받고 다시 은언군이 됐지요.

그 이듬해 늙으신 영조 임금이 여든한 살의 보령으로 승하하셨습니다. 당시 스물여덟 살이었던 세손이 왕위에 오르니, 이분이 바로 조선 22대 왕인 정조 임금이십니다. 원래는 사도세자의 아들입니다만, 임금이 사도세자의 아들이라고 반대하는 여론이 분분하여 결국 열 살 때 죽은 효장세자의 아들로 적을 옮겼습니다. 다시 말해 정조 임금은 백부의 후계자로 등극하신 셈입니다. 억울하게 돌아가신 아버지 사도세자의 아들 노릇을 못 하게 막는 노론 세력이 완강히 버티고 있어서 이십사 년 재위 기간 내내 임금 노릇조차 제대로 하기 힘들었지요. 신하들이 왕을 잘 보필했다면 정조 임금의 업적은 훨씬 더 찬란한 영광을 이룰 수 있었을 것입니다."

사도세자에겐 그들 말고 또 한 명의 아들이 있었다. 빙애라고 불리던 귀인貴人의 몸에서 난 아들이 은전군인데, 정조 2년 홍상범 일파의 역적들이 은전군을 업고 역모를 꾸미다가 들통이 났다. 은전군도 무언의 압력을 받아 자결했다. 그러므로 이제 정조의 아버지인 사도세자의 자식은 은언군과 임금 자신밖에 없게 됐다.

정조는 한창 젊은 나이에 임금 자리에 올랐으나, 학문을 연구하는 일에만 관심이 많을 뿐 정치에는 별 매력을 느끼지 못했다. 그래서 정치에 관한 문제는 대부분 홍국영에게 일임하고 그는 책 읽기에만 몰두했다.

홍국영은 어떤 인물인가? 사도세자가 비극적인 죽음을 맞은 후 그 아들이 세자 자리에 올랐으나, 세자는 항상 생명의 위협 속에서 지낼 수밖에 없는 상황이었다. 훗날 세자가 왕위에 오르면 아버지 사도세자의 복수를 할 것이라고 지레짐작한 일파들이 세자를 제거하려고 흉계를 꾸몄다. 그런데 세자 곁에는 눈치 빠르고 수단 좋은 심복이 늘 곁을 든든하게 지키고 있었다. 그가 바로 홍국영이었다.

홍국영이 아니면 정조는 한시도 마음 놓고 지낼 수 없는 지경이었다. 홍국영은 술수에 능해 웬만한 문제들은 알아서 스스로 처리하므로 정조는 그에게 전적으로 의지했다. 세자 시절은 물론 보위에 오른 후에도 정조가 모든 일을 맡기니, 실질적인 정치는 홍국영이 하는 셈이었다. 홍국영은 대궐에서 임금과 맞담배질했고, 그가 동저고리와 망건을 벗어놓고 다니면 어지간한 신하들은 임금과 홍국영을 구분 못하여 엉뚱하게 절하는 일이 예사였다고 한다. 바야흐로 홍국영의 세상이었다. 그의 권세는 하늘을 찔렀다. 그의 집 대문 앞에는 뇌물 짐을 진 사람들로 가득하여 저잣거리를 방불케 했다고 하니, 그 당시 홍국영의 세도가 어느 정도였는지 짐작하고도 남는다.

홍국영은 자기 누이를 임금의 후궁으로 들여보냈다. 그 몸에서 왕자라도 태어나면 무소불위無所不爲의 권력을 휘두를 수 있었다. 그런데 일 년 만에 덜컥 누이가 죽고 말았다. 야심을 포기할 마음이 없는 홍국영은 좋은 수를 짜내기 위해 고심했다. 누이가 자식 없이 죽었으므로 종실 중에서 대존관代尊官을 세워야 했는데, 홍국영은 임금의 서제庶弟인 은언군의 아들 상계군을 천거했다. 상계군이 원빈에게 입적했으니 가동궁假東宮이 되는 셈이라고 조정에 말을 퍼트리고는 정조에게 양자로 맞아들이도록 권했다. 그리고 경연관經筵官 송덕상을 시켜서 다시는 후궁을 두지 말고 상계군을 후계자로 삼도록 정조에게 주달케 했다. 이 일련의 모든 일들이 홍국영의 꾀에서 나온 방책이었다.

조정에 큰 소란이 일었다. 상하 조신들이 들고 일어나 조정은 벌집을 건드린 것처럼 소란스러웠다. 이번에는 정조도 그냥 묵인할 수 없었.

'총검을 들고 대궐을 침범하기 전에는 무슨 일이든 모두 용서할 것이다' 라는 말로 홍국영에게 특별히 너그럽던 정조였지만 결국은 그를 강원도 강릉으로 쫓아내게 됐다. 하늘 높은 줄 모르던 홍국영의 부귀영화도 하루아침에 된서리 맞은 호박잎처럼 폭삭 가라앉은 신세가 되고 말았던 것이다.

그 바람에 은언군과 상계군이 억울하게 그물에 걸려들었다. 홍국영과 정권을 농단하려는 역적모의를 했다는 명목으로 노론이 집요하게 물고 늘어지는 바람에, 결국은 상계군을 자결하게 만들고, 은언군을 강화도로 귀양 보냈다. 천성이 다정다감한 정조는 어쩔 수 없이 그런 처단을 내렸으나, 애매한 조카를 죽음으로 몰아간 것이 가슴 아프고 후회스러웠다. 만약 그에게 아들이 없다면 임금 자리는 그 조카가 이어가야 하지 않는가. 그 생각을 할수록 정조는 거듭거듭 상계군이 가엾고 안타까웠다.

당시 열일곱 살이던 상계군은 신혼이었다. 결혼 생활 일 년도 안 되어 날벼락 같은 남편의 죽음에 청상과부 신세가 된 것도 기가 막힌데 시아버지까지 귀양살이를 가게 됐으니, 그 후 두 고부에게 어떤 삶이 전개됐는지는 설명할 필요가 없을 것 같다. 두 사람은 고궁에 갇혀 살며 잊혀갔다.

그들이 사는 곳은 말이 고궁이지 몇 십 년을 버려지다시피 한 낡은 집이었다. 기와지붕에는 풀이 자라고 담장도 허물어진 지 오래됐다. 늙거나 미움 받은 궁녀들 서너 명이 시중든다는 핑계로 한집에 더불어 살지만, 일 년 열두 달 가야 누구 한 사람 찾아오지 않았다. 게다가 '역적 집안'이라고 하여 세상 사람들의 눈총을 받거나 비웃음을 사기가 일쑤여서 두 고부는 맘 편히 외출할 수도 없는 처지였다. 낮에는 새들이 넘나들고 밤에는 고양이들이 제 세상을 만난 듯 폐궁에 소굴을 만들었다.

그렇게 세월이 흐르던 중 방물장수 노파가 우연히 그 집에 들렀다. 노파는 복음 이야기를 두 고부에게 전했는데, 하느님의 말씀에 그들의 귀가 번쩍 뜨였다. 그들에겐 희망의 말씀이었다. 그런데 노파의 교리 지식이 짧아 한계가 있었다. 예수 그리스도라는 말에는 분명히 어떤 분의 말씀이 들어 있는데 그 내용을 명확하게 알 수가 없어 끌탕을 하던 차에, 유일한 친구로 지내던 이웃집 내자의 소개로 강완숙을 알게 됐다. 무식한 생무지라도 강완숙의 설교를 들으면 깨달음을 얻는데, 이미 두 고부는 하느님에게 마음을 열 준비가 되어 있었으니 오죽이나 큰 환희로 다가왔겠는가. 그들은 강완숙을 통해 천국의 문을 두드렸다.

천주교라는 새로운 종교에 마음을 붙이면서 두 고부의 삶은 달라졌다. 그날이 그날 같던, 외롭고 쓸쓸했던 하루하루가 즐겁고 보람차고 감사한 나날로 변했다. 그 무렵 주문모 신부를 만나 성세를 받았고, 두 여인은 새로운 이름인 세례명도 갖게 됐다. 시어머니는 송마리아, 며느리는 신 마리아로 불리면서 완전히 새사람으로 거듭났다. 그들은 왕실의 몸이라는 것쯤은 아랑곳하지 않았고 두려움도 없었다. 들통이라도 나는 날에는 당장 사형에 처해질 것이 확실했지만, 그들은 하느님에게 모든 것을 맡긴 채 그저 기도하고 교우들의 친목 모임인 '육회'에도 참여했다. 이전의 생활과는 천지 차이라고 할 만큼 엄청난 변화를 가져왔던 것이다.

두 여인은 자기 집에 주문모 신부를 모시게 된 것을 하느님의 뜻으로 알고 극진히 대했다. 평소에 비워두었던 빈방을 깨끗이 치우고 이부자리도 넉넉히 준비했다. 신부의 집전으로 간단히 미사를 마치고 나서, 강완숙이 두 고부와 함께 사는 궁녀들에게도 신신당부했다.

"신부님의 안전을 여러분에게 맡기겠습니다. 신부님을 같은 인간으로 생각지 말고, 이 나라의 천주교 운명이 신부님의 안전에 걸려 있다는 것을 명심해 주십시오. 만 명이 넘는 조선의 천주교도가 신부님 한 분에게 달린 것이나 다름없습니다. 그러하니 성심을 다해 신부님을 모셔야 합니다. 하느님께서 보살펴주실 것으로 믿습니다. 그럼 우리는 이만 가보겠습니다."

강완숙과 홍익만의 부인이 그 집을 나왔다. 바깥 마루에 혼자 앉아서 주변을 감시하던 갑녕이 말했다.

"어머님, 아무런 일도 없었습니다."

갑녕이 훈동에 오던 날부터 강완숙을 '어머님'이라고 불러온 터였으나, 그날 밤에는 그 말이 유난히 믿음직스럽게 들렸다. 주문모 신부를 낯선 집에 두고 떠나기 때문인 것일까. 강완숙은 새삼스레 갑녕이 다 큰 청년처럼 보였다. 지금 그녀의 곁에 갑녕이 있다는 것이 얼마나 다행인지 몰랐다.

송 마리아는 그 밤을 고스란히 새웠다. 아무렇지 않은 듯 마음을 편히 먹으려 해도 잘되지 않았다. 나라에서 찾는 죄인을 집에 숨기고 있다는 것은 바뀌지 않는 엄연한 사실이었다.

"하느님의 뜻대로 되사이다."

그렇게 송 마리아는 기도했다. 그녀는 그날 밤따라 강화도에 유배되어 있는 남편 생각이 간절했다. 남편은 이번 일을 만류했을까, 찬성했을까를 곰곰이 생각해 봤다. 결론이 나지 않았다. 남편 은언군은 근래에 천주교를 인정하는 투의 말을 자주 했다. 어차피 이런 세상에서 살 바에는 하느님에게 모든 것을 맡기고 사는 것이 속 편하다고.

정조가 살아 있었을 때는 은언군이 일 년에 두어 차례, 어떤 해는 몇 달마다 한 번씩 다녀간 일도 있었다. 은언군은 집에 올 적마다 며느리가 가엾다며 눈물지었고, 그럴 때마다 홍국영의 장난에 놀아난 자신의 어리석음에 분통을 터뜨렸다.

"임금의 후계자라니……."

정조의 후사가 아직 없을 때라 그 말이 사실이긴 했다. 그러나 결코 발설해서는 안 되는 말이었다. 상계군을 이용해 홍국영이 역모를 꾀했다는 노론의 집요한 파상 공세에는 정조도 이길 도리가 없었다. 결국 정조는 홍국영을 내치고 상계군에게도 사약을 내렸던 것이다. 그러나 상계군에게 사약을 내린 일에 대해 정조는 매우 후회했고, 은언군에게 그런 심정을 토로하곤 했다.

정조의 동기간은 모두 비명횡사한 셈이다. 은신군은 제주도로 귀양 가서 죽고 은전군은 홍상범 일파에게 이용당해 죽고, 조카 상계군마저 홍국영의 야욕으로 누명을 쓴 채 죽고, 나머지 은언군은 유배를 보냈으니, 정조의 곁에는 아무도 없었다. 그래서 은언군을 더욱 애처로이 여기고 그리워하던 중 정조 자신도 의문의 죽음을 당했던 것이다. 이젠 은언군이 남몰래 집에 다니러 오던 발길마저 철저히 끊길 테니, 그의 아내 송 마리아는 앞길이 더욱 막막할 따름이었다. 그녀가 밤잠을 못 이루는 것도 무리는 아니었다. 게다가 주문모 신부까지 집으로 모셔 온 터이니, 이제 그녀는 오직 주님에게 기도하면서 모든 것을 의지할 수밖에 없었다.

4

 설날이 됐다. 수백 명의 목숨이 낙엽처럼 뚝뚝 떨어지게 될 신유년辛酉年 새해가 밝은 것이다. 설날 아침은 여느 해와 다를 것이 없었다. 거리에는 큰집으로 제사 지내러 가는 사람들이 여기저기 눈에 띄었다. 새 옷으로 갈아입은 소년들이 명랑한 모습으로 경중경중 뛰면서 어른들의 뒤를 쫓아갔다.
 훈동 강완숙의 집은 유난히 쓸쓸한 설날 아침을 맞았다. 해마다 주문모 신부를 중심으로 명절을 맞았는데, 신부가 없는 금년은 마치 주인이 없는 집 같았다. 신부가 없으니 집으로 찾아오는 사람들도 없었다. 한집에 기거하던 동정녀들도 대부분 자기 본가로 설을 쇠러 가고 윤점혜와 문영인만 남아 있었다. 윤점혜는 명절이라고 해도 마땅히 갈 집이 없는 처지였다. 문영인은 해마다 섣달그믐 날이면 집으로 돌아갔지만 올해는 사정이 좀 달랐다.

설날 아침에 갑녕도 주인 홍필주를 따라 할머니에게 세배를 올렸다. 이어서 강완숙에게도 세배를 하고 나서 눈웃음을 지었다.

"옷이 썩 잘 맞는구나. 그렇게 새 옷을 입으니 인물이 훤하다. 우리 며느리의 바느질 솜씨는 역시 뛰어나다니까."

요 근래 며느리 칭찬이 조금 잠잠해지는가 싶더니 강완숙의 며느리 자랑이 오늘은 바느질 솜씨로 옮아갔다. 그 바람에 하녀 정임이 뾰로통해서 입을 삐죽하며 나갔다. 갑녕의 옷은 자기가 짓겠다고 일부러 말했지만 강완숙이 허락하지 않았다. 강완숙은 옷을 버린다면서 며느리에게 남편 옷과 함께 지으라고 말했다. 정임을 갑녕에게서 떼어놓기 위한 심산이었다.

며칠 전부터 정임은 옷을 짓는다는 핑계로 갑녕을 어지간히 귀찮게 굴었다. 갑녕을 보며 눈대중으로 기장과 품을 몇 십 번이나 재는 것도 모자라 아예 갑녕을 세워놓고 직접 치수를 내기까지 했다. 갑녕이 귀찮아하는 기색을 보이면 정임은 눈을 흘기며 이렇게 쫑알거렸다.

"내가 남자 옷을 처음 만들어 그런다. 얌전히 있으면 어디가 덧나니?"

정임은 기회만 있으면 갑녕에게 호의를 드러내려 애쓰고, 특별히 부엌으로 불러 고깃국을 퍼준다거나 맛있는 음식이 있으면 꼭 챙기려 했다. 그럴 때마다 갑녕은 부담스럽고 민망하여 꽁무니를 뺐다. 하지만 정임은 끈질겼다.

"신부님이 드시고 남은 것이니 걱정 말고 먹으렴. 아무려면 널 먼저 줄까 봐 그래?"

갑녕은 한사코 자기에게 먹기를 강요하는 정임의 끈끈한 눈빛을 피하느라 곤혹스러울 지경이었다. 강완숙이 며느리에게 갑녕의 옷을 지으라고 말한 데는 그런 사정이 있었다.

조반을 먹은 후, 식구들이 모두 모인 자리에서 강완숙은 비감한 표정으로 말했다.

"우리에게 이번 명절이 마지막 명절이 아닐까 싶습니다."

그 말에 시어머니가 의아한 눈으로 물었다.

"어멈아, 그게 무슨 소리냐?"

"어머님, 아무래도 올해를 온전하게 넘길 것 같지 않아요."

"그럼 교난이라도 생길 것 같다는 게냐?"

"예, 어머님."

"그렇다면 큰일이 아니냐?"

"어쩌겠어요. 하느님의 뜻대로 살 수밖에요. 너희도 마음 단단히 먹도록 해라. 어떤 수난이 닥치더라도 이겨낼 각오를 단단히 하거라."

비장함이 깃든 강완숙의 표정을 보고 갑녕은 등줄기가 서늘해지는 기분을 느꼈다.

문영인은 오후가 되자 집에 다녀오겠다고 대문을 나섰다. 큰언니가 시부모 없는 집으로 시집간 탓에 해마다 정월 명절은 친정에서 지냈다. 거기에 맞추어 문영인도 매년 그믐날에 자기 집으로 돌아가 어머니와 함께 보냈다. 그러던 문영인이 올해는 정월 초하루 오후가 되어서야 집으로 간 것이다.

강완숙은 젊은 날 하던 솜씨가 있어 약과를 잘 만들었다. 그녀는 문영인의 어머니에게 갖다드리라고 약과와 수정과를 한 보따리 보냈다. 아들 없이 지내는 쓸쓸한 명절을 다소나마 위로하려는 뜻이었다.

갑녕은 선물 보따리를 봇짐으로 만들어 등에 지고 문영인을 뒤따랐다. 지나가는 행인들이 문영인을 흘끔흘끔 쳐다봤다. 문영인의 우아한 자태가 사람들의 눈길을 끌었으리라. 하긴 문영인처럼 빼어나게 아름다운 여인을 거리에서 보기란 드문 일이었다. 갑녕은 괜스레 어깨가 으쓱해졌다. 문영인이 걸음을 늦추며 물었다.

"동생은 새로 이사 온 정 회장님 댁에 가봤어?"

"먹우물골이요?"

"응."

"그럼요. 여러 번 가봤지요."

"그 댁에 하상이라는 아이는 잘 있나?"

"어떻게 그 아이를 아세요?"

"똘똘하고 붙임성도 좋아 인상에 깊게 남았어."

"보통이 넘는 녀석이지요?"

"훗날 큰 인물이 될 거야."

"그걸 누님이 어떻게 아세요?"

"재작년에 그 댁이 한양으로 이사 올 때 우리 집에서 몇 달간 살았거든."

"아, 그랬군요."

"정 회장님이 집필하신다고 마재에 내려갔다가 한양으로 올라오길 몇 차례 반복하셨어."

"요즘도 집 안에서 꼼짝 않으시고 글쓰기에 집중하세요."

"정 회장님이 하루빨리 교리서를 완성하셔야 할 텐데……."

어느새 두 사람은 문영인의 동네 입구로 들어섰다. 아이들 서너 명이 집 앞에서 장난치며 노는 모습이 보였다.

"동생, 짐을 여기에 내려놓고 그만 돌아가."

"아니, 왜요?"

"언니네 식구들이 와 있어서……."

갑녕을 쫓다시피 돌려보내고 문영인은 혼자 집으로 들어갔다. 홀로 남은 갑녕은 애오개 쪽으로 방향을 틀어 황사영의 집으로 향했다.

저녁 무렵, 갑녕이 다시 훈동으로 돌아오는 길이었다. 집 앞의 길모퉁이에 낯선 사내가 서 있었다. 갑녕과 시선이 마주치자 그 사내는 빙긋 웃으며 길을 막듯이 다가왔다.

"총각, 나와 이야기 좀 하세."

"예? 누구시오?"

"그렇게 놀랄 것은 없네. 이야기를 좀 하자는 것뿐이니."

사내는 갑녕 옆으로 바싹 다가서더니 낮은 목소리로 속삭이듯 말했다.

"자네를 만나고 싶어 하는 분이 계시네. 함께 가세."

"싫습니다."

"엉? 왜 싫다는 겐가?"

첫마디에 거절당하자 사내는 적잖이 당황하는 듯했다. 서른 살쯤 되어 보이는 그자는 차림새로 보아 양반은 아니었으나 인상이 나쁘지 않았다.

"처음 본 사람이 다짜고짜 함께 가자는데 어떻게 따라갑니까?"

"하하하, 나를 기찰포교쯤으로 아나 본데 그런 사람이 아니니 안심하게."

사내는 자기 말을 마치자마자 앞장서서 걷기 시작했다. 갑녕은 마지못해 뒤를 따르기는 했지만 경계심을 늦추지 않았다. 그들이 간 곳은 근처 술집이었다. 대로변이 아니라 골목 안 깊숙이 자리 잡은, 제법 깔끔하게 차려진 고급 술집이었다. 명절날이라 손님들은 없었다. 방문 앞에는 비싼 신발 한 켤레가 놓여 있었다.

"봉교奉敎 나리, 소인 다녀왔습니다."

사내가 큰소리로 아뢰자 미닫이문이 드르륵 열리더니 말끔하게 생긴 양반이 내다봤다. 나이는 하인과 비슷한 서른쯤으로 보였다.

"어서 방 안으로 들어오게."

방 안의 사내는 친절한 웃음을 얼굴에 가득 담고서 말했다. 갑녕은 주춤주춤 방으로 들어가서 꿇어앉았다.

"편히 앉게."

역시 부드러운 목소리였다. 결코 하인을 대하는 탯거리가 아니었다.

"갑자기 이런 데서 보자고 하여 얼떨떨할 걸세. 내 소개부터 하겠네. 예문관에 근무하는 추 봉교라고 하네. 성이 희귀한 추씨여서 사람들이 잘 기억하더구먼."

자기 신분을 밝힌 추 봉교는 조심스레 속내를 털어놓았다.

"다름이 아니라……, 한집에 사는 사람 중에 문영인이란 여인이 있지?"

"예? 우리 누님을 어떻게 아십니까?"

"자네 누님이라고?"

추 봉교가 믿을 수 없다는 표정을 짓자 갑녕이 냉큼 말을 이었다.

"소인이 그 집으로 간 후에 의남매를 맺었습니다."

"그러면 그렇지. 영인이네는 아들이 없거든."

"누님 집안에 대해 훤하십니다."

"물론이지. 한동네에 살았으니."

"그러셨구먼요."

"소꿉친구일세. 여섯 살 때 아기 궁녀로 뽑혀 대궐에 들어간 후 통 못 만났지. 그러다가 십여 년 만에 만나게 됐네. 영인이가 퇴궐하고 집에 돌아와 있을 무렵일 거야."

어느 날 문영인의 집 앞에서 두 사람이 마주쳤을 때, 봉교 추삼길은 너무 놀라 눈을 동그랗게 뜬 채 말문을 열지 못했다. 어렸을 때도 미모가 출중했던 문영인이었다. 하지만 지금의 아름다움과는 비교할 바도 못 됐다. 잠깐 사이에 문영인은 고개를 숙이고 그냥 지나쳐 갔다. 추 봉교는 며칠을 끙끙 앓다가 그녀의 집으로 가봤지만 이미 늦었다. 문영인은 집에 없었다. 식구들에게 물어도 그녀가 어디로 갔는지 모른다는 대답뿐이었다. 추 봉교도 더 이상은 어쩔 수 없었다. 아내가 있는 몸인 추 봉교가 그 이상 문영인을 추적하기란 불가능했다.

그런데 지난해 추 봉교는 상처를 했다. 병약한 아내가 죽자 그의 눈에는 부쩍 문영인의 모습이 아른거렸다. 집안에서는 재혼을 서둘렀지만 그는 눈 하나 깜짝하지 않았다. 가슴속에 있는 문영인의 자리만 점점 커질 뿐 다른 여자들은 안중에도 들어오지 않았다. 그러나 문영인을 도무지 만날 수가 없을뿐더러 어디 있는지조차 알 길이 없다는 것이 문제였다. 문영인의 어머니를 회유해 봤지만 자기 딸이 있는 곳을 모른다는 대답만을 반복할 뿐이었다.

추 봉교는 문영인의 손위 언니들을 회유하기로 했다. 그는 두 언니들을 불러서 자기 마음을 솔직히 고백한 후에 동생이 자신에게 관심을 갖게 해달라고 부탁했다. 그리고 동생과의 혼인만 성사되면 한 재산을 떼어주겠다는 약속까지 덜컥 해버렸다. 그렇게 알아낸 것이 매년 섣달그믐이면 문영인이 집으로 돌아온다는 사실이었다. 하지만 추 봉교가 기다린다는 소식은 입빠른 언니들에 의해 이미 그녀에게 전해졌다. 그녀는 고민했다. 그렇지만 집에 가서 어머니를 만나는 것은 자식의 도리였다. 문영인이 설날 오후가 되어서야 집으로 향한 데는 그런 이유가 있었다.

추 봉교와 언니들은 정월 명절이 오기만을 목 빠지게 기다렸다. 그러나 섣달그믐 날이 돼도 문영인은 나타나지 않았다. 잔뜩 기대했던 언니들은 낙심천만했지만 다행히 설날 오후에 문영인이 집으로 들어서자 한시름을 놓았다. 언니들은 문영인에게 추삼길을 치켜세우면서 두 사람의 혼인은 하늘이 정해 준 인연이라고 강조했다.

"언니들, 괜히 헛수고하지 마세요. 궁녀는 퇴궐해도 사갓집으로 시집갈 수 없다는 것을 모르세요?"

"그거야 우리도 알지. 하지만 예외도 있단다. 자기가 모시던 임금이 승하하신 경우에 너처럼 퇴궐한 궁녀들은 모두 해방된다더라."

"누가 그래요?"

"추 봉교 나리가 그러더구나."

문영인은 난감했다. 그녀는 시집가고 싶은 마음이 추호도 없었으니 어떻게든 자리를 모면할 궁리만 했다.

한편 문영인을 기다리던 추 봉교는 애가 탔다. 그녀를 만나봐야 가부간에 어떤 결정을 들어볼 수 있을 텐데, 멀리서 보기만 했을 뿐 말 한마디 나누지 못했으니 안타까워 어쩔 줄 몰랐다. 그는 허물없이 지냈던 언니들에게만 기대고 있는 자기 처지가 답답하여 속이 터질 노릇이었다.

두 집안은 양반과 중인이라는 신분의 격차가 있었다. 하지만 추 봉교의 집안도 원래 행세하던 양반 가문이 아니라 할아버지 때부터 재산 관리를 잘해 온 덕분에 위세를 누리게 됐다. 문영인의 집안은 딸 넷이 인물이 좋아서 일찍부터 근동의 딸 부잣집으로 유명했던 명성 때문에 그런대로 두 집안이 어울리며 지냈던 것이다.

술집에서 갑녕을 만난 추 봉교는 품속에서 두툼한 편지 한 통을 꺼내 주면서 간곡히 부탁했다.

"이 서찰을 꼭 전해 주게. 내 심정을 담은 글일세."

"예, 제가 잘 전해 드리지요."

갑녕은 추봉교가 건넨 편지를 조심스레 간직하고 나서 한마디 덧붙였다.

"미리 말씀드리는데 아마 우리 누님은 혼인 같은 것을 안 할 겁니다."

"짐작은 하고 있었네. 도대체 그 집에서 무슨 공부를 하는가? 절간 중들처럼 속세를 멀리하며 독신으로 평생을 보낼 생각이라는 뜻인가?"

"그렇다고 할 수 있지요. 불교와는 다르지만……."

"무슨 도를 닦고 있으리라고 짐작은 했네. 궁녀 출신이 어떻게 함부로 시집을 갈 수 있겠나."

"그런 줄 아시면서 왜 누님을 넘보십니까?"

"말조심하게. 넘보다니……. 영인이와 나 사이는 달라."

"아무튼 이 서찰은 틀림없이 꼭 전해 드리겠습니다."

"여보게, 영인이가 숨어 있는 집을 알아내는 데만 일 년이 걸렸네. 자네를 붙잡고 이런 세세한 이야기를 하는 것도 우리 인연이 아닌가. 앞으로 잘 지내보세."

"예, 알겠습니다."

추 봉교는 자기 연락처를 가르쳐준 뒤에 자리에서 일어났다. 갑녕이 훈동 집으로 돌아오니 뜻밖에도 문영인이 있었다.

"누님, 왜 하룻밤도 안 자고 벌써 돌아왔어요?"

"동생 혼자 외로울까 봐."

문영인은 가볍게 웃음을 지어 보였다. 갑녕이 걱정스레 물었다.

"집에서 무슨 일이 있었어요?"

"시집간 언니들이 몰려와서 귀찮게 하는 바람에 그냥 돌아왔어. 나는 여기가 제일 마음 편하고 좋아."

미간을 찡그리며 호들갑을 떠는 문영인의 태도가 전에 없이 수상했다. 하지만 갑녕에겐 미세한 마음까지 잘 읽어내는 재주는 없다. 그는 무심하게 편지를 내밀었다.

"이게 뭐야?"

"보다시피 서찰이지요."

"누가 보낸 서찰인데?"

"추 봉교라고 하시대요."

"뭐라고?"

문영인의 안색이 확 달라지더니 혼잣말로 중얼거렸다.

"그 사람, 참 집요하네."

문영인의 머릿속에 언니들의 성화가 다시 떠올랐다. 추 봉교에게 매수된 언니들은 이구동성으로 그와의 혼인을 적극 권유했다. 집안의 지체로 보나, 재산으로 보나, 멀끔하게 잘생긴 인물로 보나 그는 어느 것 하나 모자랄 데 없는 사내라는 것이었다. 게다가 어렸을 때부터 그가 문영인을 특별히 예뻐했던 것을 언니들은 여태껏 기억하고 있었다.

"영인이 너도 생각나지? 삼길이가 자기 어머니 노리개를 훔쳐다가 우리에게 갖다준 일 말이다."

언니들이 까르르 웃었다. 언니들이 문영인만 예뻐한다고 심술을 부리니까 어린 추삼길은 언니들의 비위를 맞춘답시고 그런 짓을 했던 것이다.

"그때 그 집에는 난리가 났다더구나. 그 노리개가 엄청 값나가는 물건이었다지."

"그것이 값비싼 물건인지 뭔지 전혀 모르는 우리는 아무렇게나 갖고 놀았지 않느냐."

"그 집 마님이 참 좋으신 분이셨어. 영인이에게 그 노리개를 채워주시더니 잘 어울린다면서 훗날 '우리 며느리로 맞고 싶구나' 하셨는데……."

그 장면은 문영인도 선명하게 기억할 수 있었다. 참으로 좋으신 분이었다. 그분이 자기 머리를 몇 번이나 쓰다듬으면서 칭찬했던 것이 어제 일처럼 생생하게 떠올랐다. 옛 생각을 하자 문영인의 입가에도 미소가 번졌다.

사실 문영인도 추삼길과 마주쳤던 일을 또렷하게 기억하고 있었다. 추삼길은 과거에 합격하여 벼슬길에 나아가고, 그녀는 대전에서 임금을 모시는 지밀나인이 됐을 때였다. 그러다가 그녀는 병을 얻어 집으로 퇴궐하던 길에도 추삼길을 마주쳤다. 추삼길이 상처했다는 이야기는 나중에야 들을 수 있었다. 문영인은 그가 아직까지 자신에게 마음이 있으리라고는 짐작하지 못했다. 그녀는 잠시 생각한 끝에 갑녕에게 편지를 써서 주었다.

이틀 뒤 추 봉교는 약속한 장소에 나타났다. 잠을 제대로 못 잔 탓인지 그의 얼굴이 꺼칠해 보였다. 갑녕이 오자 추 봉교는 죽은 제 할아버지가 돌아온 것보다 더 반가워했다. 갑녕은 아무 말 없이 편지 봉투를 내밀었다. 편지를 읽은 추 봉교가 웃으며 말했다.

"장소는 여기로 하고 시각은 내일 정오로 하지."

"그럼 저는 이만 가보겠습니다."

두말없이 볼일을 끝냈다는 듯 갑녕은 총총히 사라졌다.

다음 날 기대감에 잔뜩 부푼 추 봉교 앞에 나타난 사람은 낯선 여인이었다. 문영인을 대신하여 강완숙이 그 자리에 나왔던 것이다.

"갑자기 영인이가 몸이 아파 내가 대신 나왔습니다. 실례인 줄 알지만 용서하십시오."

뜻밖에 귀부인이 출현하자 추 봉교는 얼떨떨해졌다. 그는 엉겁결에 인사를 하긴 했지만 당황한 마음까지 숨기지는 못했다. 문영인의 양어머니라고 자신을 소개하는 여인은 첫눈에도 범접하기 어려운 품위가 풍겼다. 강완숙의 눈에 비친 추 봉교는 나쁜 사람으로 보이진 않았다. 정직하고 말이 통하는 사람 같았다.

"영인이와 추 봉교, 둘 사이의 일은 대강 들어 알고 있습니다. 어린 시절에 맺은 인연은 참으로 아름다운 기억이지요. 그러나 아름다운 인연은 그것으로 끝인가 봅니다. 어른이 된 지금에 와서 새삼스럽게 그 기억을 가지고 어찌하겠습니까?"

추 봉교는 목을 가다듬고 용기를 내어 말하기 시작했다.

"염치가 없는 일이긴 하지만, 꼭 이십 년 전의 일이 엊그제 일처럼 선명하게 떠오릅니다. 그동안 저도 장가를 갔고, 나름대로는 출세도 한 셈입니다. 하지만 그런 것들은 아무 소용이 없었습니다. 영인이가 아픈 몸으로 퇴궐했을 때 우연히 집 앞에서 마주쳤는데, 그 순간 저는 영인이를 잊을 수 없게 되어버렸습니다. 어렸을 적에 영인이를 좋아했던 제 마음이 조금도 변하지 않았다는 것을 새삼 절실히 깨닫게 됐던 것입니다. 그 후로는 자는 것도, 먹는 것도 힘들어졌습니다. 늘 영인이 생각뿐이었습니다. 여러 차례 재혼 자리가 들어왔지만 전부 마다했습니다. 무슨 문제라도 있느냐고 주위 사람들에게 오해를 받을 지경입니다. 어머님, 영인이가 저에게 오도록 권유해 주십시오. 지금은 비록 예문관의 봉교로 있지만 머지않아 응교應教로 진급할 것입니다. 절대로 영인이를 고생시키지 않을 것입니다."

추 봉교는 말을 마치고 무릎을 덥석 꿇었다. 양어머니라는 이 여인에게 혼인의 성사 여부가 달려 있다는 것을 본능적으로 깨달았던 것이다. 그때까지 추 봉교의 이야기를 묵묵히 듣기만 하던 강완숙이 입을 뗐다.

"여보시오, 봉교 양반. 단도직입적으로 묻겠습니다. 혹시 예수라는 이름을 들어보셨소?"

추 봉교는 어리벙벙한 얼굴로 고개를 저었다.

"예수님께서는 지금부터 1800년 전에 서양의 이스라엘이라는 나라에서 하느님의 아들로 태어나셨습니다. 모든 인간을 사랑하시는 그분의 설교를 들으려고 날마다 수많은 군중이 모여들었지요. 이에 권력을 누리던 기존 세력이 위협을 느끼고 예수님을 십자가에 매달아 죽였습니다. 예수님께서는 인류의 죄를 구원하시려고 자신의 피와 살을 아낌없이 바치셨던 것입니다. 그 후로 사람들이 예수님의 말씀을 믿고 실천하다 보니, 그 선교가 이백여 년 전에 중국을 거쳐 근년에는 조선에까지 들어오게 됐습니다. 누가 들어도 진리의 말씀이 틀림없으므로 믿는 사람들 또한 계속 늘어나고 있습니다. 조선에서는 그 말씀을 믿고 따르는 무리들을 천주교도라고 부르지요. 흔히 사람들은 천주학쟁이라고 부릅니다. 신도 중에는 훌륭한 선비들도 적지 않습니다."

강완숙은 말을 끊고 추 봉교를 뚫어져라 바라봤다. 추 봉교는 완전히 넋이 나간 듯했다.

"영인이는 우리 천주교에서 보배 같은 아이입니다. 성서를 가르치는 교리 선생을 하고 있지요. 그래도 그 아이를 좋아하시겠습니까?"

추 봉교는 선뜻 대답을 못 했다. 자신의 대답에 자기 일생이 걸려 있었다. 그는 문영인을 얻으려면 좋건 싫건 그 종교 속으로 들어가야 한다는 사실을 퍼뜩 깨달았다. 강완숙이 말을 이었다.

"요즘 조정의 기류가 좋지 못합니다. 천주교를 곡해한 노론 권력자들은 며칠 전에 한바탕 검거 선풍을 일으켰지요. 선왕이 승하하신 뒤에 우리를 보호해 줄 어떤 세력도 기대하기 어렵습니다. 또한 검거도 앞으로 계속될 테지요."

그 말을 마친 강완숙의 표정은 매우 침통했다. 추 봉교는 고심을 거듭하다가 이윽고 결심한 듯 입을 열었다.

"제가 영인이와 가까워지려면 그 종교에 입교할 수밖에 없겠지요?"

강완숙은 말없이 고개를 끄덕거렸다.

"저도 천주교인이 되겠습니다."

"결심하셨소?"

"예, 결심했습니다."

"곧 조정의 박해를 받게 될 것인데도?"

"괜찮습니다. 하여간 천주교인이 되는 길을 가르쳐주십시오."

그날 만남은 뜻밖의 타협점을 이끌어냈다. 한 여인을 사랑하는 사내의 열정은 불길 속에도 뛰어들 수 있을 만큼 크다는 것을 추 봉교는 행동으로 보여주었다.

5

 정초부터 한양 장안의 공기는 무겁고 침울했다. 설 무렵이라 사람들은 한데 어울려 즐겁게 지냈지만 그것은 겉모습에 불과했다. 어느 집이나 세배꾼이 몰려가면 한바탕 세배상이 나오고 술잔이 오가면서 나중의 이야깃거리는 자연스럽게 한 가지로 모아졌다. 앞으로는 천주학 무리가 결코 온전하지 못하리라는 예측이었다. 그런 소문이 어디에서 흘러나왔는지, 또 누구 입에서 시작됐는지는 알 수 없었다. 하지만 소문은 어느덧 사람들의 마음속에서 사실로 굳어지고 있었다.
 며칠 후 좌포도대장 이유경이 경질됐다. 거기에는 충분한 이유가 있었다.
 지난해가 저무는 섣달, 포졸들이 북새통을 떨며 잡아들인 천주교인들은 어느 사이엔가 슬금슬금 풀려나기 시작했다. 처음부터 천주교인이라고 마구 잡아들인 것이 잘못이었다. 교회 모임에 몇 번 참석했다가 이웃 사람의 지목을 받고 잡혀 온 사람들도 많았다. 그런 사람들을 밖으로 불러내면 곤장을 치기도 전에 살려달라고 애걸복걸 매달렸다. 당장 지옥 같은 감옥에서 벗어날 수만 있다면 별짓이라도 할 태세였다.

게다가 잡아넣은 사람이 너무 많다 보니 감옥이 엉망이 됐다. 말이 옥이지 포도청 감옥은 그야말로 생지옥이었다. 우선 악취 때문에 못 견딜 노릇이었다. 누구나 감옥 문 안에 들어서면 코부터 싸쥐었다. 울컥하고 토악질을 할 것 같은 퀴퀴한 냄새가 오장육부를 뒤집어 놓았다. 감옥 특유의 그 냄새는 세상 어느 냄새와도 달랐다. 그 냄새를 맡으면 구역질이 일면서 골이 땅하도록 아파왔다. 아낙네들, 특히 아기가 딸린 젊은 아낙네들은 그런 곳으로 들어서는 첫 순간에 질려버렸다.

어디 냄새뿐인가. 바닥에 깔린 멍석은 얼마나 더러운지 온갖 때와 오물에 절어 번들번들했다. 천주교인들이 감옥에 잡혀 온 후 아기들의 울음소리가 유난히 많이 새어 나왔다. 사방에서 터지는 아기들의 울음보에 정신이 사나워진 옥졸들은 어린아이를 울리지 말라고 소리소리 지르지만, 나중에는 그들도 지쳐서 내버려 두었다. 처음에는 이런 곳에 아기를 데려왔다고 신경질을 내다가도 부득이한 형편을 알고는 눌러 참는 것이었다.

"젠장맞을, 애새끼들까지 이런 데로 끌어 오면 어쩌라는 게야."

"애 어미를 끌고 오니 젖먹이야 당연히 따라오는 것 아닌가."

"애당초 일하는 것들이 글러먹었어. 천주학쟁이라고 덮어놓고 옥으로 끌어 오면 우리더러 어쩌라는 말인지……."

옥졸들의 불평이 여간 아니었다. 포도대장으로서 그냥 두고 볼 수 없는 상황이었다. 이유경은 죄가 없으면 그냥 석방하라는 명령을 내렸다. 그런 조치를 가장 반긴 사람은 포졸들이었다.

포졸들은 감옥에 갇힌 천주교인들을 불러내어 곤장을 치면서 엄포를 놓았다.

"천주학을 믿을 테냐?"

"아이고, 다시는 절대로 안 믿겠습니다요. 한 번만 용서해 주시오."

그것으로 끝이었다. 포졸들은 그 자리에서 천주교인들을 석방했다. 그리하여 감옥에 가득 찼던 천주교인들이 거의 다 풀려났던 것이다.

포도대장의 관대한 조치로 옥방 여러 개가 텅 비었다. 웬만한 천주교인들은 전부 풀려 나가고 최필공, 최필제 사촌 형제와 정약종의 책롱을 운반하다가 잡힌 임대인만 감옥에 남게 됐다.

하지만 그것은 노론의 뜻과 달랐다. 게다가 포도대장 이유경의 큰 실책이 들통 나고야 말았다. 이유경은 정약종의 책롱 사건을 별일 아닌 것으로 여기고는 제대로 보고도 하지 않았던 것이다. 그 사실을 알게 된 노론의 몇몇 고관들이 그 일을 정순왕후에게 건의했다. 이유경은 당장 포도대장 자리에서 쫓겨났다. 후임에는 신헌조가 임명됐다. 드디어 노론이 본격적으로 칼을 빼어 든 모양이었다.

포도대장을 강경파로 갈아치운 것만 봐도 짐작할 만했다.

　신임 좌포도대장 신헌조는 부임 초부터 설쳐대기 시작했다. 그는 노론의 진짜 의중을 읽은 듯 부임하자마자 전임 포도대장 때 풀려나간 천주교인들을 전부 되잡아 들이라고 호통을 쳤다. 포졸들은 툴툴댔다. 대부분 가난한 백성들인 그들을 되잡는다고 해서 천주교가 뿌리 뽑히는 것도 아닌데 포도대장이 쓸데없는 짓을 한다고 볼멘소리를 했다. 포졸들의 비협조로 천주교인들을 되잡아 들이는 일은 지지부진했다. 그러나 포교 임성열은 어느 때보다 의기충천해 있었다. 그가 노리는 것은 중국인 신부였다. 몇 해 전인가, 거리마다 그 중국인의 풍모를 그린 그림을 사방에 붙여놓고 밤낮으로 쫓아다닌 적이 있었다. 장안에서 쥐새끼 한 마리 새어 나갈 틈도 없이 샅샅이 뒤지고 다녔건만 끝내 못 잡고 말았다.

　"그때 고생한 것 생각하면 지금도 분통이 터진다고. 장안에서 쥐새끼 한 마리 못 빠져나가도록 단단히 어리를 치고 모조리 들쑤셨으나 결국은 허탕을 치고 말았지. 그때 정조 임금이 처음으로 우리 포도청에 특별 명령을 내리면서 포교들을 격려해 주셨지만, 끝내 그놈을 못 잡았으니 우리들 꼴은 면목이 없게 됐거든. 이번에는 반드시 체포하고야 말겠네."

　임 포교는 동료들을 만날 때마다 신출귀몰한 중국인 신부를 자기가 잡아들이겠다는 장담을 빼놓지 않았다. 그는 무엇보다 천주교의 내막을 알아내는 것이 중요하고, 그러려면 아무래도 김여삼이라는 놈을 다시 이용할 수밖에 없다고 판단했다. 그자를 믿을 수 없었지만 임 포교의 주변에는 달리 접근할 만한 신자가 없었다. 노름꾼인 김여삼은 투전방을 뒤져 쉽게 찾을 수 있었다. 한창 노름에 열이 올라 있던 투전꾼들은 기찰포교가 떴다는 신호에 솔개를 만난 참새처럼 잔뜩 긴장했다. 하지만 포졸들이 노리는 것은 김여삼이었다. 김여삼이 불려 나가는 사이에 투전꾼들은 슬금슬금 뒷문으로 달아났.

"안녕하시오? 내가 여기에 있는 것을 어떻게 알고 찾아오셨소?"
"벼룩이 뛰면 얼마나 뛰겠는가. 항상 내 손바닥 안이지."
"내게 볼일이 또 있소?"
"김 서방, 저쪽으로 가서 나와 조용히 이야기 좀 하세."
한적한 곳에 이르자 임 포교가 말을 꺼냈다.
"지난 섣달에 자네도 큰 실수를 했지만 나도 경솔했네."
"정말이지, 그때는 광주에 갔다가 술병이 나는 바람에 약속을 못 지켰습지요."
"그래, 알아. 그때는 나도 화가 많이 났네. 오죽하면 자네를 다시는 상대하지 않겠다고 결심했겠나. 그러나 가만 생각해 보니 자네만 한 동지를 구하기도 쉽지 않더구먼. 이번에 포장이 새로 갈렸는데 천주학꾼 잡는 일에 열을 올린단 말이야. 어떤가? 이번에 자네가 실력을 발휘해 볼 텐가?"

약삭빠른 김여삼은 입술에 침을 한 번 바른 뒤 한 발짝 뒤로 물러섰다.

"교인들에게 욕이나 먹는 짓, 이제 그만두겠소."
"이 사람, 이제 와서 딴소리는……."

"뭐 하나 생기는 것도 없이 그 짓을 또 하라는 말이오?"

"왜 생기는 것이 없어? 중국인 신부만 잡으면 적잖은 상금에 벼슬자리까지 준다는데."

"포장이 공식적으로 내건 포상이 맞소?"

"정 의심스러우면 직접 포장에게 가서 물어보게."

"……."

"망설일 것이 무에 있는가. 이 길로 가서 포장에게 물어보자는데도."

"그게 아니라……."

"그럼 무엇이 문제라는 말인가. 지금 당장 그 중국인이 숨어 있는 집으로 가면 되지."

"그 양반이 날 잡아가라고 집에 퍼질러 있답니까?"

"그럼 어디에 있다는 말인가?"

"그야 나도 모르지요. 아무튼 예전 그곳에 머물러 있지는 않을 거요."

"저번에 그 중국인이 있는 집을 안다고 했지 않은가?"

"그랬습죠. 하지만 지금은 그곳에 가봐야 헛수고일 가능성이 많다는 게요."

또박또박 말대답하는 김여삼의 태도에 임 포교는 은근히 부아가 치밀었다. 그렇지만 지금은 화를 낼 때가 아니었다.

"설령 그렇다고 치더라도 지난번 그 집을 알아둘 필요가 있으니 같이 가세."

두 사람은 훈동으로 갔다. 골목 어귀에서 김여삼은 뒤로 빠졌다.

"점원들이 내 얼굴을 알고 있으니 나는 상점까지 갈 수가 없지 않소? 혼자서 들어가 보시오."

"그 집 안으로 들어가려면 점포를 통하는 방법뿐인가?"

"그리 알고 있습죠. 나도 안채에는 들어가 본 적이 없어 집 구조는 잘 모릅니다요. 이것 하나는 알아두시오. 집주인 여자가 보통이 아니구먼요. 남자 회장들도 그 여자의 말이라면 예에 하며 머리를 조아리는 판국입니다."

"그러니 이를 어쩐다? 양반 과수 집에 무작정 들어갈 수도 없고……."

"무엇을 망설입니까? 부하들을 데려와서 덮치면 될 것 아니오?"

"예끼, 이 사람. 누구 목 떨어지는 꼴을 보고 싶어 그러는가."

"왜 목이 떨어집니까요? 중국인 신부만 잡으면 될 일 아닙니까?"

"모르는 소리 말게. 양반집에는, 더더구나 양반 과수가 홀로 사는 집에는 함부로 들어갈 수가 없네. 옛날부터 나라 법보다 더 철저하게 지켜져 내려오는 관행일세."

"……."

"오늘은 집만 알아두고 그냥 가야지 어쩔 수 없구먼."

임 포교가 미지근하게 나오자 이번에는 김여삼이 몸이 달아 안달했다.

"제기랄, 코앞까지 데려다 주어도 소용없으니 이게 뭐람!"

"부하들을 시켜서 저 집을 감시해야겠어."

"그럼 꿩 대신 닭이라고, 총회장이라도 잡으려오?"

"닭은 뭐고 총회장은 또 뭔가?"

"닭도 보통 닭이 아니지요. 천주교에서 제일 높은 자리에 있는 사람이 총회장이란 말이오."

임 포교는 귀가 번쩍 뜨였다. 그런 거물이라면 중국인 신부 못지않게 큰 수확이 아닌가.

"그 사람이 사는 집을 아는가?"

"그럼은요. 갓우물골에 있습죠."

"그럼 오늘 밤에 그 집을 덮치세!"

그때 총회장 최창현은 집에 와 있었다. 지난 섣달, 포졸들이 개 쏘다니듯 사방을 뒤지고 다니면서 천주교인들을 닥치는 대로 잡아들일 때, 그는 잠시 이웃 마을 친지 집으로 피신했다. 한바탕 폭풍이 지나간 듯 조용해지자, 그는 불편한 몸을 이끌고 다시 집으로 돌아와 요양하는 중이었다.

임 포교는 포도청으로 가서 포졸 십여 명을 선발했다. 그리고 김여삼을 앞세워 갓우물골로 갔다. 어둠이 짙어질 무렵, 한 떼의 포졸들이 최창현의 집을 둘러쌌다.

임 포교는 대문간에서 주인을 찾았다. 집 안에서 식구들이 속삭이는 소리가 들리더니 점잖게 생긴 중년 사내가 나왔다.

"당신이 최창현이라는 사람이오?"

"그렇소이다."

"포도청에서 나왔소."

"잠깐만 기다려주시오. 옷을 갈아입고 나올 테니."

최창현은 안으로 들어가서 식구들을 모아놓고, 이웃에 알려지지 않도록 조용히 하라고 당부했다. 그리고 두툼한 솜옷으로 갈아입었다.

"아버님이 들어오시거든 내가 미처 뵙지 못하고 집을 떠났다고 잘 말씀드리시오. 그리고 날 면회한다고 찾아오거나 공연히 번거롭게 하는 일이 없도록 하시오."

최창현은 그렇게 조용히 연행되어 갔다. 다만 그는 아버지에게 인사를 못 드리고 떠나는 것이 마음에 못내 걸렸다. 최창현의 아버지도 신앙심이 깊은 사람이었다. 그는 아들이 천주교의 총회장이라는 것을 늘 자랑스럽게 여기던 아버지였다. 그 시대에 중인 신분으로 양반이 속한 단체의 우두머리가 된다는 것은 파격적인 일이었다. 오로지 교회 일에만 열중할 수 있도록 격려해 주는 아버지가 있었기에 오늘의 최창현이 있을 수 있었다.

돌이켜보면 지난 세월은 참으로 숨 가쁘게 지내온 나날이었다. 우여곡절도 참 많았다. 이벽을 통해 최창현이 천주교를 처음 접하고 나서 입교한 지 어언 십 년이 넘었다. 그동안 제사 문제로 양반 교우들이 멀어졌고 윤지충과 권상연이 순교했다. 주문모 신부의 입국으로 인해 윤유일, 지황, 최인길 세 교우가 포도청에서 모두 장살됐다. 많은 교우들이 사회의 비난을 모면하기 위해 신앙을 배신했던 일은 가슴을 아프게 하는 기억이었다.

도성 한복판에 집이 있음에도 최창현은 그동안 한 번도 남에게 고발당하지 않았다. 교회 일선에서 활약했음에도 그가 오늘까지 무사히 지내온 것은 하느님의 은총이었다. 어쩌면 그의 어진 성품과 덕행 때문이리라. 최창현이 천주교인이라는 것은 동네 삼척동자도 알고 있는 사실이었다. 그러나 누구든 그를 마음으로 따랐고 진심으로 존경했다. 그러므로 관에서 잡으러 온다면 비신자인 동네 사람들도 그를 숨겨주었을 터였다. 그러나 뜻밖에도 같은 교우인 김여삼이 고자질하는 바람에 그가 포도청에 연행되고 말았던 것이다.

그 무렵 먹우물골에서는 정약종이 묶은 책들을 꺼내어 정리했다. 그 책들은 대부분 천주교 교리에 관한 것이었다. 잡혀가면 여러 사람들이 그 책을 들추어 보면서, 있는 꼬투리 없는 꼬투리 다 잡아내어 터무니없는 소리들을 지껄일 것이 뻔했다. 그래서 어지간한 책들은 불에 태워 없애고, 소중한 책들은 깊숙한 곳에 감추는 정리 작업을 했다.

정약종이 책 정리를 거의 끝내갈 무렵, 대문 안으로 갑녕이 들어왔다.

"좀 늦었습니다. 어머님 심부름으로 북촌에 다녀오느라 지체했습니다."

"괜찮다. 오늘 중에 떠나면 되는 일이니까."

"어디를 다녀와야 하는지요?"

"여주에 갔다 와야겠다."

"저번에 갔던 젊으신 나리 댁 말씀이옵니까?"

"오냐, 그곳에 가거든 내가 지시하는 대로 꼭 실천하라고, 김건순에게 정확하게 전해 주어야 한다."

한 보따리의 책을 내주면서 정약종은 갑녕에게 신신당부를 했다. 그것은 다름 아닌 교리 책 『성교전서聖敎全書』를 기필코 완성해야 한다는 당부 말이었다. 정약종은 전부터 김건순의 요구로 그 책을 집필하는 중이었다. 이제 절반쯤 마쳤는데 정약종이 도중에 그만둬야 하니, 그 중대한 임무가 온전히 김건순에게 남겨지게 됐다. 정약종은 머지않아 의금부로 잡혀갈 것이 거의 확실했기 때문이다.

김건순은 의금부로 불려 가더라도 그의 신분상 무사할 것이므로 미리 그에게 집필을 일임하는 것만이 그 일을 완료할 수 있는 방책이었다. 김건순은 노론 중의 노론, 청음 김상헌의 집안 종손이니 노론 무리가 그를 잡아들이기란 쉽지 않을 터였다. 집 앞을 지나가려면 고을 수령조차도 말에서 내려 경의를 표하고 지나가는, 권위와 명성이 드높은 집안의 주인이라는 것이 그런 점에서는 제법 쓸모가 있었다.

6

갑녕을 보낸 뒤 먹우물골 정약종의 집에 하인 한 명이 허겁지겁 달려 들어왔다.

"자네가 누구더라?"

"이 대감 댁 하인입니다. 절 모르시겠습니까?"

"아, 이제야 기억나네. 그런데 갑자기 무슨 일로?"

"간밤에 의금부에서 나와 대감님을 데려갔습니다."

"허엇!"

정약종은 말문이 막혔다. 이 대감은 이가환을 말하는 것이었다. 정약종은 이렇듯 그가 빨리 잡힐 줄은 전혀 예상하지 못했다. 이가환이 누구인가. 지난해 영의정 채제공이 죽은 후로 그는 남인의 대표 역할을 하는 인물이었다. 그런 그를 의금부에서 잡아갔다는 것은 남인을 모조리 잡아들이겠다는 의지를 세상에 드러낸 것과 다를 바 없었다.

"혹시 대감이 남기신 말씀은 없느냐?"

"아무 말씀도 없이 잡혀가셨습니다."

"가족들에게도 아무 말씀이 없으셨더냐?"

"예."

"하실 말씀이야 어찌 없으랴마는……."

정약종은 한숨을 깊이 내쉬었다.

"소인은 이만 물러가겠습니다."

"내게 소식을 전하려고 일부러 와주어 고맙네."

"저도 믿는 사람입니다. 먹우물골에는 꼭 알려드려야지요."

이가환의 하인이 돌아간 후 정약종은 더욱 마음이 무거워졌다. 검은 구름이 몰려들고 있었다. 거세게 내리칠 비바람을 피할 길은 없었다.

여주에 갔던 갑녕은 다음 날 해질녘이 되어서야 돌아왔다. 그는 장거리 여행에도 피곤한 기색이 전혀 없었다.

"그래, 김건순은 만나봤느냐?"

"예, 서너 사람들과 대화를 나누다가 어르신의 편지를 읽더니 분통이 터진다는 듯 혀를 끌끌 차셨습니다. 책을 완성하지 못할까 봐 걱정이라는 말씀을 하시면서, 내일부터는 그 책을 완성하는 일에 매진하겠다고 약속하셨구먼요."

"수고했다."

"그럼 저는 훈동 집에 가보겠습니다."

"오냐, 내일 하루도 수고해야겠다. 여기로 오는 길에 마방에 들러서 말 한 필을 세 얻어 오너라. 아침나절에 와야 하느니라."

"내일 마재에 다녀오시려고요?"

정약종은 말없이 고개만 끄덕였다.

이튿날, 정약종과 갑녕은 흥인문을 지나갔다. 정약종은 새삼스레 흥인문의 위용을 찬찬히 훑어봤다.

"저 문을 지나다니는 것도 이번이 마지막이 되겠구나!"

그런 생각을 떠올리니 조금은 비감한 마음이 들었다. 한양에서 마재로 가는 동안 말 위에 앉은 정약종은 무슨 생각을 하는지 일절 말이 없었다. 현 상황이 심상치 않다는 것은 갑녕도 짐작했다. 말고삐를 잡은 그는 터벅터벅 발걸음만 옮길 뿐이었다.

그들은 중간에 중화참을 댔을 뿐 마재까지 내내 걸어서 밤늦게 도착했다. 겨울 해는 짧았다. 그들이 마재에 다다랐을 때는 집집마다 창문으로 호롱 불빛이 새어 나오고 있었다. 오늘따라 그 불빛들이 정답게 느껴졌다.

중간말 정약종의 집에도 불빛이 보였다. 그 집은 김한빈 내외가 지키고 있었다. 주인이 돌아왔다는 소리에 김한빈은 허겁지겁 나와서 마중했다.

"밤늦게 어인 일이십니까?"

"그동안 별고 없었는가?"

"별고가 있었구먼요."

"응? 무슨 일이?"

"황 서방이 어제 잡혀갔습니다."

백정 황일광이 포졸들에게 잡혀갔다는 말에 정약종과 갑녕은 함께 놀랐다. 김한빈이 알아본 바에 의하면 사건은 이랬다.

마침 소내 장날이라 황일광은 나무를 사러 나룻배를 타고 그곳으로 건너갔다. 그런데 온통 난리가 나서 시끌벅적했다. 포졸들이 몰려나와서는 천주교인을 잡는다고 야단법석이었던 것이다. 황일광은 사태의 추이를 살피느라고 장꾼들 속에 서서 그 광경을 지켜봤다. 그런데 누가 와서 그의 뒷덜미를 낚아채는 것이었다.

"이놈아, 너도 천주교인이라지?"

다른 사람 같으면 아니라고 했겠지만 황일광은 달랐다.

"그렇소. 나도 천주교인이오."

"가자."

"갈 테니 이 손이나 놓고 갑시다. 이거야 원, 숨이 막혀서……."

"그럼 얌전하게 걸어라."

"포승줄을 풀어놓아도 도망치지 않을 테니 걱정 마시오. 천주교인이 무슨 도둑질을 한 것도 아닌데 왜 도망가겠소?"

"어럽쇼, 제법 큰소리치는데?"

"사실이 그렇잖소. 애먼 교인들만 잡아다가 어쩌자는 것이오?"

"이놈이 여태 정신이 덜 들었구먼. 옥에 들어가서도 그 잘난 주둥아리를 나불거리거라."

"어디로 가도 겁낼 내가 아니오."

황일광은 다른 천주교인들과 함께 배에 올랐다. 검거의 열풍은 이곳도 마찬가지였다. 박중환과 박윤환 형제를 비롯하여 이미 대여섯 명의 천주교인들이 붙들려 간 뒤였다.

"나는 천주교인이 아니오."

그때 그렇게만 말했어도 포졸들이 천민인 황일광을 심하게 다루지는 않았을 것이다. 정약종은 입술을 깨물었다.

"황 서방이 다시 돌아온다고는 생각지 말게."

정약종은 그렇게 한마디 하고는 자기 방으로 들어갔다. 갑녕은 마음이 불편했다. 황일광은 갑녕에겐 결코 잊을 수 없는 은인이었다. 갑녕이 맨 처음 배로 실려 왔을 때 그날 밤 정성껏 간호해 준 것도 그렇지만, 하루 이틀 지나 정신을 차린 그에게 예수 그리스도에 대해 처음부터 자세히 설명해 준 사람도 황일광이었다. 그는 자신이 아는 대로 천주교를 설명했다. 어려운 말이 아니라 가장 쉬운 말로, 백지장에 처음 그림을 그리는 것같이 예수에 대해 명확하게 이야기해 주었다. 황일광 덕분에 갑녕은 처음으로 천주교를 알게 됐던 것이다.

갑녕은 온종일 말을 끌고 오느라고 몹시 피곤했지만 쉽사리 잠이 올 것 같지 않았다. 포도청에서 시달림을 받을 황일광이 눈에 선연했다. 백정 주제에 고집 부린다고 더 심하게 매질하면, 황일광은 예수를 믿는 사람들은 상하와 귀천이 따로 없다고 당당하게 말할 것이다. 그는 그러고도 남을 인물이었다.

이튿날 아침 정약종은 식전에 홀로 맏형인 진사 정약현을 만나러 갔다. 맏형을 본 그는 일단 큰절부터 올렸다. 정약현은 새삼 큰절을 하는 아우의 행위가 불길했던 모양이다. 정약현은 애써 그의 큰절을 외면하며 말했다.

"무슨 일인가? 단도직입으로 말해 보게."

잠시 머뭇거리던 정약종이 무겁게 말을 꺼냈다.

"이번에 상경하면 의금부로 잡혀갈 것 같습니다."

"한심한 것, 잡혀가기 전에 네가 먼저 자수하거라. 그러면 아무래도 죄가 가벼워질 것이 아니냐?"

"죄가 있어야 가볍고 무겁고를 따지지요."

"그럼 너는 죄가 없다는 말이냐?"

"없습니다."

"그렇다면 잡혀갈 걱정은 왜 하느냐?"

"걱정이 아닙니다. 단지 저들의 행태를 보면 강제로 연행해 갈 것이 뻔하니까요."

"그러기에 진작부터 내가 만류하지 않았더냐. 천주학 때문에 패가망신한다고. 아버지가 살아 계실 때는 약전이와 약용이가 속을 썩이더니, 이제는 네가 집안을 말아먹으려 드는구나. 나중 난 뿔이 우뚝하더라고, 너도 그 짝이냐?"

"형님과 아우는 자기 나름의 생각이 있겠지요. 그러나 그들이 자기 신념을 꺾어버린 것은 잘못입니다."

"잘못이라고? 그럼 그 사람들도 너처럼 천주학을 계속 믿어야 한다는 말이냐?"

"믿어야지요. 신념을 꺾은 것은 분명 잘못입니다."

"예끼, 불효막심한 놈 같으니라고! 여기가 어디라고 그따위 말을 함부로 내뱉는 거냐!"

정약현은 분하여 어쩔 줄 모르다가 목침까지 들먹이면서 노려봤다.

잠시 후 험악한 공기가 가라앉자, 묵묵히 앉아 있던 정약종이 새삼 무릎을 꿇고 간절한 음성으로 말을 꺼냈다.

"형님, 이번에 의금부로 들어가면 살아서는 못 나올 것 같습니다. 염치없는 부탁이지만, 제가 잘못되더라도 형님이 제 처자식을 지켜주십시오. 하상이가 겨우 일곱 살이고, 그 아래로 여식들은 너무도 어립니다. 그것들이 유리걸식이나 않게 돌봐달라는 부탁입니다."

"난 모르겠다. 네 처자식은 네가 책임져야지 누구한테 떠맡기려 하느냐."

정약현은 버럭 화를 내며 야멸치게 거절했다.

"너희 형제들은 그놈의 서학 때문에 기어이 집안을 망치고 조상에게 욕보일 작정이냐? 종래 아버지는 마음을 놓지 못하신 채 돌아가셨는데, 너희가 그 꾸지람을 잊고 또 이런 짓을 한단 말이냐. 천주학을 하면 패가망신하는 줄 번연히 알면서도 굳이 고집 부리는 이유가 무엇이냐? 어디 내가 알아듣도록 말 좀 해봐라."

정약현의 노여움은 끝날 줄 몰랐다. 정약종은 여전히 무릎을 꿇은 자세로 말했다.

"형님, 죄송합니다. 그러나 사람이라면 옳은 일을 하다가 죽는 것이 도리가 아니겠습니까? 공자의 말씀에도 아침에 도를 깨우치면 저녁에 죽어도 여한이 없다고 했습니다. 예수를 믿는 성교聖敎는 참으로 진실하고 바른 도입니다. 저도 유학을 배울 만큼 배웠습니다. 저는 유학 말고도 온갖 학문을 두루 연구해 봤지만 진리를 명확하게 설명한 것을 발견하지 못했습니다. 형님, 천하를 다 얻을지라도 올바른 도리는 저버릴 수 없는 것이 아닙니까? 만약 진리의 도리를 버린다면 천하를 얻은들 그것은 거짓입니다. 옛날 사육신이 충절을 지키다가 죽은 것이 잘못입니까? 단종이든, 수양대군이든 한쪽을 택하면 그뿐입니다. 그러나 굳이 단종을 택한 것은 정통이기 때문이었습니다. 옳은 일을 위하여 자기 생명을 초개草芥같이 버리고 패가망신한들 얼마나 떳떳한 일입니까? 참혹하게 죽임을 당했을지라도 오늘날에는 모든 사람들이 그분들을 칭송하지 않습니까? 누가 사육신을 조소하는 것을 보셨습니까?"

논리 정연한 대답에 정약현은 답변을 못 하고 묵묵부답으로 앉아 있었다. 정약종은 마지막 한마디를 더했다.

"형님, 생각해 보십시오. 제가 앞으로 이삼십 년을 더 산다 해도 하느님을 배신하고 살면 무슨 낙이 있겠습니까? 배교하고서 비굴하게 이삼십 년을 더 사느니 차라리 지금 떳떳하게 죽기로 마음먹었습니다."

한동안 두 형제는 침묵 속에 말이 없었다. 그러나 정약현은 여전히 화가 잔뜩 난 얼굴이었다.

갑녕은 한양으로 다시 떠나기 위해 말에게 꼴을 먹이고 있었다. 그는 넋 빠진 사람처럼 집 앞을 유유히 흐르는 한강을 바라봤다. 황일광의 모습이 뚜렷하게 떠올랐다. 그가 말했던 것이 기억났다.

"나는 이래 뵈도 일등 가는 칼재비였어. 내 손에 죽은 소가 수천 마리는 될 텐데, 그 소들의 영혼도 천당 가라고 빌어줘야지!"

그가 단지 천주교인이라는 이유로 포도청에 끌려가서 갖은 모욕을 당하는 모습이 눈앞에 보이는 듯했다.

이윽고 정약종이 중간말에서 힘없이 걸어오는 모습이 보였다. 그는 동네 사람들에게 두루 인사를 하고 있었다. 정약종이 하는 이 세상 마지막 인사라는 것을 그들은 알기나 할 것인가.

집으로 돌아오자 방으로 들어간 정약종은 좀처럼 나오지 않았다. 그는 지필묵을 펼쳐놓고 무엇인가를 쓰고 있었다. 그것은 세상을 바꿀 만큼 위험한 글이었다. 그는 정조가 노론에게 암살당한 내용을 적고 있었다. 이번에 그가 상경하면 의금부에 체포될 것이 분명하므로 가까운 친지에게 그 사실을 담은 내용을 전하려는 것이었다.

필기를 마친 정약종은 그 종이를 돌돌 말아 붓두껍 속에 넣었다. 그리고 그것을 도포 소매 자락에 넣으려다가 가슴속에 넣고 방을 나왔다.

한양으로 향하는 말에 오르기 전, 정약종은 마지막으로 마재 마을을 둘러봤다. 사십여 년을 살아온 곳, 이곳에서 태어나고 자라고 학문을 닦지 않았던가. 그가 천주교를 받아들인 것도 여기 고향에서 교리 책을 연구하며 진리라는 확신을 얻었기 때문이다. 마재여,

잘 있거라!

갑녕이 잡고 섰는 말 위에 정약종이 올라탔다.

"안녕히 다녀오세요."

김한빈의 아내가 어렵게 말문을 열었다. 정약종이 만면에 미소를 띠며 말했다.

"상두 어멈도 잘 있으시오."

말끝이 존칭어로 바뀌자 그녀는 돌아서며 흑흑하고 울음을 깨물었다. 이번이 마지막 길이라는 것을 그녀도 막연한 느낌으로 알고 있었다.

정약종이 자신의 말 뒤를 연방 따라오는 김한빈을 불러 세웠다.

"여기서 그만 돌아가게."

"산 놈이야 한양까지 따라간들 어떻습니까. 회장님과 함께 가는 마지막 길인지도 모르는데요."

"자네가 따라온다고 해서 내 죄가 가벼워지겠는가? 그런 쓸데없는 생각은 말고 그만 집으로 돌아가게."

"조금만 더 가겠습니다."

"여기서 헤어지자니까."

"……."

"내 어린 새끼들이나 잘 부탁하네."

"그 점은 염려 놓으십시오. 이 몸이 살아 있는 동안은 정성껏 돌볼 것입니다."

"고맙네. 그럼 여기서 헤어지세."

김한빈은 마지못해 인사를 했다. 하지만 그는 움직이지 않고 망부석처럼 그 자리에 마냥 서 있었다. 갑녕이 끌고 가는 말이 멀리 산모롱이로 꼬리를 감추었다. 그제야 김한빈은 힘없이 돌아서서 걷기 시작했다. '용감한 김 포수'라고 불리는 호칭이 어울리지 않게 그의 양 볼에는 뜨거운 눈물이 줄줄 흘러내리고 있었다.

김한빈과 헤어지고 십 리쯤 갔을 때 정약종과 갑녕은 금부도사 일행과 마주쳤다. 금부도사는 말에 타고 있고, 나졸 여섯 명이 그 뒤를 따르는 중이었다. 갑녕의 가슴이 자꾸 두근대고 다리가 후들거렸다. 그러나 금부도사 일행은 그들을 그냥 지나쳐 갔다. 갑녕이 안도의 한숨을 가만히 내쉬고 있을 때 말 위에 탄 정약종이 불렀다.

"갑녕아."

"예?"

"저 도사에게 다녀오너라."

"……?"

"마재로 정약종이라는 사람을 잡으러 가는 길이냐고 묻거라. 도사가 그렇다고 하거든 헛걸음하지 말고 여기서 잡아가라고 일러라."

갑녕이 말뜻을 못 알아들은 것처럼 어물거리자 정약종이 재촉하는 소리가 잇따라 떨어졌다.

"어서 가서 전하래도."

갑녕은 정약종의 마음을 읽었다. 그의 심정을 조금은 이해할 것도 같았다. 갑녕이 그들을 뒤쫓아 가면서 소리쳤다.

"여보시오! 금부도사 나리!"

갑녕이 뒤에서 소리를 지르며 쫓아오자 금부도사 일행은 걸음을 멈추고 뒤돌아봤다.

"지금 마재로 가시는 길입니까?"

"그렇다."

"정약종이라는 분을 잡으러 가십니까?"

"맹랑한 놈일세. 어허, 네가 그것을 어찌 아느냐?"

"그러시면 헛걸음하실 것 없습니다. 저분이 바로 정약종 어르신입니다."

"뭐라고?"

금부도사와 나졸들은 눈을 둥그렇게 떴다.

"여기서 바로 잡아가시랍니다."

그때 정약종은 스스로 말에서 내리는 중이었다. 잠시 머뭇거리던 나졸들이 우르르 쫓아갔다. 정약종은 웃는 얼굴로 그들을 맞이했다. 뒤늦게 금부도사가 말을 돌려 왔다.

"수고가 많소이다."

정약종이 정중하게 인사했다.

"정말 정약종이 맞소?"

"마재로 정약종을 체포하러 간다고 하시지 않았소?"

"그렇소만……."

"내가 그 사람이니 염려하지 말고 체포하시오."

금부도사는 어리둥절한 표정을 지었다. 이윽고 마음을 정한 듯 그가 공손하게 말했다.

"이거, 죄송하게 됐습니다. 용서하시오."

금부도사가 눈짓하자 나졸 한 명이 달려들어 포승줄로 정약종의 두 손을 묶었다. 그러고 나서 몸수색을 시작했다. 도포 소매의 양끝 주머니에서 몇 가지 소품들을 꺼냈다. 이어서 가슴 옷깃을 헤쳤다. 그때 정약종은 본능적으로 당황하는 몸짓을 보였다. 누가 보더라도 수상쩍은 행동이었다. 하지만 이미 수습하기에는 늦었다. 정약종은 이내 포기했다. 나졸이 그의 품속에서 붓 한 자루를 찾았다. 모든 것이 짧은 순간에 이루어진 일이었다.

그들은 일제히 한양을 향해 떠났다. 말고삐를 잡고 있던 갑녕은 뒤로 밀려나고, 대신 나졸 한 명이 말을 끌었다. 금부도사의 호의로 정약종은 두 손을 묶인 채 말 위에 태워졌고, 불편한 대로 말고삐를 잡고 가게 됐다. 나졸들이 앞뒤로 말을 에워싸고 걸었다. 갑녕은 뒷전에서 구경꾼처럼 따라가고 있었다.

(2권에 계속)